魔豆

裏八仙

卷一

蒼葵
——著

裏八仙

卷一

目錄

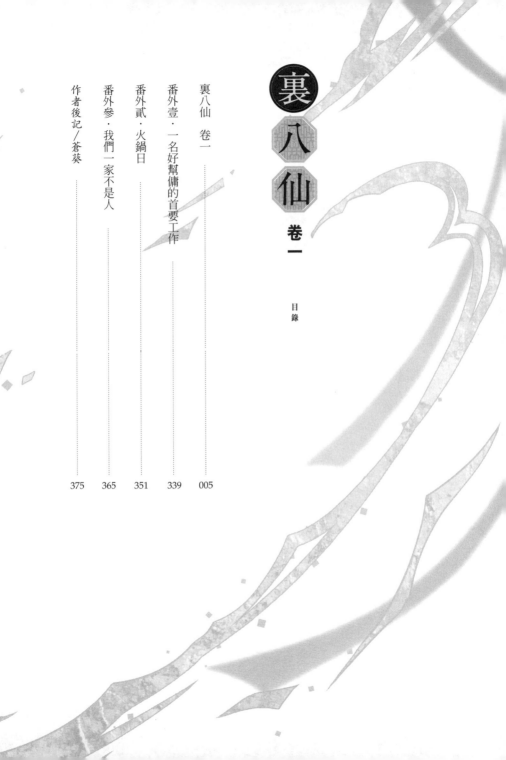

始之章

天界的日光似乎永遠都那麼溫暖、和煦。

在陽光照射之下，矗立雲層的一棟粉色建築物也被刷染上一層淡淡光暈。放眼望去，這棟建築物周遭再也沒有其餘樓房，獨自座落在天界的北北東地帶。

與一般有著庭園閣樓的其他仙人住所不同，此刻正泛著粉黃色調的建築物從外觀看，是由一團團雲朵堆積而成，彷彿只要朝它奔去，就會立刻陷入軟綿綿的蓬鬆觸感。配上粉黃的色調，乍看之下，簡直就像一團特大號的鳳梨口味棉花糖。

有的時候，則會像是草莓口味的特大號棉花糖。

據說這棟建築物會隨心情來改變顏色，偶爾也會換成粉藍或粉綠。

不過，不管變成什麼顏色的棉花糖，至今還沒有任何一位仙人真的駕雲朝它飛撲過去，嘗試陷入蓬鬆觸感的滋味。畢竟它只是「像」，本質還是一棟貨真價實的堅硬建築。

而在這棟如同放大版棉花糖的屋子門口前，一塊大大的木匾正懸掛在門上方，上頭還龍飛鳳舞地寫了五個墨黑大字——

仙人管理局

專門受理仙人下凡事務的仙人管理局，簡稱仙管局，今日依然擠滿想申請下凡的人潮。長長的隊伍從屋裡排到屋外，並且繼續朝著更外面綿延而去，就像一條黑壓壓的人龍一樣，偶爾才緩緩地向前移動。

由於移動速度實在太過緩慢，慢到幾乎讓人產生時光停滯的錯覺，因此外邊已可瞧見不少仙人乾脆席地而坐，泡起茶或下起棋來打發時間。

不時還能聽見各種騷動自隊伍中轟炸而過。

「今天來申請下凡的人還是這麼多啊。」

「沒辦法，人界現在是夏天，正好是下凡旅遊的旺季嘛。想想看那些陽光、沙灘、比基尼美女……咳咳咳，一時語誤、一時語誤。蘇兄，我絕對不是爲了看比基尼美女，才從半夜就開始在仙管局外排隊的，拜託你可千萬別告訴我家太座。」

「我是絕對不會告訴你家夫人的啦，不過基於朋友情誼，我想我還是必須跟你說一聲……嗯，你家夫人從剛剛就站在你身後了。」

「咦？咦咦咦？嚇！夫、夫人，妳什麼時候來的……痛痛痛！拜託妳別扯我耳朵啊夫人！」

「好啊，你這死鬼，還敢騙我說你是要到人界去做研究？比基尼美女？我不美嗎？啊？你回家給我說清楚，然後你等著跪榴槤吧！」

「唔啊！夫人，我的耳朵眞的會掉啊！拜託不要榴槤，改成算盤行不行？不然就鳳梨……改鳳梨啦啦啦——」

「慢走啊，季常兄。這樣排隊位置又前進一個了，眞不錯、眞不錯。」

諸如此類的對話，就這麼在仙管局外上演，使得本就熱鬧的氣氛越發熱鬧了。

而相較於仙管局外的熱鬧，仙管局內則是——

忙。

除了忙，還是只有「忙」能夠形容局裡此刻的一團混亂。

「那邊的那一位！麻煩不要插隊！請按照順序來！登記好姓名的，請到二號管理員那邊報到，進行申請『乙殼』的步……慢著！二號呢？二號到哪裡去了？」

「二號帶人到裡面去進行『乙殼』的轉換了！一號，拜託你那邊再慢一點！我這邊快應付不過來了！五號的，我這裡的文件也拜託送一下！」

「別開玩笑了！你沒看到我的兩隻手和頭都沒地方放了嗎？難不成你要我用咬的啊！」

一群穿著藏青色長袍的男人不停在櫃台內外用高分貝的音量互相嘶吼。

這也是沒辦法的事，畢竟在鬧哄哄又混亂異常的仙管局大廳裡，如果不用這麼大的音量交換訊息，根本聽不見對方在說什麼，所有工作也會無法一環扣著一環，順暢地進行下去。

雖然現在的情況離「順暢」兩字還有難以形容的差距存在。

這群喊得聲嘶力竭、巴不得自己最好也能像哪吒生出三頭六臂，好應付眼前龐大人潮的男人們，事實上就是仙人管理局的員工，一律統稱爲「管理員」。

面對已全部讓想申請下凡的仙人們塞滿的大廳，饒是幹練如管理員們，也不禁有了想哀號的衝動。

「爲什麼……爲什麼會有那麼多人想去度假、看演唱會、看電影首映會，還有什麼想參加國考體驗公職考試的！玉帝在上！那是人類的考試！到底是誰閒到來湊這種熱鬧的！」

其中一名穿著藏青色長袍、肩上披著黑外褂，背上還繡著「管理員三號」的男人，終於忍無可忍地抱頭慘叫起來。

原本就混亂的場面，頓時變得更加混亂。

「完蛋了完蛋了！三號終於壓力過大要崩潰了！」

「快點！快點去看還能不能加派人手！等等、等等，我們今天不是有一個臨時打工的……」

聲音突然硬生生消失不見。

一群管理員同時看向櫃台的最角落，只有那裡的氣氛和滿屋子的肅殺截然不同。

悠悠閒閒，像與其他座位成了兩個世界。

那裡原本是屬於管理員六號的位子，但因某些緣故，換成了一名非管理員的年輕男人坐著。對方身上是一樣的藏青色長袍，最大的差異在於他的黑外褂上繡著「臨時打工」四個大字。

照理說，在這種極度忙碌、只要是人都會被抓來幫忙工作的情形下，不該還有誰可以悠閒地待在位子上，並且悠閒地縫製著一只布娃娃。

但這名年輕男人卻對周遭可稱之爲慘烈的忙碌狀態視若無睹，專心致志地在他的手工藝上，那張俊秀面龐不時還會浮現喜孜孜的怪異笑容。

四號管理員絕望地搖搖頭。

「不行，我可不想再有文件被毀壞、乙殼轉換失敗、登記錯誤的情況發生。我們已經沒時間了，沒辦法再分出心來幫打工的收拾爛攤子。」

這顯然就是那名俊秀的年輕男子至今能悠閒待在位子上的原因。

渾然沒有打工自覺，一心一意致力於縫製布娃娃的年輕男人，並沒有察覺到擁擠的人群中正擠出一抹瘦弱身影，朝著他所在的方向步步逼近。

那是一身輕便服裝、肩揹小背包的蒼白少年。過於白皙的膚色襯得他一雙眉眼格外湛藍。

「洞賓！洞賓！」少年拉高聲音大叫，試圖讓自己的呼喊不要被大廳的其他聲音蓋過。年輕男人像是什麼也沒聽到，依舊專心縫製布娃娃。

「呂洞賓！」好不容易擠出人潮、來到櫃台前，少年又大叫了一聲男人的名字。無奈對方似乎太過沉浸在自己的世界裡，即使人影已佇立前方，他依然頭也沒抬，渾然不知周遭發生什麼事。

見此情景，少年也不氣惱。

這名眉眼彎彎如弦月的少年，只是更加上前一步，他撐著櫃台邊緣，微微地俯身，拊在男人耳邊，輕聲吐出幾個字。

「小瓊來了。」

短短四個字，聽不出任何異常的四個字，對於櫃台後的年輕男人卻有如天雷轟頂。只見他身體劇烈一震，握在右手中的針線掉落，發出「叮」的一聲。

下一秒，男人反射性地立刻將布娃娃往身後一藏，慌張站起，臉上的笑容早已毫無蹤影。不料他動作過大，竟不小心絆著了椅子，整個人頓時失去平衡，隨著椅子一塊狼狽地翻倒在地。

對於打工人員製造出來的意外，忙於工作的其餘管理員看也不看，他們寧願把這多看一眼的時間拿來應付蜂擁而上的仙人。

顧不得身體上的疼痛，男子抓緊身後的布娃娃，滿臉驚惶之色地高喊：

「我什麼事都沒有做！所以小瓊妳千萬不要誤會！我做妳的布娃娃只是爲了一解相思之苦而已！絕對沒有想過在夜深人靜的時候，把這布娃娃當成妳，然後做這樣跟那樣的事！就算眞的很想，我也從來沒有眞正實行過！拜託妳一定要相信我，我絕對不是那種沒品又下流的男……」

「男」之後突然沒了聲音。

呂洞賓閉上嘴巴，似乎現在才發現站在他面前、正居高臨下俯視他的是一名少年，而不是他愛慕的女性。

「啊咧？怎麼是你？」呂洞賓眨眨眼睛，確定眼前之人是一名少年而不是少女，他抓著布娃娃自地面爬起，「你怎麼到這裡來了？還有小瓊呢？你不是說她來了？」

呂洞賓踮高腳尖、仰高脖子，努力地東張西望，盼望在黑壓壓的人群中找到他一心嚮往的嬌美身影。

「哎，我有說嗎？」一身輕便裝扮的少年卻是無辜地笑，瞇細的眼眸就像懸掛夜空的弦月，「洞賓，你一定是聽錯了，我剛只是喊你的名字而已。對了，這樣跟那樣的事，是什麼事呀？」

呂洞賓立刻收回眺望的目光，瞪著面前笑得純良無害的蒼白少年。

少年繼續笑得純良無害，頰邊還浮現淺淺的酒窩。

呂洞賓放棄似地撓撓頭髮，「算了算了，就當我聽錯吧。」

雖然內心還有一點懷疑，但少年的笑容眞誠得不像作假——雖說就算是作假，他也一樣會笑得如此眞誠——很快地，呂洞賓就將最後一絲懷疑拋到腦後，將尚未縫製完成的布娃娃小心翼翼地收入懷裡，再把翻倒的椅子扶正。

他坐回位子上，納悶的視線重新調回同伴臉上。

「你沒事怎麼會到仙管局來？你平時不都待在家裡？還有，你這身裝扮加上背包……等等，難不成你是要？」彷彿瞬間想通什麼事，呂洞賓俊秀的臉龐登時浮上吃驚。

「來仙管局當然是要申請下凡嘛。」少年也毫不隱瞞，「所以要麻煩你幫幫我了，洞賓。」

「啊？」

「如果要按照排隊順序來申請，可能三天三夜都還輪不到我。」

少年這話絕對沒有誇大。光看塞得大廳水洩不通的人潮，那萬頭攢動的光景確實驚人；更不用說廳外還有一排長得不知盡頭在何處的人龍。急著下凡的情況下，他實在沒有辦法耐著性子乖乖等候。

「如果要按照順序……慢著，你該不會是要我幫你插……！」

總算想起場合不適合，呂洞賓及時將「隊」字咬掉，不過周遭顯然誰也沒有注意他們。

確認一旁的管理員們無暇顧及自己這個裝飾用的花瓶，呂洞賓一把拉下少年，壓低聲音，以只有彼此聽得見的音量說：「開什麼玩笑啊，你是想害我被管理員剝皮嗎？不幹，說什麼我也不幹。」

「眞的不幹？」

「大丈夫言出必行！」

面對同伴強硬的態度，少年也不煩惱，他看起來依舊氣定神閒，柔聲開口。

「靠杯啦，洞賓。」

膚色蒼白的少年露出人畜無害的微笑，壓在櫃台邊的手指微微施力。

「難道你想要我跟小瓊告狀，說你想對她的娃娃做這樣跟那樣的事？噢，也可能是這樣跟那樣的事呢。不管是什麼事，小瓊知道了，可能會直接剝下你兩層皮唷。」

呂洞賓僵住，不只是因爲少年說要打小報告，還有他眼角瞄見了此刻少年的手指下，櫃台一角正碎裂成粉末，撲簌撲簌落下。

認識那麼久，呂洞賓比誰都清楚，看似瘦弱的手臂下，蘊含著多可怕的怪力。

「因爲小瓊最討厭的，就是蟲子和變態了嘛。」

呂洞賓一點也不想被心上人（單相思狀態）貼上「變態」的標籤。

他忍不住後悔，自己當初爲什麼要爲了得到一張心上人的照片，答應幫管理員六號代班三天，好讓對方可以去玩三缺一麻將的要求。

見同伴的態度開始鬆動，少年乘勝追擊，亮出最厲害的王牌。

「十二張小瓊的居家生活照當作謝禮，怎樣？」

這是致命的一擊，也可以說是必殺的一擊。

心裡的天平瞬間塌向另一方，呂洞賓毫不猶豫。

「我幫！」

要避過另外五名管理員的耳目，其實是一件相當容易的事。

因爲絲毫派不上用場，待在現場的作用也等於是擺飾用的花瓶，所以呂洞賓離開座位的時候根本沒人多看一眼。

趁無人注意的空檔，呂洞賓將少年領往仙管局內部，那裡同時也是「乙殼轉換室」的所在。

假使仙人要下凡，都必須經過以下的步驟。

辦理登記、轉換乙殼、領取如同人界身分證的乙太之卡，最後就是下凡。

據說下凡儀式是依照仙管局的傳統來執行，不過除了管理員及下凡的當事人之外，誰也不清楚那儀式究竟如何進行，曾經歷過的仙人全都閉口不提。

而所謂的「乙殼轉換」，是指將仙體轉變成沒有任何法力的人類軀體，如果要使用仙術，就必須解除乙殼狀態。

仙人想下凡，就得轉換為乙殼，封印住自身力量。這一切，都是避免仙人濫用仙術造成人界動亂。

當然，並不是說仙人一旦下凡，就完全無法使用力量。畢竟誰也說不準哪一日會不會碰上危急時刻。

也就是這樣，才會有「乙太之卡」的存在。

除了偽裝成人界的身分證件以外，乙太之卡最重要的另一個功效，就是解除乙殼封印，使仙人能夠回復仙體。只是使用次數及時間長短，都會一五一十地記錄在乙太之卡中，回報給仙人管理局知曉。

若讓仙管局判定為濫用犯規，輕則立刻將該名仙人強制召回天界，重則取消往後下凡資格。

花不了多久時間，兩人便抵達走廊底端，一扇封閉的對開式大門矗立在他們面前。

紅銅色的門板看起來厚重又難以推動，而在門的上方，則鑲嵌五個大大的金色浮刻字體——

乙殻轉換室

呂洞賓沒有伸手推開門，而是從懷中取出一枚刻著「六號」的令牌。說也奇怪，當令牌被放置在門前的瞬間，原本閉闔的門板竟迅速無聲地向內滑開，拉出足以讓人通過的縫隙。

「好了，我們快走吧。雖然這間轉換室比較少用到，不過一旦讓那幾個管理員抓到，鐵定會想剝了我的皮。」呂洞賓一把抓住少年的手臂，將初次到來、忍不住東張西望的人拉進大門後。

紅銅色的大門再度無聲而迅速地關上。

門之後，少年又瞧見一扇門和門旁邊的通道。他將困惑的視線投給還捉著他手臂的俊秀男人，以眼神詢問接下來該怎麼做。

「進去那扇門，然後按照裡面的說明步驟做就行。」呂洞賓說。

「洞賓，轉換的過程不會出問題吧？」

「那還用說。你以為我是誰？這裡的設備我都會用，更不用說是乙殼轉換這種小事。只是太能幹了，就會被那群工作狂管理員拖去奴役，那我就連縫娃娃的時間也沒了。」呂洞賓掐了幾個手訣，一掌拍上門板，隨即將少年推入自動開啓的門內。

趁著少年進入門後的空檔，呂洞賓也不浪費時間，他穿越門邊的通道。那通道設計得有些歪曲，並且越到後段，地面的坡度越往上攀升，形成一個些微傾斜的上坡。

只是當呂洞賓抵達上方好一會，那扇位於通道盡頭的門，卻是遲遲未開啓。

呂洞賓不禁有些納悶，心想不過是轉換成乙殼形態而已，有必要花這麼長時間嗎？可是下一秒，他的臉色驀地變了變，在心裡暗叫一聲糟。

糟糟糟糟！竟然忘記事先提醒了！呂洞賓急急忙忙又拿出令牌，不等門扇完全開啓，硬擠進門縫裡。

門後是一大片翠綠田地，邊緣呈波浪鋸齒狀的葉片一簇一簇地散布在田地之間，可以瞧見葉片下似乎還連著淺土色的莖幹。

呂洞賓看也不看地快步經過這些植物，他一眼就看見倒在田地另一側的瘦弱身影。而在身影旁，還倒著另一抹更爲嬌小的身影。

那抹嬌小身影有著邊緣呈波浪鋸齒的長長葉片，還有著淺土色近似人形的莖身、小小尖尖的手和腳。

那是一株曼陀羅草，乙殼轉換室裡種植的全是曼陀羅草。

大部分的曼陀羅草都埋在土裡，除了少數幾株躺在田地外。而那幾株暴露全身在外的植物身上，都還掛著小小的牌子，牌子上寫著字，每一個都不盡相同——有的是補習班老師，有的是高中生，有的則是黑道分子。

呂洞賓重重嘆了一口氣，仰頭望向上邊的天花板，天花板上被人用墨色大大寫了幾排字。

乙殼轉換步驟，重要，請務必讀完再行動：

一、請隨機拔起你喜歡的一株曼陀羅草。

二、曼陀羅草會在出土的瞬間發出尖叫，不管是「呀啊——有人要對俺心懷不軌」或是「死相！別看人家啊」，都足以令仙人昏迷，請務必事先摀好你的耳朵。

三、曼陀羅草身上的名牌就等於是你的乙殼身分設定，請不要耍賴重拔，那並不會改變什麼。

四、恭喜你可以走出乙殼轉換室，準備下凡。

「啊啊，忘記說了，說明步驟是在天花板上呀……」呂洞賓搖搖頭，在身上服裝已完全改變的少年身邊蹲下。

他伸手翻過那株面地的曼陀羅草，發現它掛的牌子上是寫著「想設定太麻煩了，就直接T恤和牛仔褲上場，其他的你自己想辦法吧」。

呂洞賓差點笑出聲，沒想到自己的同伴居然會抽到這麼偷工減料的身分設定。他咳了幾聲，設法忍住笑，伸手推晃起顯然失去意識的少年。

「嘿！醒醒，醒醒！」

少年的睫毛顫了顫，隨後便輕輕地睜開。他呻吟一聲，捂著腦袋慢慢坐起。

「噢，玉帝在上……我剛好像聽見有誰在尖叫『呀啊——有人要對俺心懷不軌』之類的……」少年仍有些頭暈眼花，就連雙耳都好像還殘留著嗡嗡嗡的餘響。

沒等到他大腦重新運轉，少年就感覺到自己的一隻手被人塞了個背包，另一隻手則讓人抓住。

「好了，我們動作快點吧。」

「洞賓？」

「乙太之卡跟仙人求生守則我都幫你放進背包了，你的乙殼看起來轉換得還不錯。仙管局出品的乙殼帶有暗示效果，可以幫助你順利進入你想去的地方。接下來，就只剩最後一個步驟了。」

「最後一個步驟？」少年連周遭環境及自身情況都來不及看清楚，就被拉往一個方向。他半是踉蹌地跟著走，發現自己通過了門，被呂洞賓帶往一處高台。

那地方沒有任何圍欄，倘若低頭向下望，就會發現下方竟是看不見底，唯有層層雲朵翻騰簇擁，乍看下有如浪花奔騰。

「總之，你可要相信我。雖然我信奉的座右銘是『男人是草，女人是寶』，但我也絕不會對同伴做這種事的。」

少年耳邊是呂洞賓再認真不過的聲音。

「這是管理員交代的。」呂洞賓刮刮臉頰，「假使要送人下凡，就必須遵照仙管局的傳統。所以拜託你可別因爲這種事，就將要給我的照片數量減少啊。反正，先說對不起了！」

話一落，呂洞賓深吸一口氣，然後閉上眼，使上全身力氣，義無反顧地一腳踢上少年屁股。

於是毫無防備，或者說根本也沒想到要防備的少年，只能平衡全失地——

跌下看不見底的深淵裡。

壹 小巷內的英雄救美

橘金色又偏紅的太陽光輝斜斜地打在小巷路面上，代表夏天的蟬鳴聲正唧唧地從圍牆後的樹間發出，一聲接著一聲。

但在這種給人祥和感的天空底下，卻有一名小小身影幾乎貼靠著小巷一側的圍牆，露出泫然欲泣的表情。

莓花發出了類似悲鳴的嗚咽聲，小小的手臂將散發出香味的紙袋抱得更緊，穿著小熊布鞋的小小雙腳則是忍不住向後更退一步，直到貼上紅磚矮圍牆。

發現身後已無路可走，稚氣的小臉頓時刷白幾分。

今年暑假過完就準備升上幼稚園大班的林莓花，正遇上她六年人生以來最大的危機。

有隻巨大無比的大狗，不只擋住她的去路，還將她逼到牆角。

在莓花眼中看來，那隻狗眞的好可怕好可怕。牠有著白色的毛，像是會發出雷射光的眼睛，身體比她的哥哥還要高大。一張嘴巴看起來也好大，裡面有著尖尖的牙齒，說不定下一秒就會把她一口吃掉。

當然，這是莓花的角度。

這世界上並沒有哪隻狗的眼睛會發出雷射光，更不用說是一口氣將六歲小孩連皮帶骨地吞下肚了。

如果眞的有，那估計是出現在科幻電影或小說裡，也許漫畫和遊戲也有可能。

人總是會無形中賦予自己害怕的東西更可怕的形象。

假使把莓花此時所見的畫面投映到任何一位剛好路過的成年人眼中，就會變成——

有隻可愛的白色薩摩耶犬，正對著可愛的小女孩示好地搖著尾巴，並且熱情地汪汪叫。

多可愛又溫馨的景象。

雖然這幅景象中的主角之一，正畏怕得淚眼汪汪。

白色薩摩耶犬當然不會知道人類的心思，牠只是更加熱情地汪汪叫，尾巴擺動得更激動。

對於一隻狗而言，這是向人示好親近的表現。只不過對本來就怕狗的小女孩來說，只會造成反效果。

「汪！汪！」

狗的吠叫聲，還有那抹幾乎逼近鞋尖前的雪白身影，都使得莓花不禁直打哆嗦。

強忍著害怕，莓花做了一次深呼吸，然後從紙袋中抓起一個還溫熱的甜甜圈，用盡所有力氣將其扔出去。

當甜甜圈被扔出的剎那，薩摩耶犬迅速轉身，邁動著四條短腿向甜甜圈飛出的方向衝去。

危機解除後莓花腿一軟，差點就要滑坐在地。不過她馬上想到自己要趕緊回去，而且再過二十分鐘，「魔法少女☆莉莉安」的動畫就要開始了！

將少了一個甜甜圈的紙袋抱得緊緊的，莓花趁薩摩耶犬掉頭奔離的空檔，拔腿就往自己家的路口奔跑。

但是，身後卻突然傳來汪汪的叫聲。

莓花心臟怦咚一跳，她扭頭向後看，睜得大大的眸子裡映出了咬起甜甜圈、朝著自己疾步奔來的雪白身影。

白色薩摩耶犬咬著剛被扔出的甜甜圈，興奮地追在莓花後頭。牠似乎是將甜甜圈當成飛盤，打算咬還給莓花。

「嗚！」

好不容易才停住的淚水又湧上，莓花刷白一張小臉蛋。畢竟從她的視角來看，看見的是一隻巨大白狗，眼睛像是會射出雷射光，露出的牙齒又尖又白，追著她要把她吃掉。

「不要不要！狗狗走開！莓花一點也不好吃啦！」

喊到最後，莓花幾乎都要哭出來了。

而莓花逃得越快，薩摩耶犬也追得越快，蓬鬆的尾巴還不斷拚命搖晃。

但兩條腿的，畢竟拚不過四條腿，更不用說莓花只是一個準備升上幼稚園大班的小孩子。

眼看白色大狗就要追上自己，莓花的心裡越發慌亂。

那顆有著柔軟鬈髮的小腦袋不斷望向後方，就怕自己不注意，可怕的大狗會先咬上她的小屁股，然後再將她一口氣吃掉。

「啊！」腳下突來的一個踉蹌，讓莓花發出了小小聲的驚叫。

同時間，那具嬌小身軀也失去了最初的平衡。

莓花根本來不及做出反應。

當她扭回頭，察覺自己正往前傾倒的時候，地面已離她越來越近了。

於是，緊接在驚叫聲之後，是更大的一聲——

砰！

有著大眼睛、蘋果臉頰、淺褐柔軟鬈髮的小女孩，抱著一袋甜甜圈跌倒了。

膝蓋撞在硬邦邦的路面，整袋甜甜圈被壓在身體下，變得扁扁的。其中還有一個順勢飛了出去，在空中劃出一道弧線。

就連莓花的一只小熊布鞋也脫離她的右腳丫，滾到牆邊。

咬著甜甜圈的薩摩耶犬衝了過來，縱身躍起，似乎是要撲向莓花。

與此同時，莓花沒看到的另邊街角，一抹人影飛快地衝出來。人影一個掠身，先是精準地接住那個再過一秒就眞的要掉在地上的甜甜圈，接著，在莓花放聲大哭「葛格救我！」的瞬間，那抹人影將甜甜圈塞入口中，迅雷不及掩耳地展開動作。

只見人影一手撈起還在地上的莓花，一手扯下自己肩揹一邊的背包，將背包當成盾牌般攔截住那隻薩摩耶犬，還不忘努力咀嚼口中的甜甜圈。

「嘿，光天化日之下，一隻品性優良的雄性小狗，怎麼可以欺負小姑娘呢？就算想要跟小姑娘玩，太熱情也會嚇到人的啊……噢，甜甜圈我就先接收了，謝謝招待。」

一道年輕嗓音義正辭嚴地說——不過最後一句跟義正辭嚴扯不上太大關係就是了。

他人的聲音和自己被忽然抱起的感受，令莓花忍不住掀開一隻眼，接著再掀開另外一隻。

一名陌生少年正用右手穩穩地攬抱著莓花，他的手臂細瘦但出乎意料地有力氣，左手則是抓著背包。

被中途攔截的薩摩耶犬茫然地汪了一聲，咬在嘴中的甜甜圈掉了下來，牠下意識地低下頭。

可就在下一秒，牠也不知道是瞧見背包裡的什麼，忍不住發出長長的一聲悲鳴，夾著尾巴逃走了。

「真奇怪，我家的阿蘿有這麼可怕嗎？明明就很帥氣的才對呀……」背包主人望著薩摩耶犬逃竄的方向，語氣中透露出濃濃的不解。

莓花屏著氣，瞬也不瞬地盯著那顆還沒轉過來的頭顱。

彷彿感覺到有視線在注視自己，少年很快將頭轉了回來。

午後的陽光既溫暖又燦爛，替那張本該蒼白的年少面孔鍍上奧祕的光輝。

莓花完全忘記那袋被壓扁的甜甜圈，忘記剛剛那隻白色狗狗，也忘記自己還掉落在牆邊的小熊布鞋。就連每天必守著看的「魔法少女☆莉莉安」動畫，也被她拋在腦後。

莓花的心臟撲通撲通地跳，而且還越跳越大聲。

少年當然不會聽見她的心跳聲，他輕手輕腳地將她放下，注意到她光著小小的右腳丫。

直到確定小女孩站得好好後，少年左右張望一下，在牆邊發現那只孤伶伶躺著的小熊布鞋。

少年撿起小熊布鞋回到莓花面前，沒察覺到對方微紅著小臉蛋，他蹲下身、抬起了頭。

「小姑娘，把右腳抬高一下下好嗎？」

背對著橘金色的光線，少年對著莓花露齒一笑。

莓花這下不只是紅了臉，也紅了耳朵。原本白裡透紅的臉蛋，現在變得整張都紅通通的。

莓花只覺得眼前的大哥哥好帥好帥，就算他的嘴角還沾著甜甜圈的糖粉，左手提著自己的小熊布鞋，右手臂彎裡掛著一個空蕩蕩的竹籃子，還是比莉莉安喜歡的妖精國王子帥上好幾百倍！

於是小小的莓花。

今年準備升幼稚園大班、才六歲的莓花。

在這一瞬間，墜入了一見鍾情的情網裡。

◉

滴答滴答的聲音在客廳響起，米白色牆壁上的時鐘正標示著此刻的時間，時針已快從四接近五的位置，分針則是靜靜地移向了九。

四點四十五分。

再過十五分鐘，就是「魔法少女☆莉莉安」的播出時間。

對於性別男、今年二十歲的林川芎來說，他實在無法理解開場台詞是「我要代替魔法少女之神來懲罰你們」的莉莉安，爲什麼能讓小孩子瘋狂喜歡。

嘴上說著討厭，但連角色台詞都背得滾瓜爛熟的川芎，當然不是什麼隱性御宅族。他會熟知這部號稱充滿「愛與夢幻」動畫的原因是——

他的妹妹，他最寶貝的小莓花，非常非常喜歡。

可是，每天下午五點必定守在電視機前面準時收看動畫的莓花，到現在都還沒有回家。

川芎鬆開環在胸前的手臂，從沙發上站起，一雙眉毛皺得緊緊，像是打上了好幾個結。

他開始在客廳裡繞著圈子走，不時還會看看窗外，看看牆上的時鐘，然後又繼續繞著圈子走。

事實上，這已經是他在十分鐘前目送妹妹出門後，第三次做的同樣的事了。

讓川芎暫時停住這動作的，是乍然間劃破客廳寂靜的電話鈴聲。

稍嫌高亢的聲音持續不到五秒就停止。

「喂喂，這裡是林家。」川芎一把抓起話筒，語氣有些急促。他擔心該不會是可愛的小莓花在半路遇到了這樣那樣的危險，所以警察局來聯絡家屬。

但從話筒中傳來的女聲，否決了川芎的猜想。

打電話來的人並不是警察局，而是他的責任編輯兼好友。

「……張薔蜜，妳一定要挑這時候打電話嗎？什麼？我聽不清楚……明天的約……我當然還記得。啊啊，妳說誰會睡過頭？妳自己才不要在路上看中年大叔看過頭，拖延了時間！」

稍嫌粗暴地掛上電話，川芎又在客廳裡繼續他的繞圈運動。

川芎很擔心，他擔心得要命。雖然甜甜圈店就在他們家巷口右轉，整段路程估計沒有超過一百公尺，可是誰又能夠保證，在這一百公尺的路上會不會出什麼意外？

莓花那麼可愛，而且今天還穿了讓可愛度加倍的小熊上衣和小熊布鞋——他可愛的妹妹喜歡小熊和粉紅色，還有莉莉安——萬一、萬一，萬一在路上遇到奇怪的中年人搭訕怎麼辦？

川芎抱頭蹲下，腦內無法自拔地陷入最壞的想像。

無視家中主人神經質的表現，時鐘分針靜靜地再從九靠向十。

又過了五分鐘，現在已經是四點五十分了。

川芎猛地站起身子，決定直接出門尋找未歸的妹妹。莓花可是他唯一的寶貝妹妹，更何況他們父母現在出國旅遊，他當然更不能讓莓花有半點差錯。

「放心好了，爸、媽，我一定會把莓花平安帶回來的。」

川芎對客廳櫃子上的相框說，相框裡是一對夫婦的合照，當中的男人和川芎有幾分相似。

川芎抓起擺在相框旁的鑰匙串，還不忘替待會即將播放的「魔法少女☆莉莉安」設定成錄影模式。

等事情都處理完後，他急急忙忙地跑向玄關，自鞋櫃中抓出一雙球鞋胡亂地套上，準備出門尋找妹妹。

就在川芎剛將第二隻腳套入鞋子裡的時候，他耳尖地聽到像是門把轉動的聲音。他立即停住穿鞋的動作，朝門把位置看去。

果然瞧見金屬色的門把正微微地被轉動。

是莓花回來了！

川芎心中不禁大喜，還沒等門把轉到最底，他已先一步來到門前，搶先打開大門。

屋外陽光燦爛。

川芎連看也沒看，一個箭步就衝出門外，張手環住面前的人影。

「莓花，妳終於回來了。哥哥很擔心妳，妳知不知道？」

不過才剛喊完這句話，川芎瞬間就發現到不對勁。

慢著，他可愛的妹妹什麼時候長高了？而且抱起來一點也不香軟，反而又瘦又扁，感覺都是骨頭，硌人得很。

同時間，有隻手指戳了戳川芎的背。

「不好意思啊，哥哥，我不是你的妹妹呢。」

在川芎耳邊響起的，是一道相當年輕的嗓音，還處於未變聲的階段。

川芎一愣，隨即用最快速度拉開與對方的距離。還沒來得及仔細端詳眼前面龐——只大略知道是比自己矮上一個頭的少年——川芎的目光迅速被少年身後的嬌小人影攫住。

柔軟蓬鬆的鬈髮、大大的眼睛、蘋果臉頰，不是莓花又會是誰呢？

而且，川芎還注意到了，莓花的大眼睛竟然有些紅腫，擺明就是哭過的最佳證據。

這瞬間，川芎怒火攻心。他立刻將少年蓋上了「頭號嫌疑犯」的印章，一把揪住少年衣領，迅雷不及掩耳地一拳揮出。

「你這死小鬼，你對別人的寶貝妹妹做了什麼啊！」

這拳來得又急又快，被川芎揪住衣領的少年顯然來不及反應，硬生生挨上了拳頭。

莓花先是吃了一驚，隨即驚醒過來地尖叫出聲，「葛格！你怎麼可以隨便打人！」

「咦？」川芎愣住，抓著衣領的那隻手反射性鬆開。

就聽到「砰」的一聲，少年竟然被一拳打昏了。

莓花連忙使勁撐起少年的半個身體，這對才六歲的她而言相當花力氣。她的臉頰甚至漲紅了，但更多的原因卻是「生氣」。

莓花抬起頭，雙頰氣鼓鼓的，大大的眼睛裡還泛著淚水。

「葛格是笨蛋、笨蛋……莓花……莓花最討厭你了！」

「咦？咦咦咦咦咦咦？」

貳 來歷不明的少年

林川芎陰沉著臉，雙手抱胸地坐在客廳裡的單人沙發上。對面的三人座沙發，則是由一抹人影佔據了去。

那是剛剛被川芎失手打昏的少年，也不知道是川芎力道太強，抑或少年的身體太虛弱，少年到現在還沒醒來。他雙眼閉闔，配上蒼白的膚色，看起來的確給人弱不禁風的感覺。

現在的時間是五點二十一分，「魔法少女☆莉莉安」的動畫已經開始播放。

「魔法少女莉莉安，今天就要代替魔法少女之神來懲罰你們！」

嬌俏的少女嗓音或許是整間客廳中唯一的背景音效。

但是，平常總守在電視機前，並且開心地跟著莉莉安一起擺出招牌姿勢的嬌小人影，卻不在現場。

那是因爲川芎將莓花趕回房間去了，他可受不了自己的寶貝妹妹竟對一個不小心被他一拳打暈的小鬼擔心這、擔心那，就連最喜歡的動畫也冷落在一旁——不過川芎還是貼心地替她錄下了。

川芎瞇起眼睛，再次打量對邊的少年。

一副單薄的身子，穿著簡單的T恤和牛仔褲，身上帶的東西就是一個背包和一個竹籃子。

當然，川芎是不會去偷翻別人的背包。他只是納悶，這少年無緣無故帶著一個什麼也沒有的空籃子，究竟是要做什麼用？

最後，林家的長男乾脆將對方和「離家出走的小鬼」劃上等號。

至於莓花晚回家的事，以及少年出手幫了她的事……這些，川芎都從莓花那邊聽說了。但是感謝歸感謝，川芎可沒有因此就對少年的印象加了正面分數。

等這小鬼醒來，跟他說個幾句抱歉，就將他打發走吧。川芎在心裡打定主意的同時，躺在沙發上的少年也終於出現一絲動靜。

先是眼睫毛輕輕眨動，再來是手指微微地抽動著。

下一秒，沙發上的身影突然急速翻身坐起。

「等等！你們別走！」

川芎被少年的大叫嚇了一大跳，他看見少年大口大口地喘著氣，像是作了惡夢一樣。

「那個、那個……揹背包的葛格你醒來了？你還會不會痛？」

怯生生又含帶欣喜的稚氣嗓音從上頭落下，和電視裡傳出的嬌俏女聲一塊激起清脆的漣漪。

「莓花，哥哥不是叫妳回房間去嗎？」川芎仰高頭，果然在二樓欄杆後看見一抹嬌小身影抱著一隻小熊娃娃，他頓時皺起眉、板著臉。

莓花立刻蹲下，用小熊娃娃擋在身前，只露出一雙圓亮眼睛。

「莓花，就算妳用小妮把自己擋住，我還是看得到妳。乖，回房間去。」川芎嘆氣。

僞裝行動失敗，六歲的莓花只好拖著全名爲「漢妮拔」的小熊娃娃，一步一步地往房間走去，不時還回頭觀望。

確認莓花的身影消失在欄杆後——雖然從眼角餘光看去，川芎還是可以看見她躲在半開的房門後，探出半張小臉——川芎這才將注意力重新放回屋內客人身上。

「呃，眞抱歉，剛才一時激動打了你。」川芎沒有忘記要先道歉，而他也注意到，少年看見背包和竹籃還在時露出了鬆口氣的表情。這使得他心裡越發確定，對方是離家出走的。

不過，離家出走爲什麼要帶著一個竹籃子呢？諸如此類的問題閃過了川芎腦海，但他沒有深思，畢竟那些可不關他的事。

「那個，小弟，你有沒有覺得哪裡不舒服？」

「其實下巴還是有點痛。」少年摸了摸泛出青紫的下巴，又朝面前的川芎展露出微笑，「還有不用叫我小弟啦，哥哥。我的名字是藍釆和，你直接喊我釆和就行了。」

川芎差點就想反駁「誰是你哥哥啊」，而阻止他這個衝動的，是少年自動報上的名字。

釆和。

少年姓藍。

換句話說，組合起來就是「藍釆和」。

這名字怎麼聽怎麼耳熟，特別是對聽過「八仙」的傳說，或是「八仙鬧東海」這個故事的人而言，更是如此。

而川芎從小的床邊故事就是東方神話，「八仙鬧東海」他更是聽到滾瓜爛熟了。

「你這名字怎麼跟八仙之一一樣啊？」川芎挑高一邊眉毛，「難不成你父母是八仙愛好者？」

「咦？」

「喂喂，你該不會要跟我說，你不知道八仙是什麼？」川芎不敢相信地咂了下舌，「現在的小鬼是怎麼回事？竟然連八仙鬧東海這個神話故事也沒聽過？我們家的莓花可是都知道呢。」

「嗯嗯，莓花都知道！」

稚氣的小孩子聲音再次從上飄下，莓花不知道什麼時候又偷偷地躲在二樓的欄杆後。

「而且莓花還會背他們的名字，有藍采和、何仙姑……」

小女孩紅著小臉蛋，不時瞄著樓下的少年，扳著手指頭開始算起，但才唸出兩個名字，就被自己兄長比平常還要低沉的聲音打斷。

「莓花，妳不聽哥哥的話了嗎？」

「嗚……」莓花垮下臉，不過當她瞧見樓下的少年對她揮手微笑時，臉頰又立刻變得比蘋果還要紅。她害羞地捂著臉，趕緊回到自己房間。

川芎沒漏看自個兒妹妹的表情變化，他眉頭狠狠擰起，回過頭，瞪了自稱「藍采和」的少年一眼。

但一對上少年不知自己哪裡做錯的無辜眼神，川芎嘆口氣，勉強將凶狠的表情收斂了些。畢竟是自己不對在先，誰教自己要衝動地打人一拳呢？

「不好意思，我們剛剛說到哪了？」川芎揉著眉心，心裡盤算著趕快將話題結束，然後開門送客。

「噢，說到我的名字跟八仙之一一樣。」少年愉快地說著，「其實我的父母真的是超崇敬藍采和，所以才給我取了和那位偉大神仙相同的名字呢。你不覺得藍采和真的是八仙當中，最帥氣、最英勇無比的一位嗎？」

川芎只覺得少年簡直像在特意誇獎，再論起他對八仙的印象——

「我倒是認爲曹國舅好像給人更英勇的感覺啊。」

「嘖，景休那傢伙明明只是顏面神經失調的囉嗦男而已。」

「你剛剛有說什麼嗎？」

「咦？沒沒沒，我只是說……我只是說，你眞的不覺得藍采和很帥氣嗎？不管是他的外形還是他的法寶，都帥氣到無話可說呢！」

「啊？是這樣嗎？可是我記得書上說過，他性別不明，法寶又是一個花籃，給人的感覺就是不男不女……」

「靠杯！你說誰不男不女又沒有男子氣概啊！」坐在川芎對面的少年突然情緒激動地一拍桌，一雙墨黑眼睛甚至吊高起來，就像是猛然遭人踩到尾巴的貓。

那模樣和上一刻的笑容滿面著實落差太大，倒是令川芎愣住了。

少年似乎也發現到自己的反應太過激動，乾咳一聲，撈過手邊的背包，不知爲何將右手探進背包裡。

如果川芎這時候回過神，一定不難察覺到少年手臂肌肉緊繃，彷彿使勁全力地抓著背包中的什麼。

同時間，背包裡也隱隱傳來類似悲鳴的聲音。

嗚喔喔喔喔！咿啊啊啊啊！呼哈哈哈哈！

而且悲鳴聲還有三種。

等川芎回過神來，少年早已抽出手，臉上又恢復微笑，背包裡的不明哀鳴也已停止。

「抱歉抱歉，因爲我是藍采和的忠實粉絲，所以剛剛有點激動了。」少年語帶歉意地刮刮臉頰。

川芎還是第一次聽說神仙也有粉絲，狐疑地瞄瞄行爲有些古怪的少年，卻也不想多說什麼，別人的事可跟他無關。隨即，他又發現桌子邊緣竟然塌下一角，他心裡納悶，不記得自家桌子什麼時候有了破損。

川芎沒有將這件事和方才拍桌的少年聯想在一塊。再怎麼說，少年一副瘦弱到像會昏倒的模樣，而桌子可是石製的。

不再多想，林家長男站了起來。

「時間不早了，小弟。你再不回家的話，家裡人會擔心的。」

不論是聲音或姿態，都清楚地表現出川芎要送客的意思。

少年似乎從眼角瞄見了什麼，忽然伸手往桌面探去，從雜誌底下抽出一張被壓著的紙。

在那張紙的下端，還可以清楚見到用黑筆寫上的四個粗黑字體。

「徵人……啓事？哥哥，是你們這邊要徵人嗎？」

川芎當然認得出那是什麼，他還沒有健忘到把自己前一天寫的東西忘記。

那是他寫好，卻還沒拿去社區公告欄貼的徵人啓事。

徵的是一名幫傭，並且提供包吃包住的待遇。

川芎原本是想找一名傭人，在他們父母出國旅遊的這一個月裡，可以幫忙整理家務、料理三餐，還能在他有事不得不外出的時候，照顧他最重要的妹妹。

可是他怎樣也沒想到，這張還沒貼出的徵人啓事會讓面前的少年發現。

林家長男瞇起了眼，滿是不信任地打量挨了一拳就暈倒，看起來肩不能挑、手不能提，一副就是頭上寫著「弱不禁風」的蒼白少年。

這樣子的小鬼頭，哪有辦法替人幫傭啊？

「哎，不知道你們還有沒有要徵人呢？」少年微笑。

川芎眉毛一挑，眼睛一橫，正打算說出「沒有」兩字，另一道帶著嬌嫩的叫喊硬生生比他快一步響起。

「有有有！我們有缺！」

小小的頭顱從二樓欄杆上探出來，身高不夠的莓花還努力地踮高腳尖。但一發現樓下的兩人注視自己的時候，她紅了耳朵和臉蛋，身體往下一沉，只露出一雙大眼睛，小手還抓著欄杆邊緣不放。

川芎明白得很，莓花絕絕對對不是因爲自己而臉紅的。他立即望了少年一眼，瞧見他又正對著樓上的莓花露出親切的微笑。

當然，如果他敢對莓花露出凶狠的表情，川芎一定會立刻將人趕出門的。

問題是，川芎一點也不樂意見到自己的妹妹因爲對方的笑，一張小臉蛋燒得更紅，似乎等會兒頭頂上就要冒煙了。

擁有重度戀妹情結的川芎很不高興，或者說，他的心裡非常不爽。

於是這名用專業術語來形容就是「妹控」的男人，雙手抱胸，以稱不上友善的態度回答。

「沒這回事，我們這邊沒有要徵人，所以小鬼你就快點……」

相當於逐客令的「滾回家去」還來不及說出，就被莓花打斷。

「葛格！」

莓花用力大叫一聲，她很少會用這麼大的音量喊叫。她拖著小熊娃娃急忙從樓上衝下來，小熊圖案的室內拖鞋把樓梯踩得啪啪響，一下子就跑到川芎身邊。

莓花像是害羞與少年面對面相處，她躲在川芎身後，半張小臉還讓小熊娃娃遮住，但她的手指卻緊揪著川芎的袖角不放。這是她對兄長有所要求的時候，不自覺中會做的小動作。

就算莓花還沒開口，川芎也清楚自己的寶貝妹妹想要求什麼。他告訴自己要鐵了心拒絕，那個自稱「藍采和」的小鬼，怎麼看都不像是替人幫傭的料。

所以，絕不是因爲自己嫉妒莓花竟然把注意力都放在這小鬼身上，才不肯答應的。

沒錯，就是這樣。

找到理由的川芎準備再次重申立場，沒想到少年竟無預警地捂著下巴、蹲下身，臉上的表情就像是承受莫大的痛苦，不時還會哀叫幾聲。

川芎被突來的狀況嚇了一跳。方才不是沒事嗎？怎麼突然就……

「小藍葛格！」

莓花慌慌張張地衝出去，蹲在少年身旁，擔心得像是要哭了出來。

「很痛嗎？還很痛嗎？」

「對不起啊，莓花、哥哥，我的下巴忽然間痛了起來。」少年扯出虛弱但純眞的笑，「可能是骨頭裂了吧……不過只要願意錄取我的話，傷口一定就不會痛了。」

川芎敢用自己祖父的名字發誓，眼前少年的這番話，明著是在對莓花說，但暗著則是在說給他聽。

「眞的嗎？這樣小藍葛格就不會痛了？」莓花深信不疑，連忙抬起頭，一雙大大的圓亮眼睛眨巴地望著川芎，「葛格，你能不能錄取小藍葛格？」

「我……」

「啊啊，好像又變得更痛了。」

「葛格，拜託你，拜託你嘛。」

莓花跑到川芎跟前，拉住他的一隻手，白嫩小臉仰高，淚汪汪的大眼裡散發強烈的祈求。

「葛格……」

就連軟綿綿的嗓音裡，也挾帶著一絲哭腔。

川芎的右腳後退了一步，那樣的角度、那樣的叫喊，對他無異於必殺的重重一擊。他低頭看了下妹妹，又瞧向一臉可憐巴巴的少年。

不知為何，他莫名就心軟了，甚至覺得應該讓這人留下來。

這念頭來得突然，他掙扎再掙扎，視線從少年身上又轉回妹妹臉上。

那雙圓亮還泛著淚光的大眼睛，仍舊眨巴眨巴地仰望著自己。

一秒、兩秒、三秒，川芎閉上眼睛，心一橫，說出了答案。

「啊啊，我答應就是了！」

事後，林家的長男只能詛咒自己的不夠堅定。

林川芎，你這個沒用的男人！

◉

在林家大宅的其中一間房間裡，少年癱倒在床上，讓自己的身體呈大字形，接著他伸手摸摸臉頰，像是虛脫般吐了一大口氣。一整天維持微笑的表情，讓他肌肉都要痠痛起來。

「嗚啊啊，笑得我臉快僵掉了……」

少年一邊揉著臉頰，一邊抬眼盯著米白色的天花板，然後再轉動眼珠，打量起周遭環境。

這裡是林川芎說要讓他暫時使用的房間，附有基本家具，包括床、衣櫃，還有桌椅。

閉上眼睛一會，少年又睜開眼，重新坐直身體。

「不過笑容果然可以使人類對我的印象加分。最重要的是，莓花眞可愛，哥哥也挺不錯。咱們的運氣眞好，對吧，阿蘿？」

明明房裡只有少年一人，然而少年後半段的句子就像是在和自己以外的另一人說話。

下一剎那，一陣窸窣聲音傳來。

那是從少年手邊傳來的，而聲音的來源，竟是擱置在床上的背包。

被扣上釦子的背包抖動了下，繼續發出窸窣聲，如同在回應少年的問句。而那抖動的模樣，就宛如背包本身是活的，抑或是，背包裡有什麼生物。

下一刻，背包袋口被某種力量打開了。

有一隻手——沒錯，就是一隻有點短的手——朝少年比了一個大拇指，隨即又無聲無息地潛回去。

假使這一幕讓其餘人瞧見了，一定會為這不可思議的場景大吃一驚。不過少年只是點點頭，似乎很高興對方的看法與自己相同。

瞄了瞄被關上的門，保險起見，少年決定還是先不要把「阿蘿」放出來。畢竟讓人撞見「阿蘿」的話，那可不是一、兩句話就能解釋清楚的。

「哎，在等哥哥拿衣服過來的時候，就來複習一下這個吧……」

刮刮臉頰，少年盤腿坐在床上。他從牛仔褲口袋掏出一本薄薄的小冊子，外皮因為被擠壓而變得縐巴巴，但依然能看見上面的數個大字。

黑色，粗體，還在下面加了陰影效果。

當我們在人界．你不得不知的求生守則

少年翻開第一頁，又從牛仔褲的另一側口袋掏出筆。他直接用嘴咬開筆蓋，低頭在目錄頁上的幾個標題旁塗塗寫寫。

錢要自己賺。成功，打一個圈。

工作要自己找。成功，同樣也打一個圈。

在人界所使用的「乙殼」，記得要按時補充營養。成功，所以繼續打一個圈。

確認基礎篇的三個主要守則都有達成後，少年滿意地瞇起一雙眼。

接下來，這名自稱是八仙・藍采和粉絲，但實際上就是本人的少年——性別男，仙齡不可考——將小冊子又翻到下下下下一頁，決定開始鑽研進階篇的內容。

參 人類與蘿蔔的初次見面

林川芎正蹲在自己房間的衣櫃前，努力翻找可以派上用場的衣物。

「哥哥，請問你這裡有提供盥洗用具跟衣物嗎？」

只要一想起那張純良無害的笑臉，以及那句無辜的問話，川芎就忍不住又想咒罵一次。

搞什麼，這小子是將我們家當成旅館嗎？究竟有沒有自己是來應徵幫傭的自覺啊？

但是不滿歸不滿，川芎還是認眞地尋找適合藍采和穿的衣服，畢竟都答應對方了。

說起林家的長男，他的優點除了「想到就做」之外——雖然有時候這也會因時而異地變成了缺點——另一個優點就是「答應的事就會做到」。

所以川芎答應了妹妹，讓來歷不明的藍采和住下——即使一個月後，他就要想辦法將藍采和趕出他們的屋子。

所以川芎答應了藍采和，開始在衣櫃裡東翻西找——即使他只打算提供三件五百元的超便宜地攤貨。

不管如何，林川芎是在努力地執行自己應允的事沒錯。

……如果不計較他內心的未來計畫的話，是這樣沒錯。

「這件可以，這件……等等，這件不行，太貴了……這樣應該差不多了吧？話說回來，哪有幫傭的還要雇主提供衣物跟盥洗用具啊……」

一邊叨唸著不滿，川芎一邊將衣櫃重重關上，抱著一疊衣物站起。他的腦海中則在盤算著，明天起要分派多少工作給藍采和。

最好是那種可以將對方累得半死，逼得他自動離開，但又不會讓莓花察覺到哪裡不對勁的工作量。只要一扯到自己的妹妹，心胸就會特別狹窄的男人露出了陰惻惻的笑。

抱著像座小小山的衣物，川芎走出房間，還不忘特意從二樓欄杆旁探出頭，俯望一下正待在客廳的妹妹。

莓花穿著小熊拖鞋，抱著她心愛的小妮，正在和電視機裡的魔法少女莉莉安一起擺出懲罰壞人時的招牌姿勢。

「魔法少女莉莉安，今天要代替魔法少女之神來懲罰你們！」

電視裡傳出的嬌俏嗓音，和電視外的稚嫩叫喊，異口同聲地疊合在一塊。

川芎臉上不自覺地浮現曾被朋友稱作「笨蛋哥哥」的寵溺笑容，覺得莓花果然是全世界最可愛的人了。

川芎佇足了一會，又繼續向前走。他們家的屋子是一棟三層的建築物，地下一層、地上兩層。而二樓更是特意建成ㄇ字形，不管從哪個方向，都可以向下眺望客廳景象。

而藍采和目前使用的房間，就正好位於右側最底端。

就算身為這個家的主人，同時也是藍采和的雇主，川芎也不會隨隨便便連門也不敲，便直接闖入對方的房間。

所以當川芎瞧見房門緊閉時，他挪出一隻手，在藍采和的房間門上敲了敲。裡邊什麼動靜也沒有。

川芎眉毛習慣性皺起，二度敲著門，還順便喊起少年的名字。

「藍采和？喂，藍采和！」

依然一片悄然無聲，少年似乎沒待在房間裡。

是跑到樓下還是跑去上廁所？川芎只思索了數秒就放棄追究下去。他直接推門而入，反正他也只是要放個衣物而已。

明淨的房間裡頭確實沒有看見藍采和的身影。他的竹籃子倒是擱在床頭櫃上，背包則呈現打開狀態地倒在床鋪中央。

就在川芎把衣服擺在床邊時，他的雙眼因爲瞄見了什麼，頓時瞇細起來。

白胖的枕頭底下，有一小截突兀的綠色顯露出來。正因爲枕頭和床單都是白色的，以至於那一小截翠綠，相當容易惹人注意。

那是什麼？川芎心底浮上納悶，他覺得那看起來有點像葉子。不過，他可不記得自己有將植物或是相關物品遺留在這。

川芎乾脆走上前，在這麼近的距離之下，他更加確定了那是葉子沒錯。當川芎的腦海中浮現「把它拉出來」的念頭之際，他的身體也跟著行動了。

他沒有多加猶豫，一把抓住了翠綠葉子，然後朝外一扯。

一個白胖物體瞬間連著葉片被人提在半空中。

「幹！這是什麼鬼！」川芎一瞧清自己抓著的東西，瞪大眼，反射性爆出了髒話。

不能怪川芎有這麼大的反應，畢竟他從來沒想到會從枕頭底下拉出一根蘿蔔。而且那蘿蔔還有手有腳，就連白色的軀幹上都有著仿人的五官——眉毛、嘴巴、鼻子，以及一雙閉著的眼睛。

但是川芎很快就冷靜下來，他猜這大概是莓花忘記帶走的玩偶。

「不過……這玩偶也做得太逼眞了吧？」

川芎捉著葉子，伸手摸了摸白胖的蘿蔔，覺得掌心下傳來的觸感就和昨天從超市買回來煮湯的蘿蔔一模一樣。

「連腳毛都有？」

川芎改握住蘿蔔玩偶的身軀，有些吃驚於它的精細程度。

也不知這玩偶是哪間廠商製造的，除了觸感摸起來像是眞的蘿蔔，包括它的腳毛、眼睫毛，甚至是五官，感覺起來都是栩栩如生。

緊接著，川芎又發現更令他吃驚的地方。這個蘿蔔玩偶……竟然還能發出打呼的聲音？

像是要確認自己沒聽錯，川芎側耳貼近玩偶。雖然聲音很細微，但眞的是「呼……呼……呼……」的聲音。

逼眞到這種程度，川芎不得不承認，這已經超脫了「可愛」，而是進入到「噁心」的境界。

「話說回來，這玩意的電池藏在什麼地方？」

川芎的好奇心完全被眼前的蘿蔔玩偶挑起，他忘記自己原本只打算放個衣服就離開的。他抓著蘿蔔左右翻看，還扯扯葉子，扳動它的手或腳，試圖找出放電池的位置。

「總不會是太陽能的吧？」

也不知道是蘿蔔玩偶做得太精細還怎樣，不論川芎怎麼找，就是看不出有哪個地方能打開放電池。

川芎的動作不自覺變得有些粗暴，甚至扳動蘿蔔右大腿的時候不小心扯下它一根腳毛。

「嗚喔！」

川芎動作瞬間停下，他聽見房裡響起了自己以外的聲音。可是，房裡就只有他一人……

川芎先是狐疑地左右張望了下，接著下意識把目光向下移，一路移到自己猶抓著蘿蔔玩偶的左手，並且和另一雙小而細的眼睛對上。

這玩偶未免做得好過頭了吧？這是川芎在和蘿蔔睜開的眼睛對上時，最先浮上的念頭。

但下一秒，這個念頭就在川芎腦海中灰飛煙滅。

因爲林家的長男，不只看見了蘿蔔玩偶睜開眼睛，還看見它像是眼睛抽筋一樣地朝自己拋個媚眼。

「討厭啦，小藍夥伴，你怎可以對俺這麼粗魯？腳毛可是咱們蘿蔔充滿男子氣概的象……」

照理說，「象」之後應該要接的是「徵」字。

不過川芎沒有多餘心思去在意這種微不足道的細節，事實上，他的大腦一片空白，傻愣愣地直瞪著那根朝他拋媚眼、話還沒說完就猛然閉上嘴的蘿蔔。

川芎已經不稱呼它「玩偶」了，他認知的玩偶是絕對不會對人拋媚眼——就算那媚眼笨拙得要命，簡直像眼抽筋——還如此流暢地說著話。

至於那根被川芎捉著的蘿蔔顯然發現扯掉它腳毛的男人，並不是它口中喊的「小藍夥伴」。那雙細小眼睛頓時撐大至極限，同樣直瞪著川芎。

川芎和蘿蔔對看。

他和一根蘿蔔，就這樣你不說話、我也不說話地，對看了五秒鐘。

就在進入第六秒時，高分貝的兩道聲音可說是分秒不差地一塊響起，撕裂房間的寂靜。

「啊啊啊啊啊啊啊啊啊——」

「啊啊啊啊啊啊啊啊啊——」

川芎和蘿蔔同時尖叫出聲，雙方眼中皆透露出無比的驚慌失措。

川芎反射性扔開仍在尖叫的蘿蔔，用最快速度朝門口衝去。

陷入驚恐狀態的川芎壓根沒去細聽，掉在床上的蘿蔔是尖叫著「你不是夥伴！你是誰！

你想對冰清玉潔的俺做什麼！」，更不用說分神注意到門外亦響起一陣匆忙的奔跑聲。

川芎的手還來不及將門拉開，那扇半掩門板就已搶先一步地被朝內猛力揮撞——

不偏不倚撞上了川芎的臉。

過大的力道打得川芎眼冒金星，身體驟失平衡，就這麼直挺挺地向後倒下，換來後腦勺和地面的最親密接觸。

接連而來的疼痛令川芎眼前一黑，意識像被人摔擲在地的拼圖，向著四方散落成一地零碎。

「阿蘿！哥哥！」

「夥伴！夥伴！有人要對俺心懷不軌啊！」

有誰的聲音交雜在川芎耳邊。

藍采和的大喊，蘿蔔悲慟的尖叫。

就在川芎的意識要被黑暗吞沒的前一秒，他最後閃過腦海的念頭是——

混帳，誰會對一根有腳毛的蘿蔔有興趣啊。

是夜。

有著柔軟鬈髮、大眼睛和蘋果臉頰的小女孩，用捏成拳頭的小手揉了揉眼，打了個呵欠，努力想讓自己清醒一點。無奈眼皮就是沉重得不得了，就算心裡想著不要睡、不要睡，依舊無法控制地掉下來。

眼皮闔上，又驚覺地睜開；眼皮闔上，又驚覺地睜開。

重複了幾個循環之後，莓花終於耐不住如大浪襲來的睏意。她闔上眼，小小的腦袋垂下，不時還會像小雞啄米似地點呀點的，抱著小熊娃娃，坐在自己哥哥床前打起了瞌睡。

如果是平常時候，莓花早就換上小熊睡衣乖乖地回到房間，閉上眼睛睡覺。幼稚園的老師說過，早睡早起才能長得像大樹一樣高。

而莓花此刻還沒有回去房間的原因，就是爲了躺在床上、尚未醒來的川芎。

那是在幾個小時前發生的事。

莓花那時候正在看「魔法少女☆莉莉安」，她聽見二樓突然傳出尖叫，然後就看見藍采和從廁所衝出來，衝進他的房間裡，接著又衝出來，慌慌張張地對著跑上樓的她道歉，說他開門不小心太用力，把川芎打暈了。

於是，川芎就從那時候一路昏迷到現在，尚無甦醒的跡象。

和莓花一塊待在川芎房間的，還有藍采和。

發覺到莓花開始打起瞌睡，藍采和走到她身邊，伸手輕輕搖下她的肩膀。

「莓花、莓花。」藍采和壓低聲音，怕驚嚇到莓花地輕喊著她的名字，「我先帶妳回房間睡覺好不好？哥哥有我負責照顧，妳不用擔心。」

聽到聲音，加上肩膀被搖晃的力道，莓花迷迷糊糊地睜開眼。她其實沒有聽仔細藍采和在說什麼，只是反射性地「嗯」了一聲，充滿睡意的大眼睛不受控制地閉上，小腦袋繼續點呀點的。

藍采和輕手輕腳地將半陷入夢鄉的莓花連著小熊娃娃從椅子上抱起，他纖細的手臂出乎意料地充滿力氣。

將莓花抱在懷裡，確認床上的川芎還沒有恢復意識，藍采和悄聲地離開房間，還不忘反手將房門關上。

走廊上的壁燈還亮著，倒是一樓已經關了燈。從欄杆向下望去，下方盤踞著黑暗，家具的輪廓半隱半現，給人一種像是下一秒會活動的奇妙感。

把莓花送回房間後，藍采和佇立在走廊上，他吐出一口氣，同時眼尖地發現到自己的房間門正被由內向外地拉開一條細縫。

一抹雪白、頭上還頂著翠綠的身影探出頭，左右張望一下，隨後迅速衝向藍采和。

「小藍夥伴啊！」

在距離藍采和只剩一步之遙的時候，那道白影飛躍起來，打算和對方來個熱情的擁抱。

然後。

然後相貌白淨的少年，猛力捏緊那根向自己撲來的白蘿蔔。

還可以聽到白蘿蔔彷彿要斷裂一樣的清脆咔嚓聲。

「阿蘿，你這混帳，誰准你又偷偷跑出來啊？」

藍采和面帶微笑，卻是咬牙切齒地擠出了陰森森的嗓音。就連他的額角，也是布滿著代表憤怒的青筋，幾乎要連成一個井字號了。

「我們好不容易才在人界找到落腳的地方，萬一被哥哥當作妖怪趕出去怎麼辦？」

回應藍采和的，是阿蘿如同即將斷氣的呻吟聲。

「夥伴，俺要死了……你再捏下去，俺一定會死……俺看見俺的祖母在跟俺招手了啊……」

施加在阿蘿身上的強大手勁驀然鬆放，卻不是因爲擔心阿蘿看見自己的祖母，隨時可能會跟她一起到神祕小花園的緣故。

無視白蘿蔔在劇烈咳嗽，頭頂上的葉子還無力地垮了下來，藍采和抿直唇線，墨黑的眼珠直直地朝某個方向望著。

那模樣，就像是在側耳傾聽什麼。

藍采和的確是在傾聽沒錯。

雖然現在包圍在一人一蘿蔔周圍的是大片寂靜，但剛才阿蘿呻吟時，藍采和確定自己是眞的聽見了一個聲音——啪噠一聲，就好像某個物體被翻倒，倒落在地一樣。

而且，是從樓下傳來的。

「喂，阿蘿。」藍采和聲音放得很輕，依舊瞬也不瞬地凝望著同一個方向，「你有在這個家感應到什麼嗎？我是說，那些傢伙們的氣息。」

「等等、等等，讓俺感應一下。」

從藍采和手中脫出的阿蘿立刻站直身體，豎高它的蘿蔔葉。只是蘿蔔葉很快又垂下，阿蘿將兩隻短手交叉在胸前。

「叭叭，完全沒有耶，夥伴，都沒有他們的氣息呢。」

「是嗎？」藍采和喃喃地說，有絲失望，「果然是沒辦法那麼順利地就找到他們……」

「他們」後面就突然沒了聲音。

一樓再次傳出類似東西翻倒的音響。

這個家就只住著川芎和莓花，然而兄妹倆都在各自的房間裡，一個昏迷、一個睡著。因此，整棟房子就只剩下今日臨時進駐的藍采和（附帶他的蘿蔔）還清醒著。

此刻三人加一根蘿蔔，全都在二樓。所以說……

在一樓製造出聲響的，究竟是誰？

難不成有人闖空門？藍采和內心一驚，連忙一揮手，但隨即又想起自己現在被限制在「乙殼」裡面，一般狀況下，根本無法使用仙術。

「夥伴，要俺去幫你拿『乙太之卡』解除封印嗎？」阿蘿用氣聲問。

「不，不用。萬一我的眞身讓莓花他們撞見的話，那就眞的不知道要怎麼解釋了。」藍采和搖搖頭，他可不想在成功入住林家的第一天，又因爲這樣的事而讓人趕出去。

隨後，他抓起阿蘿充當防身武器，躡手躡腳地下樓。

一樓有些昏暗，不過借助二樓走廊猶亮著的壁燈，能見度並不會構成太大問題。

單手抓著阿蘿的蘿蔔葉，藍采和盡量壓低身形，小心避開客廳裡那些家具，不讓自己踢到它們或撞到它們。

偌大的客廳中並未看見任何身影，於是藍采和繼續往廚房前進。

沒想到廚房裡仍是一個人也沒有，藍采和甚至開了冰箱，檢查會不會有人躲在裡面。不過冰箱內就只有蔬菜、水果，還有一些雜七雜八的物品。

客廳，沒有；廚房，沒有；冰箱，也沒有。

藍采和只好改變路徑，前往一樓的另一側。

說也奇怪，就算藍采和將一樓都繞過一遍，仍舊沒瞧見他以外的其他身影，到後來，藍采和不得懷疑是不是自己聽錯了。

或者，眞的就只是東西沒放好，自個兒翻倒而已？

藍采和納悶萬分，不過毫無所獲的情況下也只好放棄，選擇回到二樓，好繼續看顧昏迷未醒的川芎。噢，順便得想好一套說詞，設法應付對方醒來後的質問。

但是，要準備怎樣的說詞，才能讓一牽扯到莓花就冷靜全失，可平常看起來還是相當精明的男人相信自己呢？

藍采和煩惱地沉吟著，步伐沒停，一步一步地踩上通往二樓的階梯。

細微的腳步聲在萬籟俱寂的屋子裡，聽起來格外清晰。

踢躂踢躂、踢躂踢躂。

「你覺得哥哥有沒有可能被那一撞，就忘記你的事呀，阿蘿。」

「不是俺想潑你冷水啊，夥伴。但憑俺這麼帥氣無比的模樣……」

遭人拎在半空的阿蘿，用食指和拇指比出一個代表「七」的手勢，放置在它的嘴巴之下——它本來想放下巴下面的，可惜它根本沒有這個部位。

「俺怕那位大哥會對俺念念不忘呢。不過俺的帥氣度還是差你一公釐啦，夥伴。」

「這麼說也是啊……」藍采和附和，只是不知道他附和的，是川芎基本上不可能忘記撞見白蘿蔔的那一幕，抑或是他比白蘿蔔還要帥氣這一點。

上樓的腳步聲還在繼續，迴盪在稱得上寬敞的樓梯間。那種細微，在夜間卻又明顯的踢躂踢躂聲。

踢躂踢躂、踢躂踢躂。

「總之，先死不承認就是了。」藍采和做了決定。在尋找到那些傢伙之前，說什麼都不能被趕離這個有得吃又有得住的地方。

就算自己的本體是仙人，但來到人間、被轉換成等同於人類身體的「乙殼」之後，現在的他和一般人類沒什麼兩樣，吃喝拉撒睡一項也不能少，他可不想流落街頭喝西北風。

「阿蘿，你可得躲好，千萬別讓哥哥再見到你……我說，阿蘿。」

晰。

少年語氣忽然出現突兀轉折，聲音變得更輕了，幾乎細不可聞。

「俺在，夥伴。你有啥事要問俺的？」受對方影響，阿蘿也跟著用氣聲回話。

上樓的腳步聲猶在繼續，一樣是踢躂踢躂的聲響。細微，但襯著夜晚的寂靜又格外清晰。

可是，現在這裡有個問題。

沒錯，就連身爲一根白蘿蔔的阿蘿，也發現這個再明顯不過的問題了。

「俺也說，夥伴……」阿蘿吞了口唾沫，它喉頭滾動，可惜沒有喉結，所以從外觀上很難看得出來，「那個，俺被你拎著，腳可搆不到地，對吧。」

「啊。」藍采和說，「附帶一提，在我們討論起哥哥能不能忘記你的事的時候，我就停下沒走了。」

簡單來說，此時此刻的藍采和是停在階梯上和阿蘿說著話的。

腳步聲卻還在繼續，在樓梯間規律地響著。

踢躂踢躂地響著。

藍采和握著阿蘿的手指不自覺收緊，就算回頭什麼也看不到，但從聲音的遠近來判斷，他感覺得出來，那道聲音正朝自己的方向靠近。

越來越近，剩五階、四階、三階、兩階、一階。

腳步聲停止了。

藍采和按著樓梯扶手，腳步抬起。他屏著氣，往前走了一步。踢躂。

無形的腳步聲向前又逼近一步。

下一秒，藍采和狂跑起來，三步併作兩步，直接將好幾級階梯當成一級，一口氣橫跨而上。

藍采和身後的那道腳步聲跟著狂追，原本緩慢的踢躂聲轉變成快速又急躁的追逐聲響。

藍采和衝上了二樓，在走廊間急速奔跑，他可以聽見後方的腳步聲窮追不捨。

當他奔過第一盞壁燈下的時候，仿照貝殼造型的壁燈瞬間就像接觸不良，眨眼沒了燈光。

與此同時，走廊相反端的壁燈也開始一盞盞熄滅。

左邊的第一盞、左邊的第二盞、左邊的第三盞。

右邊的第一盞、右邊的第二盞、右邊的第三盞。

燈光熄滅的速度相當快，以至於看起來就像是黑暗從走廊兩側底端湧出，一路吞噬光明。

藍采和沒有多想，也沒時間多想。他極力地伸長手臂，指尖碰觸到門把，迅速旋開，幾乎要跌倒一般地衝進去。

當阿蘿自藍采和手中脫出，它用最快速度跳起，把房門關上，剛好隔絕住門外的黑暗——

走廊上的最後一盞壁燈也熄滅了。

藍采和坐在地板上，雙手撐地，大口大口地喘著氣，一雙墨黑眼睛先是和靠著房門滑坐下來的阿蘿對上，然後再慢慢移至門縫。

那裡，又重新溢入鵝黃色的光明。

雖然沒打開門察看，但藍采和也猜得出來，走廊上的那些壁燈顯然都回復正常。

再然後，這名以人類少年姿態進駐到林家的仙人，猛然想起一件重要的事，他不敢相信自己竟然會忘記。

「……喂，阿蘿。那個在人界的說法，叫作『靈異事件』對吧？」

「是沒錯，夥伴。大眾一點的說法又叫作『鬧鬼』唷。」

「那我們幹嘛要跑？」

「咦？」

「靠杯咧，我明明就是仙人我跑什麼跑啊！」

肆 林家大宅的祕密

陽光自玻璃窗外透進。

先是落在窗台邊，接著再順勢滾落至明淨的磁磚地面，將米白色的磁磚染上燦爛的金黃。

等到陽光確保好自己的領域後，又持續向前拓展它的勢力範圍，開始逼近了餐桌邊，準備映照桌上的草莓烤吐司和紅茶。

明明是如此美好的一個下午，但川芎卻覺得有哪裡不對勁。

不，應該說……他忘記什麼了？

川芎下意識地摸了摸還有些腫的後腦勺，他記得自己昨晚被門打到頭，然後讓藍采和看顧一整晚，然後他昏睡到下午才醒來……

「葛格，怎麼了？」坐在沙發上的莓花歪著頭，困惑地望向猶站著不動的川芎，「你不吃嗎？這些是莓花準備的呢。」

「不不不，我怎麼可能不吃呢？」川芎立刻坐下來，暫時不去管腦袋內如同毛線球般糾結的思緒。他拿起屬於自己的烤吐司，張嘴咬下第一口。

也許是草莓果醬有助於思考，也許只是川芎腦海中的毛線球突然鬆開，總之當川芎咬上吐司的瞬間，他猛然想起是哪裡不對勁了。

「給我慢著！」

他放下咬出牙印的吐司，用力指著坐在右手邊的少年，拉高了嗓音。

「藍采和，爲什麼是我家的莓花在烤吐司給你吃！」

被連名帶姓點到名的少年則是咬著吐司，回以茫然又無辜的表情，似乎不知道自己哪裡做不對。

就連莓花也是眨巴著圓亮的眼睛，小臉蛋上寫滿不明所以。

襯著那一大一小同樣茫然的神情，反倒顯得川芎態度過分凶惡。

川芎可不管自己的態度凶不凶惡，他繼續指著明明昨日來應徵幫傭，現在卻吃著雇主妹妹準備的下午茶點心的少年。

「照、道、理、說，這不應該是你的工作嗎？」

看看眼前這一幕，別說藍采和有什麼幫傭的模樣了……坐在沙發上，自然而然地與他們兄妹吃起下午茶的人，看起來就像是林家的一分子！

喂喂喂，這樣立場根本顚倒了吧！

藍采和眼巴巴地盯著川芎一會兒，隨後才發出「哎」的一聲，像是終於醒悟對方的意思。

不過藍采和還沒說出任何反省之詞，坐在他對邊的莓花已先跳出來幫他說話了。

「因爲小藍葛格在照顧葛格你啊，而且、而且……」她眨著大大的眼睛，像是有些失望地小小聲問，「難道說，葛格……不喜歡莓花烤的吐司嗎？」

「喜歡！哪可能不喜歡呢？」川芎馬上大聲地說，同時也在心底檢討，自己是不是眞的對藍采和的態度太苛刻了一點。畢竟對方辛苦地照顧自己一整晚，還弄出熊貓眼，他卻……等等，是不是有哪個地方怪怪的？

川芎思緒中斷一下。

這時候，倘若林家長男是心思敏捷的人，很快就可以察覺到藍采和照顧他是應該的——再怎麼說，將他撞暈的始作俑者就是對方。

可是，很可惜地，通常莓花在場的情況下，他並不是。

川芎在還沒理清兩件事的關聯性之前，馬上就被藍采和提出的一個問題轉移了注意力。

那名膚色蒼白、眼眸墨黑如潭的少年提出了一個很簡單，但也令林家兄妹異常困惑的問題。

他問：「你們昨晚有聽到什麼奇怪的聲音嗎？」

聲音？川芎略略思考一下，隨即宣告放棄。老天，自己昨晚都暈倒了，是還能聽見什麼聲音？他直接對藍采和搖搖頭。

莓花則是慢慢地紅了小臉，小小聲地開口：「那個，該不會是莓花有打呼？」

藍采和還眞希望答案有這麼可愛就好了。只是從川芎和莓花的神情來看，顯然只有他和阿蘿聽到並目睹那陣異常而已。

「之前，我是指在我來之前……都沒有什麼奇怪的事，或者奇怪的聲音嗎？」藍采和不死心地再問。他希望能找出蛛絲馬跡，好讓他有辦法更了解那只聞其聲不見其影的幽靈。

「沒，完全沒有。」

川芎不明白藍采和爲什麼要追著這種奇怪的問題不放，他替自己又倒了一杯紅茶。

「能有什麼奇怪的事發生？最多是因爲房子老舊一點，所以颳風下雨的時候會發出一些嘎吱的聲響。」

畢竟是老房子嘛，不是嗎？川芎聳聳肩膀，他的表情就像在這麼反問。

藍采和有些氣餒，決定之後還是靠自己和阿蘿來個夜間大搜查線。不過川芎接下來說的話，又給了他一絲希望。

「當然，偶爾也會有的。」川芎補充道：「那種老房子發出的聲音眞的很奇妙啊，藍采和。除了嘎吱聲之外，還會換成類似走廊奔跑的聲音。」

「莓花還聽過像是跳來跳去的聲音。」莓花舉起手，跟著提供意見，「啊，也有很像有人在哭的聲音呢。」

一般來說，就算是相當有歷史的老房子，也很難無故發出像是跑來跑去或跳來跳去的聲音，更不用說是有人在哭泣了。

藍采和臉上難得掛不住無辜單純的笑，他張張嘴巴，開始在想這對兄妹到底是大膽或遲鈍。他覺得後者的可能大過前者，而且是大得非常多。

川芎無心留意藍采和的表情，他一口飲盡紅茶。此時電視節目正在播放甜點特輯，一個個造型繽紛夢幻的蛋糕看得莓花眼睛亮晶晶，不時讚歎低呼。

川芎心頭一動，瞄了瞄藍采和，拿起手機傳訊給好友，將原本約見面的地點從家中改到甜點店。

得到確認的答覆後，他抓著外套站起，對藍采和說道：「我要出門了，沒時間寫工作清單給你，所以這兩點你聽清楚，藍采和。一，照顧好我的寶貝莓花。二，把家裡掃除一下，地下室也順便，就這樣。」

藍采和做了一個敬禮的手勢，表示有記在心裡。

川芎和寶貝妹妹來個離家前的擁抱，直到莓花覺得他實在抱太久，鼓起腮幫子，開始伸出小手扯著他的臉頰，川芎才依依不捨地放開她。

川芎在踏出大門前，還不斷地一步一回頭。

而等到川芎搭上公車，碰巧看見一位中年婦女提著一袋青菜，袋子裡還立著一根白蘿蔔時，川芎腦海裡還被打了一個結的思緒，這瞬間徹徹底底完全解開了。

蘿蔔，人面蘿蔔，會說話、會拋媚眼的人面蘿蔔！

川芎臉色鐵青，他終於想到自己遺忘了什麼，卻已經來不及衝回家，揪著藍采和的領子惡狠狠地逼問那根非常理的蘿蔔究竟是什麼。

在藍采和寄住林家暫時使用的房間裡，他的竹籃子和背包都被整齊地擱置在床頭櫃上。

此刻房間主人不在，擱立在床頭櫃上的背包卻突然出現一絲晃動。噢不，那絕對不是因爲地震，一旁的竹籃子可是好端端的，連點搖晃也沒有。

背包晃動幅度變大，失去平衡之下，終於從床頭櫃上滾落，倒在床鋪中央。同時間，背包被「啪」的一聲打開了。

一抹翠綠從袋口竄了出來，翠綠之後緊接著是白色的軀體。

一根白蘿蔔正手腳並用地自背包裡匍匐前進，頭頂上的葉片還不時搖呀晃的。

只見那具白胖身軀才爬行到一半，還有一半留在背包裡，立刻就因爲門把轉動的聲音陷入僵硬，就連蘿蔔葉也緊張地豎直起來。

糟糕了，小藍夥伴，你的夥伴現正身陷二級危機狀態呀！阿蘿在內心大叫，並且掙扎著自己該縮回背包，還是用光速俐落帥氣地翻到床底下躲好。

阿蘿最後選擇後者。

第一秒，阿蘿脫出背包。第二秒，它翻至床下。這兩個步驟進行得非常順利，它甚至都想爲自己的帥氣喝采了。

第三秒，按照阿蘿的計畫，是衝進床底下，完美地隱匿自己的身形。

它確實也按照計畫行動。

但是，這房裡的床鋪卻沒有所謂的「床底下」，床墊下是一個和床墊同樣大小的木頭床櫃。所以，阿蘿硬生生地和木櫃撞在一起，發生了一記聽起來相當清脆的聲響。

與此同時，房門也被人打開。

顧不得身體和心靈上的疼痛——它不敢相信自己竟然會估算錯誤，破壞自己的帥氣度——阿蘿飛快地閉上眼睛，臥倒在地上，假裝自己是一根普通又無害的白蘿蔔。

不過就算是僞裝成一根普通的白蘿蔔，也沒辦法掩飾俺天生的帥氣！阿蘿堅定地想，聽見門被開啓又被關上的聲音。

喀噠一聲，然後是越漸清晰的腳步聲。

阿蘿死死地閉著眼睛，努力不讓眼睫毛顫抖，並在心裡不斷祈求「俺是一根帥氣但普通的蘿蔔，快點離開，不要發現俺」。

只是當它如此祈求的時候，腳步聲還是天不從蘿蔔願地朝它所在的方向靠近了。

阿蘿只覺得自己要冒出一身冷汗。萬一那個有著蘋果臉頰和大眼睛的害羞小姑娘發現它是帥氣又不普通的蘿蔔，它的小藍夥伴絕對會一把將它掐成兩半的。

腳步聲忽然停止了。

雖然阿蘿閉著眼，連大氣也不敢吭一聲，但它能感覺到上方的光源被什麼遮住。換句話說，腳步聲的主人在它身旁停下了。

下一秒，有誰的腳毫不客氣地踩在它身上，並且還加重下壓的力量。

等等，這個力道、這個腳印尺寸……原本發誓要堅忍不拔、不管受到敵方何種虐待都要嚴守祕密的阿蘿，瞬間睜開細小的眼睛。

正如它所猜想一樣，映入眼中的，赫然是再熟悉不過的年輕笑臉。

純良、無害，一雙墨黑眼睛瞇成彎月狀，如果不要太在意額角迸現的青筋，確實是一張完美的笑臉。

「小藍夥……嗚喔喔喔喔！輕點啊，夥伴！你踩得太……咿啊啊啊！呼哈哈哈哈！」

還沒來得及喊完的呼喚，立刻因爲猛然加大的力道變成怪異的呻吟聲。

一根有手有腳還有張人臉的白蘿蔔，就在藍采和的腳下呻吟扭動，頭頂上的蘿蔔葉彷彿也感染到痛苦般，跟著一顫一顫的。

直到阿蘿覺得自己只剩一口氣，眼前浮現有祖母跟它招手的小花園，施加在身上的力道才終於移開。

「呼呼呼……」阿蘿大口大口地吸著氣，「俺差點……俺差點以爲俺會死啊，夥伴……」

「就算折成兩半，你也不會死的。」

藍采和用稍嫌冷漠的眼神睨著險些要被他踩成兩半的人面蘿蔔。他蹲下來，揪住那把蘿蔔葉，讓那雙細小眼睛與自己對視。

「阿蘿，你忘記我交代過什麼了嗎？」

「呃，睡前要刷牙？」阿蘿以蘿蔔葉被抓住的姿勢轉動著身子，似乎想挑戰自己能不能做三百六十度的旋轉。

不過它才轉了四分之一圈，就被藍采和捏住白胖的身軀。

照慣例，五指再度惡狠狠地施勁。

「對、對不起！俺是開玩笑的……俺是開玩笑的啦，夥伴！」

阿蘿尖叫。就算被掐成兩半它也不會死，但它一點也不樂意見到自己的身體分成兩截。

「俺只是不小心滾到床下，不是故意要隨便溜出來——！」

「嘿，拜託你小聲一點，萬一把莓花引來了怎麼辦？」藍采和鬆開箝制，一掌摀上阿蘿的嘴，「睡前要刷牙才不是我交代的，那是景休訂下的規矩啦……咦？我怎麼說到這？」

發現自己離題的藍采和連忙甩甩頭，看樣了也許是睡眠不足，才會造成他思緒出現混亂。

「哎，反正你自己多注意一點，千萬別讓哥哥和莓花抓到我們的把柄。你知道的，我們會來豐陽市，就表示那些傢伙是在這裡沒錯……雖然現在還感應不到他們的氣息……」

他清秀的眉宇浮上一絲沮喪，肩膀甚至垮了下來。

「要是不快點找到他們……老天，我眞不敢想像那下場，阿蘿。」

罕見的沮喪，感染了他手中捉著的人面蘿蔔。

雖說嘴巴被捂住，沒辦法用言語表達什麼，不過阿蘿還是伸出它的右手，拍拍藍釆和的肩膀，藉此表現自己的安慰之意。

藍釆和垂下漂亮的眼睫毛，自顧自地說下去。

「我很感謝你的安慰，阿蘿。雖然你那時候睡死了，連他們失蹤也沒發現到。」

阿蘿右手僵住。

「不過我可以保證的，沒錯，我可以保證。等我找到他們，用繩子將他們綁住，然後學電視上說的那個什麼……是ＳＭ嗎？聽說這招很適合用來管教，但是那位姑娘的穿著挺奇特的，我也要學她嗎？而且，爲什麼是ＳＭ？不能用ＰＭ或是ＢＭ嗎？」

阿蘿這次連蘿蔔葉也僵住。

「噢，對不起，我又離題了。」藍釆和苦惱地敲敲頭，「這個『乙殼』還眞有點不好用，睡眠不足就會造成注意力分散。總之，我要保證的是，在我那個什麼ＳＭ他們的時候，我絕對不會對你出手……阿蘿？」

藍釆和聲音停了下來，他注意到阿蘿的神情相當古怪，臉色也變得比平時蒼白。他就是有辦法從那根雪白的蘿蔔上瞧出一點端倪——例如臉色有點白，臉色很白，臉上根本沒有血色了。

「怎麼了嗎，阿蘿？」藍釆和鬆開捂住它嘴巴的手，墨黑的眼珠裡充滿擔心，「是我剛捂太久，讓你呼吸困難了嗎？」

「噢，不，小藍夥伴，這和你平常的踩住俺、掐緊俺、直接給俺呼巴掌比起來，一點也算不上什麼。」阿蘿吞了一下口水，「但秉持著俺是你夥伴的精神，俺想，俺還是必須告訴你。」

「是？」

「那個有著大眼睛、蘋果臉頰的小姑娘，現在就在你身後……附帶一提，俺不知道她站多久了。」

藍采和的右手驟然鬆放，無防備的人面蘿蔔墜落在地面上。

目前以人類姿態待在人界的仙人僵住背脊，慢慢地、慢慢地將頭扭向後方。

莓花正睜著大大的眼睛，瞬也不瞬地瞧著他們。

一個小時後。

客廳裡響起了嬌嫩的小女孩嗓音。

「魔法少女莉莉安！」

「魔法少女莉莉安！」

而緊接在那道小女孩嗓音之後，是另一道聲音。辨認不出年紀，唯一可確定的是男性沒錯。

假使這時候川芎剛好回來，想必會因為客廳裡的這一幕張大嘴、瞪大眼，陷入目瞪口呆的狀態。

因為在客廳的中央，川芎的妹妹，他最寶貝的小莓花，正在和一根有手有腳還有一張人臉的白蘿蔔，一起擺出魔法少女莉莉安的招牌動作。

「等等，阿蘿，你這邊擺錯了，手要彎一點喔。」

莓花放下手，她跑到阿蘿身邊，替那根不到她腰部高度的蘿蔔，認眞地調整姿勢。

「接下來是這樣，再這樣……準備好了嗎？」

「喔喔，原來是這樣嗎？俺了解了，就放心地交給俺吧！」阿蘿挺起它的胸膛，咧出一口幾乎會反光的白牙。

莓花又匆匆地跑回自己的位置，踮了踮腳尖，在心裡數好拍子，然後——

「魔法少女莉莉安，今天要代替魔法少女之神來懲罰你們！」

小女孩和人面蘿蔔異口同聲地喊出相同台詞，並且一起做出左手扠腰，右手比出數字2、橫置在右眼旁，屬於魔法少女莉莉安的招牌動作。

啊啊，眞是異常溫馨的一幕。藍采和站在廚房門口，感動得都快流出眼淚。

現在的時間，距離莓花無意間撞見藍采和與阿蘿對話，已經過了一個小時。

才六歲的莓花，畢竟不像她的哥哥一樣，見到會說話的蘿蔔就大聲尖叫，而是非常輕易地相信了她的小藍葛格的說詞。

「這不是眞的蘿蔔，是最新型的一種玩具而已。」

「所以阿蘿會說話，也會動喔。」

瞬間的震驚過後，藍采和瞇細墨黑的眼睛，露出了純良又無害的親切笑容。

莓花被那抹笑容迷得暈陶陶，稚嫩的臉蛋浮上紅暈，對藍采和的解釋深信不疑，很快就和阿蘿玩在了一塊。

也因此，才會有小女孩和人面蘿蔔一塊擺出莉莉安招牌姿勢的畫面出現。

「幸好啊……」

藍采和吐出一口氣，慶幸著自己帶在身邊的人面蘿蔔沒有嚇到莓花，否則他也不知道該怎麼辦才好。

「玉帝啊，感謝您在天上的保佑，我下次不會在您的御花園偷偷種一堆仙人掌了。」

「嘿，夥伴！」察覺到藍采和的身影，阿蘿興奮地豎高蘿蔔葉，「你來看看俺這個姿勢擺得怎樣？有沒有讓俺看起來更帥氣一點？」

藍采和的回答是給予一記大拇指。

於是，有手有腳還有臉的人面蘿蔔立刻開心地踮起腳尖，雙手和蘿蔔葉一併豎直，直接在原地來個華麗的三十六圈抬腿旋轉。

「小藍葛格，那那那……」一旁的莓花害羞地眨巴著眼睛，「那莓花呢？」

「莓花看起來超級可愛的呢。」藍采和露出微笑，經過已經轉了十二圈的阿蘿，來到莓花面前。他蹲下身，一如那日般瞇細眼角，伸手摸摸她捲捲的頭髮。

莓花的心臟越跳越快，怦咚怦咚地直跳。

鮮艷的紅色從脖頸處開始蔓延，一路竄向臉蛋、耳朵，她瞬地紅透了一張小臉。

「莓花，怎麼了嗎？」注意到莓花臉蛋泛紅，藍采和摸向她的額頭，「是不是哪裡不舒服？」

莓花的整張臉都炸紅了，頭頂上似乎要飄出白煙。

「喔喔！」在旁觀看的阿蘿，覺得自己好像聽見莓花身上發出「轟」一聲。

「我我我……」

莓花低著頭，一雙小手捏住裙子，從髮絲間露出的兩隻耳朵紅通通的，相當明顯。

「小藍葛格，我……」

「嗯？」藍采和耐心地等候。

從下方覷了面帶微笑的他一眼，莓花又低下頭，細細的手指捏著裙子絞呀絞的，然後終於像下定決心般，停止絞動。

今年六歲，準備升上幼稚園大班的小女孩閉著眼、紅著臉，小手還揪著裙子，鼓起畢生勇氣地大喊：

「我喜歡你！」

砰！

力。

幾乎同時響起的劇烈聲響蓋過莓花喊的最後一個「你」字，還徹底轉移了藍采和的注意

藍采和眼睛凜然一瞇，迅速站起身子，往四周觀望。

告白失敗的莓花跪坐在地，鮮艷的紅色逐漸從她耳朵褪下。她哭喪著一張小臉，圓亮的眸子好似浮上水氣。

「別太在意，俺一定會支持妳的，小姑娘。」結束三十六圈抬腿旋轉的阿蘿站在莓花身旁，伸手拍了拍她的肩膀，「如果不介意，俺可以把俺男子漢的胸膛借給妳。」

「可是，可是……莓花比較喜歡小藍葛格的胸膛……」莓花吸了吸鼻子。

受到打擊的阿蘿塌下了葉子。

沒注意到蘿蔔與小女孩的對話，更不知道自己錯過了莓花鼓起勇氣的告白，藍采和的心神全放在一扇正「咿呀」移動的門板上。

褐色門板緩慢地移動，發出了拉長的「咿——呀——」聲，然後，「砰」地關上。

在室內無風的情況下。

「小藍葛格？」

「夥伴？」

莓花和阿蘿一左一右地靠到藍采和身邊，學著藍采和看向驀然關上的門板。

「莓花，那是哪裡的門呢？」

「咦？啊，那裡可以去地下室。小藍葛格，剛剛的門爲什麼會自己關起來？是因爲家庭小妖精的關係嗎？莉莉安說過，每個人的家裡都有著一隻善良的小妖精耶。」

「俺倒是聽過每個男人的心中都有一座喜馬拉雅山呢。」阿蘿插嘴。

「這個嘛……」藍采和摸了摸嘴唇，接著他瞇著眼睛笑了，「那我們就一起到地下室，看看有沒有小妖精的存在吧，反正哥哥也要我順便清理地下室。噢，對了，莓花。」

藍采和摸摸莓花的頭，雙眼卻是盯著地下室門板旁的牆壁。

那雙瞇起來像是彎月的墨黑眸子，清楚看見那面牆壁上正浮現了原本沒有的黑色污塊。

首先是一小點。

然後點變成了線，線開始瘋狂地在壁面上飛快揮畫，勾勒出一個又一個黑字。

快來找我快來找我快發現我快發現快快快快你這沒用又沒男子氣概的少年仔——

若說字也有情緒的話，那麼最後一個字簡直就像是放聲尖叫，幾乎劈劃了整面牆壁。

可是就在下一刻，所有黑字黑線全消失得無影無蹤，恍若曇花一現的幻覺。

親眼目睹詭異至極一幕的藍采和，卻是笑了。

這名膚色蒼白的少年是眞的對著那空無一人的方向笑了——雖然是異常猙獰的皮笑肉不笑。

他媽的我最痛恨有人說我沒有男子氣概！

藍采和一邊摸摸正紅著臉看自己的莓花的頭髮，一邊對著牆壁比出一記挑釁意味十足的中指，接著他柔聲地補上最後一句：

「把阿蘿抓在手裡吧。如果看見小妖精，就把阿蘿當作球棒用力揮過去。這在我們家鄉，是表達禮貌的一種方法哪。」

伍 便利商店外的一見鍾情

一整片落地玻璃讓不算寬敞的空間有了極佳的視野感，同時也讓人不覺擁擠。店面不大的空間人來人往，粉色系的裝飾風格更是吸引不少女性忍不住佇足，奶油的甜味及濃郁的咖啡香充斥其中，久久不散。

薔蜜含著吸管，喝著她點的飲料，靜靜地看著坐在她對面，即使是在翻閱資料，神情還是平靜不下來的男人——她的朋友，她手下的作者，附加別稱是「妹控」的林川芎。

事實上，打從薔蜜在甜點店和川芎碰面之際，對方臉上就一直維持這樣的表情。躁動、不平靜，或說是巴不得用最快速度離開這，但又礙於有不得不做的事，只好忍耐地坐在位子上。

有三十分鐘了吧。

薔蜜冷靜地瞄了下腕上的手錶。她已經不只一次聽見有人猜測他們這桌究竟是「情侶吵架」還是「情侶談判分手」。

其實都不是。他們只是編輯與作者一起來這討論事情而已，要怪就怪川芎皺著眉、板著臉的模樣太凶惡了。

薔蜜喝光最後一口奶茶，抽了張紙巾擦擦嘴角，然後和她冷靜的眼神一樣，她的嗓音也是冷靜的。

「林川芎，你到底是要看資料，還是回去照顧可愛的小莓花？能不能拜託你挑一個，不要像隻蟲動來動去。」

「別吵我，我就快看完了。」川芎頭也不抬地回話，他的表情仍不平靜，左腳就像是被感染那份情緒，不時地抖動著。

在川芎回話的同時，他也確實正快速地翻閱薔蜜帶來的文件，並且快速瀏覽裡頭文字。

薔蜜聳聳肩膀，如同川芎所希望地不再說話。她清楚這男人的個性——包括他那嚴重到無藥可救的戀妹情結——他既然來這和她討論事情，那麼就一定會完成工作才回去。

「說到做到」向來是川芎奉行的座右銘。

當然，薔蜜會這麼熟知川芎的個性，並不只是他們從小住隔壁的關係。雖然對方之後就搬走了，卻沒想到高中、國中、國小都是同一所學校。

總之，還真是孽緣。

薔蜜在心裡做了個總結，坐在她對邊的川芎也正好閱讀完最後一行字，抬起頭，重新將視線擺回她身上。

「謝謝妳幫我找這些資料，對我要寫的下一個故事很有用。如果沒意外，我打算用仙人來當主題。」川芎說，他看見面前戴著眼鏡、長直髮、給人精明印象的美麗女性挑了挑眉。

「我該說我就知道嗎？你真的受你的床邊故事影響很深哪，我敢打賭你一定也把這當成小莓花的床邊故事。」

「我還會說一些莉莉安的故事。」川芎反駁，他將薔蜜印給他的資料收進背包裡，「今天就先這樣，如果有什麼進展，我再打電話告訴妳。」

他從座位上站起來，走到櫃台前挑了好幾個精緻甜點——這本來就是他改變見面地點的主要原因，一切都是爲了哄妹妹開心。

等店員結完帳，川芎拎著紙袋對薔蜜說道：「我先回去了。」

薔蜜原本是想說「改天我再去找小莓花玩吧」，但是川芎接下來咕噥的一句話，頓時改變她心中的主意。

「我可不放心把莓花丟給那小鬼照顧。」

川芎眉頭皺得很緊，薔蜜一點也不懷疑那摺紋說不定可以夾死一隻蚊子。

「小鬼？什麼小鬼？川芎，你家裡多了一個人？」

薔蜜跟著站起，拎上她的包包。這名精明冷靜的女性注視川芎一會兒，隨即露出一抹訝然。

「你眞的去請了個幫傭回來嗎？就像我之前建議的那樣？但是……」

川芎知道那個「但是」之後要接的是什麼。正如同薔蜜了解他一樣，他也同樣了解這名自小認識的朋友。

但是，爲什麼會找一個小鬼？

這也是川芎問過自己一百次的問題，在短短兩天之內。他想起那名露出微笑時，眼睛和眉毛都會像月亮彎彎的蒼白少年。不過他敢保證，那笑容可一點也不像表面上看起來的親切無害。

明明就是一副手不能提、肩不能挑的虛弱模樣——川芎堅持這絕對不是他的偏見——偏偏、偏偏，莓花想要藍采和留下。

「所以說，你新請的幫傭和八仙擁有相同的名字？」

薔蜜覺得有趣地笑了起來，鏡片後的眼眸一併染上笑意。她本來就是名漂亮的女性，這一笑，吸引不少男性投來目光。

「藍采和？嘿，川芎，他該不會也拿個花籃，然後看起來分不出性別？你知道的，書上都是這麼描述那位仙人的。」

「拜託，張薔蜜，他又不是眞的藍采和。」川芎翻了一個白眼，「他只是一個普通、一看就知道和我同性別，而且瘦弱到簡直像風一吹就倒的小鬼頭。雖然他眞的有帶著一個籃子，不過裡面可沒半朵花。」

另外，還有一個背包。川芎在心裡補上這句，唇線抿得死緊。他一開始還以爲那背包是藍采和裝私人物品的，可是現在，他不禁要懷疑起那其實是用來裝那個……

「小藍夥伴，你怎麼可以對俺這麼粗魯？腳毛可是咱們蘿蔔充滿男子氣概的象……」

一根人面蘿蔔浮現在川芎腦海裡，對著他拋出了令人想到眼睛抽筋般的媚眼。

大太陽底下，林家長男猛然打了一個哆嗦。那太眞實了，根本不可能是他的幻覺。他相信藍采和不會做出傷害莓花的事，他自認還算有看人的眼光。但天知道，那根非常理卻又眞實存在的蘿蔔，會不會替他的小莓花招來什麼危險。

「川芎？」

薔蜜注意到身邊友人莫名地臉色發青，猜測對方是不是又在妄想什麼「妹妹遭到誘拐」、「妹妹遭到搭訕」的畫面，他常常會做這種想像。

「不跟妳多聊了，薔蜜，我必須盡快回去。」川芎前腳才剛往公車站牌方向踏出，下一秒，他感覺到自己的手臂讓人拉住，「薔蜜？」

無視川芎不悅的表情，薔蜜一手拉住他，一手推了推眼鏡。

「我也跟你回去一趟吧。」她微笑地說，「我挺想見見小莓花和與八仙同名字的小弟，還有你們那棟有趣的屋子。」

川芎給他的編輯兼青梅竹馬一記白眼，「哪裡有趣了？我們家可是普通得很。除了它屋齡老了點，容易發出一點怪聲音之外。」

薔蜜沒有反駁川芎的說法，她跟著對方一起跑到公車站牌，很幸運地，馬上就有一輛公車到站。

薔蜜排在川芎後面上車，她在對方看不見的角度輕聳著肩膀。她同意川芎他們家是一棟有年紀的房子，畢竟都超過好幾十年了。不過，她可不認爲有哪一棟老房子會發出奔跑、跳躍，還有哭泣的聲音。

而事實上，薔蜜也一直認爲那棟地下一層、地上二層的建築裡，也許眞的有什麼存在——非人類的。

折疊式車門「啪啦」一聲關上，隨著引擎催動，公車一邊排出白煙，一邊慢呑呑地開走了。

留下的污染空氣使得剛下車的川芎和薔蜜忍不住捂著鼻，咳了幾聲。

「我眞他媽的討厭公車廢氣。」川芎抱怨著，確定眼前的白煙都散去才放下手。

「你得慶幸它是白的，而不是黑的。」薔蜜直到瞧見川芎放下手，才跟著移開了手，「走吧，我們趕緊到你家去，你不是說不放心讓那個男孩子照顧莓花嗎？」

川芎點點頭。在剛才十五分鐘的車程裡，他幾乎把能說的都告訴薔蜜了。

雖然那十五分鐘裡，有百分之五十是對藍采和的抱怨和不滿，百分之二十五是哀怨著莓花怎麼會喜歡上藍采和；剩下的百分之二十五，才是眞正地敘述從昨日下午到今早所發生的事。

川芎連看見會說話的人面蘿蔔一事也吐露出來了，面對薔蜜，他向來用不著隱瞞。

「川芎，你確定你不是看見一根普通蘿蔔嗎？也許它剛好長得奇特一點。」薔蜜推了下鏡架，這是她慣有的小動作，鏡片後的眼眸認眞地直視友人。

「得了吧，普通的蘿蔔最好會對我拋媚眼。」川芎往右邊巷口邁出步伐，順便將腦內準備再次浮上的回憶畫面用力壓到最底層。

他已經回憶夠多次了，謝謝。

「要是眞的有會說話的蘿蔔，我也想親眼見識看看哪，川芎同學。」

「妳難道不會懷疑這種不邏輯又非常理的東西，眞的存在嗎？」川芎知道身旁女性是用認眞的語氣在說話，而不是不相信他的調侃。

「我秉持的人生格言是——『這個世界很大，我們所知道的，跟這個世界所擁有的，其實充滿著差距』。」

薔蜜揚了揚眉毛，相當嚴肅地回覆川芎的問題。不過緊接著，她因爲瞄見轉角處的便利商店而停下了腳步。

「等我一下，我去買點東西。」

川芎沒有陪她一起進入便利商店，他只是站在外面等候。

下午的陽光似乎要將路面曬出一些熱氣。

川芎瞇起眼，覺得再遠些的景象彷彿都因那些猛烈光線產生了奇妙的模糊，還有扭曲。

他很快又收回視線，他聽見了一些聲音。在寧靜的街道上，那聲音聽起來格外明顯，尖尖細細，如同哪裡有小貓在叫。

喵，喵，喵。

川芎東張西望地尋找聲音來源，聲音一直持續，他忍不住懷疑起是不是有哪隻小貓被困住了，或是遭遇到什麼危險。

川芎望了一眼身後，從超商的玻璃窗能夠看見薔蜜依然在冰櫃前彎腰挑選東西的背影。

似乎還需要一點時間，川芎想。他離開便利商店的門口，繞進旁邊的巷內，喵喵叫的聲音是從裡頭傳出的。

巷子兩側是矮矮的圍牆，圍牆後不少人家家裡都種著樹。濃綠的葉片在陽光照射下，像是被鍍上一層金亮光圈。

川芎並沒有去欣賞那些樹，當他拐進巷內後，他就怔住了。他原本以爲會看見一隻受困的小貓，沒想到……

他眞的沒有想到，他會看見一名年輕女孩像隻貓般趴伏在樹上，不時對她眼前同樣趴伏在樹上的虎斑小貓發出如同在溝通的喵喵叫。

川芎必須承認，這眞的是一幅相當古怪的景象。導致他一時只能呆站在原地，什麼話也說不出來。

倒是樹上的年輕女孩先發現了川芎的存在。

與小貓對視的眼珠微微轉動，只不過是這樣的小小動作，就讓那雙眼角勾揚的大眼睛越發鮮活起來，彷彿有光彩流轉。

川芎一動也不動，他連視線都難以移轉。

女孩撐起了身體，這個動作似乎讓她面前的小貓嚇了一跳，喵了一聲，迅雷不及掩耳地跳下樹，消失在川芎和女孩的視野外。

女孩沒有露出失望的表情，最多只是發出「噢」的單音。接著她繼續移動，動作靈活地從原本趴伏的樹上一躍而下，輕巧地越過矮矮的圍牆，站在川芎面前。那紮成雙馬尾的長長髮絲隨著她的跳躍擺晃了幾下。

「下午好。」

女孩的嗓音聽起來就像是風鈴般悅耳，她的態度落落大方，彷彿不認為自己剛才的舉動有哪裡怪異。她甚至向川芎彎腰敬了一個禮——川芎現在才注意到，女孩的右手還拿著一頂高高的墨綠色禮帽——那姿勢有點像是魔術師在對自己的觀眾行禮一樣。

「呃……下午好。」川芎訥訥地開口，面前的女孩讓他有種此刻自己待的地方並不是豐陽市小巷的錯覺。

或許是因爲對方的打扮。

川芎即使在思緒混亂間，仍能抽出一絲理智做其他思考。只有牽扯到他的寶貝莓花時，他的腦袋才會眞正地變成一團漿糊。

嚴格來說，女孩的打扮並不是太誇張，最起碼不是什麼古風衣服或宮廷禮服之類的，但走在路上，卻又散發一種格格不入感。

她穿的是墨綠色的女式西裝。

川芎幾乎要認爲對方其實是在玩角色扮演的遊戲了。

墨綠西裝、暗紅領帶、墨綠高禮帽，還有雙馬尾。

「噢，我在試著跟貓溝通，不過這看起來還是有些難度。」

女孩皺了皺翹挺的鼻尖，她的神情一點也不會讓人覺得她在說謊。

「你知道的，人界的貓防備心太重了些，當然也有可能是我的貓叫聲學得不夠好。」

川芎差點就要點頭了，阻止他的，是他確定自己沒有聽錯的那兩個字。

人界。

慢著，人界？川芎眉頭整個擰起。所以現在這女孩，是眞的在玩角色扮演嗎？她把自己融入了哪一個角色？

像是絲毫沒感受到川芎投來的懷疑眼神，女孩忽然從禮帽中拿出一朵花。

一朵還沾著露珠的粉紅色花朵，眞的就像是變魔術一樣。

「給。」女孩一手戴上禮帽，一手將花遞到川芎面前。

川芎再次呆住。事後他會堅持是女孩的動作嚇到他，而不是他二十年來的人生中，第一次有女孩送花給他。

「我……」川芎猶豫著該不該伸手。目前爲止發生的一切，令他有種奇異的荒謬感。

他在樹上看見一名學貓叫、試圖要和貓溝通的女孩，然後這名女孩又從帽子裡變出一朵花，說要送給他。

「就是要送給你沒錯。」見川芎不動，女孩主動拉起他的一隻手，將花放進他的掌心中，她的手指白皙又滑膩。

川芎的心臟不禁怦怦跳動。

女孩當然不會聽見川芎的心跳聲，她抬高禮帽的帽簷又放下，像表現禮節。

「好啦，祝你幸運，林先生。」

溫暖的陽光下，女孩對川芎露齒一笑，那雙靈活勾揚的大眼睛瞇了起來。淺淺的酒窩浮現在她臉頰上，她笑嘻嘻地從川芎身邊跑過。

川芎的心臟在這瞬間好像被什麼重重擊中，這是他第一次覺得莓花以外的女孩子可愛。

川芎握住了花，他的臉頰，還有他剛剛被碰觸到的手都在發燙，他回味著女孩最後對他說過的話。

祝你幸運，林……

川芎差點跳起來。*慢著慢著，爲什麼她知道我的姓氏！*

他連忙回頭追出巷外，但卻已尋不著那抹古靈精怪的嬌小身影。不論是巷口的右邊，抑或是巷口的左邊，都沒有瞧見輕快搖擺的雙馬尾。

宛若平空消失了一般。

川芎愣怔在原地，唯有手中還握著的粉紅色花朵，能證實剛才發生的一切都不是下午陽光造成的幻覺。

薔蜜踏出便利商店的時候，瞧見的就是友人呆立不動的背影。

「川芎？」

薔蜜走上前，拍了一下川芎的肩膀，沒想到對方會像是受到驚嚇般震動一下身體。

「你是被太陽曬到昏了……那花是？」

鏡片後的眼眸閃動一抹詫異，薔蜜的目光移向川芎手中的花朵，而且還是粉紅色的。

「沒、沒什麼，什麼事也沒有。」

川芎回過神，不過他的態度有些不自然，擺明想閃避這個話題。他將手中的花收進襯衫口袋裡，動作相當謹慎，使得薔蜜不由得挑挑眉毛，眼內滑過意味深長的光芒。

「妳東西買好了？」

「啊，小莓花最喜歡的布丁。」薔蜜提起塑膠袋，若有所思地盯著川芎胸前的口袋，然後又若有所思地盯著他的臉。

即使是在這樣的情況下，薔蜜還是有辦法分出心神和川芎對話。

「對了，川芎同學。你怎麼沒告訴我，你們這裡的便利商店換了一個帥哥店員了？」

「啊？」

「我知道你心中只有小莓花而已，其他人在你眼中跟蘿蔔差不多。不過下次要是有看到這種等級的帥哥，你其實可以通知我的。」

「見鬼了，薔蜜，我哪會注意這間店什麼時候換店員？」川芎皺起眉頭，回望一下身後的便利商店。

隔著玻璃門，確實可以看到櫃台後站著一抹高挺身影——上一回川芎見到的還是一名鬈髮的女工讀生。

「問題是，妳不是比較喜歡大叔嗎？」川芎很快又轉回頭，瞪著面前的友人，「妳當初不就是因爲妳們公司的總編是一位大叔，妳才想進去？」

「你不了解的，川芎，欣賞帥哥是女性共有的嗜好。附帶一提，總編只是我仰慕的對象，別在腦海內把我想成跟蹤狂。」薔蜜豎起食指，表情嚴肅地回答：「還有，粉紅色的花眞的跟你很不配，我從剛剛就想說了。」

川芎的回應是惡狠狠的一眼，以及——

「閉嘴，張薔蜜。」

不再搭理身邊的朋友，川芎轉過身，重新拐進他方才遇見奇妙女孩的小巷裡，他的家就在巷子底。他伸手摸上胸前口袋，彷彿還能感受到從底下熨燙出來的熱度。

川芎不太想承認，但是，他似乎是眞的，陷入了一見鍾情的情網裡。

陸 幽靈就在你身邊

一樓沒有人。

這是川芎在打開自家大門，脫下鞋子、踩上玄關，遲遲等不到莓花探出可愛的小臉蛋，害羞地對他說「葛格你回來了」後，察覺到的事實。

這太奇怪了。川芎再次掃視面前的客廳，別說是寶貝妹妹的嬌小身影，就連藍采和的影子也沒看見。倒是名爲「漢妮拔」的小熊娃娃正孤單地坐在沙發上。

他們不在一樓，可能是到二樓去了。更有可能……也許是出門去了？

這個猜測讓川芎立即沉下臉色，沒有笑容的面孔看起來越發凶惡。

薔蜜將鞋子擺放好、站起身的時候，瞧見的就是川芎稱不上好看的表情。她還聽見他咕噥一聲，像是「該死，我就知道不能相信他」的話。

「怎麼了？你們家的小莓花和藍采和都不在嗎？」她問。

「藍采和可不是我家的。」事實上，川芎還打算一個月後就將他趕出去。當然，川芎是不會將這件事老實告訴薔蜜的。萬一她給莓花通風報信怎麼辦？

川芎沒有多招呼跟隨自己回家的客人，其實也不須要，和他認識十多年的友人——和他們家也是——已經自動自發地晃進廚房，將買來的布丁與他帶回的甜點一道冰進冰箱裡。

「莓花？」川芎站在客廳裡，仰頭拉高聲音喊。託這間屋子構造的福，他的聲音很容易響亮地傳至二樓。

但是並沒有誰打開房門，然後「啪噠啪噠」地跑出來。

「莓花？藍采和？」川芎走到樓梯口，這次還多喊了一個人的名字。只是情況依舊和方才一樣，沒有任何人回應他的呼喚。

川芎的眉頭惡狠狠地擰緊。

「嘿，同學。」薔蜜的聲音從廚房內飄出，「也許他們倆在房間裡睡著了，我建議你上樓看一下，而不是在這裡大叫。」

說著，薔蜜又探出頭，她的嗓音和她的表情一樣冷靜。

「我剛幫你瞄過鞋櫃了，沒有一雙鞋子離家出走。所以，上樓看看，不要陷入一些莫名其妙的妄想。例如忽然有中年大叔在屋外有了神奇的感應，感應到這屋內藏有一個可愛得不得了的小女孩，於是強闖民宅將人誘拐走了。」

「這一點也不莫名其妙。」川芎瞪了她一眼，「而且莓花本來就可愛得不得了。」

不過川芎還是聽了薔蜜的建議，踩著特意加重的腳步上樓。他從自己的房間開始尋找，順著ㄇ字形的走廊設計，一間間地打開房門，探頭確認。

自己的房間、莓花的房間、藍采和的房間……就連浴室和廁所也全都沒有放過。

可是，沒有。就算川芎將整層二樓都繞過一遍，依然不見那一大一小的身影。

川芎的表情從難看迅速變爲鐵青，他已經開始忍不住朝最壞的方向想去。說不定……說不定眞有奇怪又猥瑣的中年男人察覺到莓花的可愛，然後闖進屋內把她帶走？至於那個藍采和，則是因爲太礙事所以被滅口了？

川芎的臉色登時又從鐵青轉爲慘白，當然不是因爲後面的那個可能性。他飛快衝到樓梯口，他想他得報警才行。

「呃……也許你可以先到地下室找看看？」

有人對川芎這麼說。

川芎的步伐硬生生地煞住，剛好就停在第一級階梯之前。他愣怔了下，接著四秒過後，猛然反應到自己家確實有地下室。

「川芎？」上來關心情況的薔蜜見他就這麼呆立著，「川芎，他們……」

「謝了，薔蜜，這眞是個好提議。」川芎略略鬆開眉頭，朝下方人點了下頭，風風火火地又衝下樓，一點也沒注意到對方臉上的詫異。

薔蜜吃驚地目送川芎的背影，忍不住推了下眼鏡，鏡片後的漂亮眼眸內有顯而易見的狐疑。

薔蜜眞的不知道，她剛剛說的那幾個字，究竟給對方帶來什麼好提議，她甚至只喊了他的名字而已。

「川芎，你知道他們去哪了嗎？」薔蜜追著那抹背影下樓。

「地下室。」

「我猜他們或許在地下室。」川芎頭也不回地喊道。

薔蜜的腳步有瞬間的遲疑，她握著樓梯扶手，朝四周東張西望，沒有什麼不對勁。

可是，薔蜜不確定是不是自己的錯覺，但在川芎說話之前，她的耳邊似乎浮現了「地下室」三個字。

「Shit！這門被鎖住了！」一樓響起川芎的咒罵。

「鎖住了？意思是它平常不鎖的嗎？」薔蜜甩甩頭，暫時不去深究剛才的疑惑，畢竟這棟屋子一直有著奇妙古怪的地方，「好吧，也許我突然有了預知能力。」

薔蜜冷靜地替自己做出一個結論，並且立刻將這結論與導致這結論的問題，統統拋到腦後。她跑下樓梯，來到川芎身邊。

在他倆的前方，是一扇褐色門板，上鎖狀態的。

這是通往地下室唯一的入口。

「它平常是不鎖的沒錯。」川芎陰沉著臉，轉動幾下門把，聽見「喀喀喀」的聲音，「這門很容易卡住，或許是建商當初建造時偷工減料的關係，只要一上鎖，往往就會變得很難打開。」

「不過這也確定了他們在裡邊，不是嗎？」薔蜜冷靜地說，「除非有人無聊地替這間地下室反鎖。」

「我要宰了藍采和那小鬼。」川芎眼神變得凶狠。莓花知道這門的毛病，絕不會上鎖，憑靠著刪去法，唯一的罪魁禍首也只有那一個人。

示意薔蜜後退一點，川芎拿出鑰匙開了鎖，然而果然如他所預料，就算門把已經能夠轉到最底，還是無法將門向內推開。

川芎深吸一口氣，退了幾步，藉著加速的衝力將肩膀撞上門板。他重複這個動作三次，終於聽見「喀嗟」的聲音。

如果不是川芎穩住身體，也許他就要滾下樓梯了。

連接在門後方的是一道往下延伸的樓梯。石灰色調的梯面上並沒有太多灰塵，就連裡邊的空氣也感覺不出什麼霉味。由此可看得出來，這地方固定會按時清潔，也不是一直都關著不通風。

「但是，爲什麼他們沒有出個聲？」

薔蜜跟在川芎後方下樓，樓梯的寬度僅能單人通行，日光燈在她頭頂上照耀。

「你剛才有叫他們不是嗎？」

「地下室的隔音是我們全家最好的。」川芎咂了下舌，他懷疑建商將工夫全弄到這上頭，才使得他們有一扇相當糟糕的門。

很快地，川芎就發現他們不只有一扇糟糕的門，還有一盞同樣糟糕的電燈。

起先是樓梯間的燈光亮度微微地減弱，接著變得更弱。

這明顯的變化讓川芎停下腳步，後方的薔蜜也停下。他倆同時抬起頭，注視著頭頂上的日光燈。

倒映在兩雙眼眸中的燈管，確實減弱了亮度。

不論是川芎或薔蜜，他們兩人的心中都浮上相同的想法。

……噢，不會吧。

如同在呼應他們的想法，日光燈燈光出現了閃爍，一下、兩下、三下。

然後瞬間熄滅，成爲不會發光的燈管。

「幹！」這是川芎的感想。

「你家的燈管該換了。」這是薔蜜的評論。

「也許你們需要一支手電筒？」

這不是川芎也不是薔蜜說的話。

「不，我們還不需要。」川芎瞪著已徹底陣亡的日光燈，回答道：「樓上的燈足夠讓我們看得清楚，而且很快就到了。」

「但是下面的能見度不太好，我眞的認爲你們應該需要一支手電筒。」

「好吧，這聽起來也有道理。」川芎嘆氣，不再瞪著那盞派不上用場的日光燈，「我們上樓去拿一下手電筒吧，薔蜜……薔蜜？張薔蜜，妳幹什麼緊緊捉住我的手？」

川芎感到不可思議，薔蜜向來不會做出這種事，她總是說她寧願去握大叔的手。川芎低下頭，看看自己被人緊捉不放的左手，屬於女性的纖細手指抓得很大力，指關節都泛白了，甚至有些微微顫抖。

他吃驚極了，連忙回過頭，看見薔蜜仍維持著平常平靜的表情，可臉色卻是不尋常地發白。

「我必須要告訴你一件事，川芎同學。」薔蜜努力保持語氣平穩，她直視川芎的臉，好讓自己不要控制不住地回頭看，「剛剛，嗯，剛剛和你說話的人不是我。」

「咦？」川芎愣住。

「那是一個男人的聲音，林川芎。」薔蜜說，「我頭一次爲你的遲鈍感到萬分佩服。」

川芎愣住，他慢慢地將視線從薔蜜發白的臉上移開，改投向對方身後。那裡什麼人也沒有，只能看到敞開的門口、客廳部分擺設，以及一支手電筒。

一支飄浮在薔蜜正後方的手電筒。

當川芎清晰無比地看見那支手電筒，幾乎同一瞬間，手電筒「啪」的一聲發亮了。白亮光束筆直射出，迅速替樓梯間增添亮度。

突來的燈光使得川芎別開臉、閉上眼，這是一個反射性的動作。隨即他又反射性睜開眼，目光回到他原來看的位置。

手電筒不再是獨自飄浮在半空，而是讓一隻手穩穩地握住。

可事實上，林川芎並不覺得這景象有哪裡好。

根本是糟糕透頂了。

薔蜜不知道川芎看見了什麼，但她能看見川芎大睜的眼睛與跟著轉成蒼白的臉色。她的掌心在冒冷汗，當然也有可能是川芎的，畢竟他們兩人的手握在一起。

最後她咬了咬牙，轉過頭去，瞧見一名陌生的中年男人正拿著發亮的手電筒，對著他們倆咧出一個大大的笑容。

「你們不用去拿手電筒，我這裡就有。打從你們下樓時，我就知道你們用得到，因爲那盞燈被我練習太多次了……呃，你們知道的，要吸引人注意，把燈弄得一閃一滅是一項傳統。不過顯然我練習過頭了，害你們要用時沒辦法使用……」

中年男人喋喋不休地說著。

「這是我的錯，我得向你們說抱歉。可是，老天……噢，老天！你們總算看得見我了！你們現在終於能聽見我說話，也看得見我了！」

全身呈半透明，還飄浮在樓梯上的中年男人欣喜地說著。

川芎和薔蜜手握著手，一步一步退著。

「嘿，我得跟你們說抱歉，我眞的不是故意要把他們引到這下面。但是但是……天啊，我寂寞了那麼久，我只是希望有人能幫幫我。可是我沒想到他們下去後，竟然會……」

全身半透明，還飄浮在樓梯上的中年男人發出了一聲抽噎，看起來就像是下一秒會抓著手帕嚎啕大哭起來。

「張薔蜜，妳不是說妳喜歡大叔嗎？」川芎在前方幽靈沉浸在悲痛中的時候，僵著身體又後退一步。

「別鬧了，林川芎。」

薔蜜配合著他的行動下樓，即使在臉色蒼白、手心冒汗的情況下，她的聲音還是冷靜得教人驚訝。

「我可從來沒有說過，一個半透明還會飄浮著的大叔是我的喜好，重點是他還穿著花襯衫和藍白拖。」

「好吧，那『這個世界很大，我們所知道的，跟這個世界所擁有的，其實充滿著差距』總是妳的人生格言吧？現在妳的面前就有一個差距存在。」

「那的確是我的人生格言沒錯。不過，我想我應該誠實地告訴你，人生格言是一回事，我的理智能不能接受又是一回事。我想，這已經超過我的負荷了。」

「什麼意思？」就算薔蜜聲調平穩，川芎還是警覺地問道。

薔蜜繼續平靜地回道：「意思就是我要昏了，麻煩撐住我。」

「什、什……」

川芎根本還來不及喊完自己的錯愕，就感覺到身旁友人的身體向下一沉，差點要把他一併拖下去。

「幹！幹！妳還眞的說暈就暈！張薔蜜，妳這個沒良心的混帳！」

他不敢置信地咒罵，眼明手快地撈起了說暈就暈的薔蜜，將她半掛在自己身上，轉身衝向下方的樓梯。

原本還沉溺在自己情緒裡的中年男人大驚，悲痛地大叫一聲，如同在抗議他們竟然打算扔下他這個幽靈不管，半透明的身軀飛快跟著飄了下去。

川芎跑得上氣不接下氣。老天，他畢竟還扛著另一個人在跑。身後亮晃晃的燈光，證明對方也一塊尾隨下來。

地下室、幽靈、派不上用場的同伴……川芎覺得這他媽的眞像是三流的電影情節，偏偏這情節現在正發生在他身上。

唯一慶幸的是，他們家的樓梯不是永無止盡地長，也沒有會出現滾石或坑洞之類的陷阱。

「慢著！慢著！那下面可能有危險！」

中年男人慌張地大叫，用他半透明的手臂揮舞著手電筒，光束被甩動得影影綽綽。

「他們被困在了裡面啊！」

但川芎無法聽清楚對方在喊什麼，他一面跑，一面要扛昏迷的薔蜜，一面還得保持平衡，以免兩人一塊滾到樓梯底。他根本分不出多餘的心思，只知道後方的幽靈在大叫。

「張薔蜜，妳眞的重死了……」川芎喘著氣抱怨，這話只有在對方失去意識時才敢說出口。儘管薔蜜是他看過最理智、最冷靜的女性——她連昏倒都還那麼鎮定——但只要是女性同胞，似乎永遠對自己的體重敏感。

川芎終於拖扛著薔蜜來到最後一級階梯，他的面前又是一扇門。川芎不能理解為什麼他們家的地下室得做兩扇門。一扇開在樓梯口，一扇開在樓梯底，樓梯底的那個門鎖還是裝在門外的。

不過川芎現在也沒空在意這個，他靠著一隻手臂撐住隨時都可能滑落的薔蜜，注意到對外的門把是上鎖的，他的腦袋同時閃過了「我不是故意將他們引到下面」、「他們被困在了裡面」諸如此類的句子。

他們？

莓花和藍采和！

「小心！別輕易打開！是別的東西將他們困在裡面的！就是那個東西把我趕離我原來待的地下室！」

中年男人無比激動地喊，他不知道他猛然靠近又反舉著手電筒，使光線正好照在自己臉上的舉動，瞬間讓川芎好不容易拼組起來的思緒硬生生中斷。

川芎反射性地開了門，跌撞進去。

有什麼東西衝擊上他的腦袋……

突然響起的聲音讓藍采和迅速站起。

在空無一物的寬敞地下室裡，靠牆而坐的他離開原本位置，快速無聲地朝右側門板靠近。

這扇門是連接地下室與外面樓梯的唯一出入口，只不過它現在卻是關著的，並且呈現自外上鎖的狀態。

同時間，一邊的阿蘿也睜開眼睛，頭頂上的蘿蔔葉跟著警覺豎立。

在這個四面環繞灰白牆壁的空間裡，有兩個人和一根蘿蔔。

除了藍采和與阿蘿現在是清醒的，地下室中的小女孩已閉上雙眼，顯然陷入了睡眠。

「夥伴，怎麼了嗎？」阿蘿壓低聲音，就怕吵醒剛睡著的莓花。事實上，它現在整根蘿蔔都被莓花抱住，充當一個填充娃娃。

「噓。」藍采和做了個噤聲手勢，示意它注意聆聽門外動靜，「如何，有聽到什麼嗎？」

「唔嗯……」阿蘿摸摸下巴，打算做出沉思的表情。但它很快就想起它沒有下巴，只好收回手。它回頭瞄了一眼睡得正香甜的莓花，小心翼翼地從莓花的臂彎中掙脫出來，落地時還擺了個雙手朝上的萬歲姿勢。

不過藍采和現在沒空給予對方一記大拇指，他繼續朝阿蘿使眼色。

收到指示的阿蘿立刻跑到門前，幾乎整個身體都貼上門板，使勁地想要聽取外邊動靜。

藍采和其實也不記得他們被困了多久，也許是半小時，也許是更短或更長的時間。受到通往地下室門扇自動開闔的誘引，他們沿著門後的樓梯一路向下，打算一探究竟。

沒想到卻在開啓樓梯底端的那扇門、踏進地下室的瞬間，門板猝不及防地被猛力關上，外頭還傳來「喀」的上鎖聲。

於是兩人加一根蘿蔔，一直被困到現在。

藍采和可以確定那名幽靈先生（或是小姐），是有意將他們引下來的。可是將他們關在地下室，又是爲了什麼？

「先不管是爲了什麼，連小莓花都牽扯進來就太過分了。」

擁有少年姿態的仙人喃喃，他摸了摸嘴唇，瞇起墨黑的眼珠，露出一抹柔軟的微笑。他來到阿蘿身邊，跟著一同傾聽。

「是腳步聲沒錯吧？」

「是腳步聲沒錯呢，夥伴。」阿蘿晃動一片葉子，表示同意，「而且還是乒乒乓乓，像在逃命的那種。」

事實上，除了腳步聲外，貼在門前的一人一蘿蔔還聽見一聲大叫。但或許是這間地下室的隔音實在太好，藍采和他們也只能知道這些了。

不，還有一件事是知道的——那聲大叫，絕對不屬林家長男所有。

藍采和低下頭，阿蘿抬起頭。

一人一蘿蔔就這麼對看了兩秒，在彼此眼中確定好下一步。

奔跑聲越來越近，藍采和倒抓起阿蘿，雙手緊握葉子。

奔跑聲在門前停了下來，取而代之的是門鎖被解開的聲音。藍采和藏在牆邊，對著的當然是門開啓的那邊。

門把被轉動。

藍采和捉著阿蘿，擺出預備打擊的姿勢。

下一刹那。

有誰的身影跌撞進來，藍采和用盡全力將手中的白蘿蔔揮打出去。

完美的打擊。

阿蘿吶喊著：「讓我們打倒萬惡的敵人吧夥伴！」

阿蘿重重撞上闖入者的腦袋。

這都是同時間發生的事。

藍采和發現闖入者之一竟然是川芎，川芎發現毆打他的人竟然是藍采和；而這些，又是另一個同時間所發生的事。

「靠靠靠靠杯啦！」毆打人的少年發出了慘叫，「爲什麼會是哥哥你啊！」

眼冒金星的川芎比誰都更想問爲什麼，但他只來得及吐出一句「藍采和，你他媽的眞是我的災星」後，便和薔蜜一同倒了下去。

「哥哥！」藍采和大驚，連忙扔掉阿蘿，慌慌張張地衝上前。無暇顧及靠牆而坐的小女孩是不是正揉著眼睛醒來，更不用說去在意有一名半透明的中年男人自外飄了進來。

但當藍采和衝到川芎他們身邊時，卻猛然睜大眼，隨即就像是控制不住地打了一個噴嚏。然後是兩個、三個……他的鼻頭很快就紅了，眼裡還泛起淚水。

「該死的，有花……哈！」

在第六個噴嚏即將打出來之際，藍采和捏住鼻子，設法壓抑住。可他沒想到在他低頭向下看的時候，會和另一雙烏黑眼眸對上。

川芎剛剛的倒地，竟然撞回了薔蜜的意識。

薔蜜最先看到的，是一名捏著鼻子、相貌陌生的白淨少年。接著她的眼珠下意識往右一飄，右邊是花襯衫加藍白拖的半透明中年男人；她的眼珠再往左一飄，左邊是有手有腳有臉還有腳毛的人面蘿蔔。

再接著，薔蜜冷靜地決定，她還是繼續昏迷好了。

於是鏡片後的漂亮眼眸瞬間閉上。

「夥伴，這個漂亮姊姊又暈了耶。」阿蘿蹲下來，戳戳地上的兩人。

「呃，少年仔你還好嗎？」浮在半空的中年人依舊紅著眼睛。

「小藍葛格，發生什麼事了……」莓花揉著眼睛走過來。

藍采和無意識地鬆開手，又打了個噴嚏。他看了看周圍，忽然覺得一切似乎都被他搞砸了。

他第一次有點想哭。

誰也沒有注意到，牆壁底端瞬間出現了細微裂痕。

一直等到地下室再也沒有人，門板被重新闔上，牆壁上的裂痕才靜靜地擴大，向著四面八方伸展。

那看起來就像是有張大蜘蛛網掛在牆壁上。

柒 意外，突如其來

這是一場混亂，藍采和得這麼承認。

此刻站在客廳裡的他已沒如往常般掛著純良無害的微笑。事實上，除了他以外，或許也沒有人知道他究竟有沒有在笑。畢竟他的嘴巴和鼻子都藏在口罩內，只留下一雙墨黑的眼睛在外頭。

藍采和垂頭喪氣，獨自坐在單人沙發上，微蜷著身體，像是希望乾脆把自己變不見算了。

偌大的客廳中，雖然有多「人」聚集著，卻聽不見什麼聲音。

這是當然的，因爲目前可以算得上是清醒的人，就只有坐在沙發上的藍采和，以及跑去廚房裝水的莓花。

在藍采和的左右兩側，長長的沙發上，躺著兩名仍舊昏迷著的男女，那是川芎和薔蜜。

而唯一的一根白蘿蔔，正發揮著南丁格爾的精神，在川芎和薔蜜間來回奔波，努力照料。

掛在壁上的時鐘，發出了秒針答答前進的聲音。

從窗外透進的天色和時鐘上的時間來看，即將入夜了，比先前更暗沉些的橙橘光輝落至窗下地板，勾勒出窗框影子的形狀。

「嘿，少年仔。」

有個男人的聲音在喊著藍采和，帶著明顯的好奇意味。

「爲什麼你要在客廳裡戴口罩？」

其實這個問題沒有任何惡意，就只是純粹好奇而已。

可對於正陷入低潮的藍采和來說，任何芝麻綠豆大的問題都能讓他快繃不住的耐性，「啪」的一聲宣告斷裂。

藍采和從椅子上站起，抓起正在替沙發上一男一女努力覆上濕毛巾的白蘿蔔，將蘿蔔的尾端直指飄浮在旁的中年男人。

「你管我戴不戴口罩，大叔。」就算隔著口罩，也能聽出藍采和明顯的怒氣，「我都還沒找你算之前跟剛剛的帳呢！」

藍采和覺得他發怒是正常的。如果不是現在光明正大出現在這裡的男性幽靈，他們就不會莫名其妙地被關到地下室，哥哥和哥哥的朋友也就不會因此昏倒了。

「我的名字明明是約翰，才不是什麼大叔……」中年男人露出受傷的表情，甚至泛紅了眼眶，「而且我也已經道過歉了，那一晚我只是太高興一點，才會把燈弄得一閃一滅，或是跑跳步什麼的……」

「你吵得我整晚沒辦法睡覺，只是因爲你太高興一點？」

藍采和的眼睛瞇成彎彎的弦月，假使把口罩摘下來，就能完整地瞧見那張蒼白的面龐正浮出完美的微笑——假設扣除掉微笑裡所散發出的猙獰。

「靠——靠北邊走啦。」

眼角餘光瞄見莓花走出廚房，藍采和硬生生地咬掉髒話的尾巴，改成比較平易近人的諧音。

「夥伴，你要靠北邊還是靠南邊俺都沒意見。」長時間維持頭下腳上姿勢的阿蘿呻吟道：「不過俺快腦充血了。」

莓花端著小臉盆走進客廳的時候，瞧見的就是藍采和放下阿蘿，坐回椅上，不再搭理中年男人的景象。

「小藍葛格，怎麼了嗎？」莓花歪著腦袋，困惑地問，「你和妖精叔叔……吵架了嗎？」

「噢，不……」發現到自己的聲音被口罩遮著太模糊，藍采和拉下口罩，打算解釋那名中年男人絕對不是什麼妖精，以免讓莓花從此對「妖精」抱著錯誤的想像。

但才剛拿下口罩，癢意迅速從鼻子深處竄起，迫使藍采和的微笑還沒擺出來，一個噴嚏就先噴了出來。

他連打好幾個噴嚏，直到他拉上口罩，用最快速度和沙發上的川芎保持距離。

哥哥身上一定有帶花！藍采和發誓，他「現在」的體質是一公尺內有花，就會狂打噴噓。

「別擔心夥伴，莓花小姑娘，他只是一點小毛病又犯了。」

阿蘿小跳步地來到莓花面前，從她的手中接過臉盆，準備當個「南丁格蘿」去照顧沙發上的兩人。

「夥伴、夥伴，俺可以替這位漂亮姊姊擦身體嗎？你知道的，她似乎流了一些汗呢。」

「很抱歉，我必須否決這項提議。」

有個不是藍采和，當然也不是約翰或莓花的女性聲音說道。

「我的人生計畫裡，還沒有要讓蘿蔔擦拭身體這一項。」薔蜜睜開眼睛，她坐起來，習慣性地推推眼鏡，看著因爲她的甦醒而呆愣當場的少年與蘿蔔。

白蘿蔔手中的濕毛巾，「啪噠」一聲掉落。

「你會說話，所以……你是眞的？」薔蜜的視線停在阿蘿身上，她用冷靜的語氣說。接著，視線又移向左上角，自稱「約翰」的中年男性幽靈就飄浮在那，「所以，你也是眞的？」

約翰摀著臉，發出一聲喜極而泣的尖叫。

「眞的眞的，我當然是眞的！我眞不敢相信，我待在這間屋子這麼多年了，被人忽視這麼多年了，第一次有如此多的人同時發現我的存在！我我我……」

穿著花襯衫和藍白拖的幽靈不知從哪掏出一張紙巾，擦著似乎因過度激動而嘩啦嘩啦流下的眼淚。

薔蜜覺得自己還是不要打斷一名幽靈的喜極而泣，她重新將目光移回猶呆愣的少年和蘿蔔。

而當薔蜜的目光正式對上藍采和他們的剎那間，一人一蘿蔔就像是要彈跳起來般猛然回過神。不論是藍采和或阿蘿都刷白了臉色——雖然從後者的臉上實在看不太出來。

「不不不！」

阿蘿眞的彈跳起來，它蹦了足足有三十公分高，連頭頂上的蘿蔔葉也像是觸電般全部豎起。它一溜煙竄到藍采和背後，把自己嚴嚴實實地藏起來。

「俺是假的！俺只是平凡又帥氣的新型玩具而已！絕對不是什麼會說話的蘿蔔蔔蔔蔔——嗚呃！」

「沒、沒錯，這眞的只是……呃，我家鄉那裡的新型玩具而已。」

藍采和將右手繞到背後，使出全力地掐掉阿蘿的尖叫聲。他的聲音一開始還有些結巴，但很快便恢復鎮定，他誠懇地直視面前的女性，他已經從莓花那裡得知她的名字。

「薔蜜小姐，這玩具做得眞的很逼眞，對吧？」

被藍采和掐得差點沒氣的阿蘿，全副心神都放在應對薔蜜的藍采和身上。這一人一蘿蔔並沒有察覺到，躺在他們身後另一張沙發上的男人，正慢慢地睜開眼睛。

莓花瞧見自己哥哥甦醒過來，欣喜地睜大眸子，甜甜的酒窩浮露在頰邊。但來到舌尖前的興奮叫喊，卻又因爲對方的動作而硬生生地吞嚥下去。

林家的長男對著妹妹做了一個「噓」的手勢，食指輕輕置放在嘴唇上。

莓花馬上聽話地將嘴巴閉得緊緊的，她以爲哥哥是要給藍采和他們一份驚喜。

「藍小弟，你現在是在說服我，那根蘿蔔是假的嗎？」薔蜜也看見川芎的動靜，可她不動聲色，眼神和表情都控制得很完美。

「阿蘿是眞的玩具沒錯唷。」藍采和繼續微笑，墨黑的眼睛瞇著，像是彎彎的弦月。

「但是我眞的覺得它不像是玩具。」薔蜜以指腹推扶略略下滑的鏡架，鏡片後的眼睛精明銳利，「我想你身後的川芎同學也不這麼覺得。」

「什……！」藍采和的微笑瞬間僵住，他飛快回過頭，愕然大睜的黑瞳內映出的不僅僅是睜眼坐起的川芎，還有被川芎一把抓握住的阿蘿。

「夥伴救俺！俺被抓住了啊！」阿蘿尖叫著，它踢著腳掙扎，但它的呼救聲很快就被另一隻手掌捂住，頓時變成「嗚嗚嗚」的模糊聲響。

斷絕白蘿蔔呼救的川芎，抬眼對上不知爲何戴著口罩，但仍看得出臉色僵硬的藍采和。他露出了一抹陰惻惻的猙獰笑容，見到此景的薔蜜默默地移到莓花身邊，伸手掩住莓花的小耳朵。

「你該死的最好給我解釋清楚了，藍、采、和！」

「等等，哥哥，就算你要我解釋……」

發現自己的聲音被口罩隔著顯得模糊，辯駁起來似乎少了些力量，藍采和連忙將口罩扯下。但扯下的下場，就是使他的辯駁立刻成爲數個噴嚏。

「喔，不，哈哈哈……哈啾！」

藍采和從來沒有像這一刻如此痛恨自己因爲那件「意外」，而造成他現在狂打噴嚏的毛病。

川芎顯然也沒料到，被那一連串噴嚏弄得愣怔了下。這一下，倒是讓被挾持爲人質的阿蘿有了機會。

「痛——可惡！」林家長男忽然吃痛地大叫一聲，原本捂著阿蘿的手背上出現一枚清晰咬痕。原來阿蘿趁他不備之際，張大嘴，用它自傲又健康的牙齒，狠狠地咬上一大口。

但是阿蘿的得意維持不到一秒，那隻被它咬出齒印的手，下一瞬間又猛地掐住它整個身軀。

林川芎的臉色除了猙獰，還是只能用猙獰來形容。

阿蘿這輩子的蘿蔔生涯，從來就不曾見過如此恐怖的表情，它發出短促的悲鳴。

「咿！」即使全部的蘿蔔葉都在顫抖，阿蘿還是結結巴巴地表明立場，「俺俺俺、俺什麼都不會說的！就算你嚴刑逼供，俺也絕對不會——」

「你他×的再不說老子立刻就將你刨成蘿蔔絲配沙西米當下酒菜！」

據說不怕嚴刑逼供的阿蘿，瞬間倒塌了立場。

「俺招了！俺什麼都招了！其實俺和小藍夥伴是因爲這樣跟那樣的事才會從天界跑到人間來以防止之後的嗶嗶嗶開天窗！」

一口氣尖叫完一大串話，阿蘿突然抬起頭，看著目瞪口呆的眾人。

「對了，你們喜歡天窗嗎？」

沒有人回答這個莫名其妙的問題，或者說就算打算回答，也沒有時間——薔蜜原本是要嚴厲說出「我的字典裡，不允許有『天窗』兩字存在」。

因爲就在四人加一根蘿蔔的腳下，無預警地浮現出大片的針狀黑暗。

黑暗吞噬了所有人的影子，然後就像是柔軟的布料，一瓣一瓣地捲起。眨眼間，就將五道身影包裹其中。

如同收攏花苞的黑暗，用力地，全部收緊。

當光明重回眼底，剛才侵入視野內的黑暗彷彿像曇花一現的錯覺。

川芎幾乎也要以爲他剛剛只是產生幻覺而已。因爲身邊的景象並沒有絲毫改變，他仍舊待在客廳裡，沒有開啓電源的電視螢幕有些模糊地倒映出自己的身影；掛在壁面上的時鐘，秒針也持續前進。

如果不是客廳裡人數驟減，川芎眞的要這麼以爲了。

川芎站起來，視線飛快掃過左右。然而不論他怎麼看，偌大的客廳裡就僅僅剩下兩人。

一個是他，一個是同樣發現到不對勁正面露驚愕的黑髮少年。

換句話說，除了川芎和藍采和，另外兩名女性和幽靈，加上一根性別推測是男的蘿蔔，在一剎那間，徹底消失在客廳中。

川芎鐵青了臉色，他可不認為在這種時候，薔蜜會無聊到帶著莓花去躲起來。

更何況，黑暗吞沒視覺也不過是轉瞬的事，真要躲，如此短暫的時間又能躲到哪裡？

發生了什麼事？發生了什麼事？

「他媽的究竟發生了什麼事！」驚慌加上憤怒，匯聚成一股更巨大的情緒，驅使川芎一把揪住藍采和的衣領，他指關節施勁得泛出了青白，「我在問你話啊藍采和！」

「等等、等等！哥哥你冷靜一些！」被人揪住衣領的藍采和喊，怕自己的聲音被口罩阻隔，還努力地提高音量，「我會解釋的，真的。但現在先找到莓花和薔蜜小姐她們才是最重要的。」

藍采和喊完這一句話後，施加在衣領上的力道頓時鬆開。

感謝玉帝，哥哥仍保有他的理智，而不是像當初那樣，直接一拳招呼過來。藍采和決定以後他不僅不會在玉帝的御花園種仙人掌，也不會在裡面偷種迷你型的食人花了。

「總之，要是我猜得沒錯，莓花她們還在屋裡才對。」

藍采和抬頭環視四周。從一樓客廳的位置可以輕易看見上方二樓走廊。沿著客廳環繞成ㄇ字形的走廊靜悄悄的，沒有傳出任何動靜。

「老實說，剛才那招我覺得有點熟悉，但還是有些不確定……」

藍采和收回仰望的視線，唯一暴露在口罩外的墨黑眼珠直直看著川芎，然後問出一個奇妙的問題。

「哥哥，你剛有注意到把我們包住的黑影，是什麼形狀的嗎？」

「……你覺得我會有時間注意嗎？」

川芎瞪了藍采和一眼，那黑影來得太快，教人猝不及防，等他察覺到時已迎來結束，同時也失去莓花等人的身影。

「反正管他是什麼形狀，發生都發生了，現在的重點是找到薔蜜和我家莓花！」

至於人面蘿蔔——阿蘿，和幽靈先生——約翰，似乎被排除在搜尋名單之外。

川芎抬起頭，迅速瞥了仍舊聽不到動靜的二樓，又迅速將目光轉回。他同樣也在確認莓花等人在二樓的機率有多大。

而不管是藍采和或川芎，他們都認爲，機率不大。

兩雙眼睛有志一同地望向同一個位置——那扇通往地下室的門。

「你也認爲是那裡對吧，哥哥。」雖然看不見藍采和的嘴唇是否有揚起，不過從他瞇成如彎彎弦月的黑眸來判斷，他現在的表情是微笑。

「別當我是白痴，藍采和。最有嫌疑的地方除了那，我還眞想不出其他。」川芎惡狠狠地吊高眼角，和身旁少年相比，他的表情是難以親近的凶惡，眼神則像是要把那扇門狠狠扎穿一樣。

川芎可沒有忘記被敲昏前所發生的一切，縱使那實在荒謬得不可思議。

噢，不，事實上，現在依然是如此地荒謬。

川芎彈了下舌頭。會說話的人面蘿蔔；哭哭啼啼、據說一直待在他們家，但總是被無視的中年幽靈；還有幽靈所說的，那個似乎有著某種「存在」的地下室。

「如果是那傢伙的話就難搞了，可是阿蘿明明說沒感應到任何氣息呀……」藍采和盯著地下室，喃喃地說。隨即他把剩下的句子吞下，就如川芎所說的，事情發生都發生了，再做任何猜測也是無用。

下一秒，藍采和與川芎對上視線。

他們不再多語，直接採取行動，並且由川芎單方面地決定讓他來打頭陣。

不給藍采和絲毫抗議的機會，川芎以堪稱粗暴的力道猛地拉開通往地下室的門，率先衝進。

可是，怪異的事發生了。

要到地下室，必須先走下樓梯。照道理說，川芎的腳步應該是沿著樓梯一路向下踩，但別說是往下的高低差，川芎的兩隻腳感受到的是一片平坦。

川芎反射性低下頭，瞳孔頓時收縮。映入他愕然眼眸中的，竟是由粉紅磁磚拼組成的地板。

川芎可從來不記得，他們家的樓梯是這種粉嫩的色調。

身爲這個家目前的一家之主，川芎該死地記得清楚，這種地板位於二樓的浴室！

川芎連忙再抬起頭，洗手台、浴缸、高掛著的蓮蓬頭，還有晾在架子上的一排毛巾。所有擺設都證實了這是一間浴室，而不是哪一個樓梯間。

「見鬼的，這又是怎麼回事？」川芎不敢置信地大叫。他明明在一樓，他明明是打開地下室的門，衝下樓梯，爲什麼現在卻會站在浴室裡？

川芎飛快轉過身，想看清門口景象，沒想到卻不偏不倚和正好也衝進來的藍釆和撞個正著。

男人的下巴磕上了少年的額頭，發出響亮的音響。

頓時，只見兩人各捂著痛處，蹲在地上哀叫。

「靠杯，哥哥你的下巴未免也太硬了吧……」藍釆和捂著泛紅的額，眼裡因疼痛沁出淚光。加上隔著口罩，聲音聽起來有些軟膩含糊，他縮著一副身子，整個看起來異常地可憐兮兮。

「閉嘴，我都還沒有嫌你的頭硬。」

川芎咬牙切齒地回嘴，按著發疼的下巴站起，越發肯定藍釆和果然是和他相剋的災星。從他們見面的那天算起，不過才短短兩天，他就因爲對方受創多次。

「還有，你最好別將髒話當成語助詞使用，特別是在我的寶、貝、莓、花面前。」

「哥哥，你這句話和我某個顏面神經失調的囉嗦朋友說得一樣呢。他也老是叫我不要將髒話當成語助詞……」

接收到川芎投來的凶狠目光，藍采和馬上聰明地掐了話題。他放下捂著額頭的手，挺直背脊，向對方做出一個發誓的手勢。

「噢，我是說你放心好了，哥哥。」

為了加強話語的可信度，藍采和照慣例又露出一抹天真無辜的笑容。雖然鼻子以下都被口罩遮住，但他堅信，他眞誠的眼睛能讓川芎相信這一切。

不過川芎連看也不看。

川芎再次環視周遭景象，洗手台、浴缸、蓮蓬頭，再怎麼看都不會變成通往地下室的樓梯，最後他瞪向了不知何時關起的浴室門板。

「不過是區區的一扇門……」川芎吐出陰惻惻的低語。

「哥哥，你說什麼？」藍采和聽得不是很眞切，他好奇地湊近，卻沒想到會讓人猛然捉住手臂，「唔啊！哥、哥哥？」

「不過是區區的一扇破門，以為擋得住我救我家小莓花的決心嗎！」擁有戀妹情結的川芎發出憤怒的怒吼，「不要小看做哥哥的啊混帳！」

「等一下，哥哥！隨隨便便亂開門容易會……」藍采和試圖阻止的呼喊，在川芎抬腳踹開門板的時候宣告中斷。

川芎拉著藍采和衝出去，而被他一腳踹開的門板先是打上了牆壁，接著又因反作用力彈回，在兩人身後「砰」的一聲關上。

兩名男性又被關在另一個空間裡，而且還是一處相當狹窄的空間。

川芎還捉著藍采和的手，他張張嘴巴，前一秒高亢的氣勢，這一秒則因眼前景象，如同冰塊遇到高溫一樣，迅速消融下去。

頭頂上的燈光正亮晃晃地映照整個空間。

好半晌過去，讓人捉著手臂的藍采和刮刮臉頰，將剩下的話說完。

「……哎，很容易會跑到廁所去。」

潔白的燈光將不算大的廁所照得通明，而在塞進男人與少年之後，這個空間更是清楚地教人感受到那份擁擠感。

前面是抽水馬桶，右邊是洗手台加鏡子，川芎垮下肩膀，鬆開藍采和的手，無力地將額頭抵上冰涼的鏡面。

「老天……」川芎呻吟，「這些門就不能有一個固定的規則嗎？最起碼總要有回到原地的選項吧。」

「唔，我想是沒有的。」藍采和回答，他正盯著抽水馬桶，考慮要不要趁這時候上個廁所，「這些門隨機得就像它們的操控者一樣陰晴不定……如果操控者真的是我猜的那傢伙的話。」

「那傢伙？」仍將額頭抵著鏡面的川芎微微側過了臉，用眼角餘光瞄向正盯著馬桶的少年，「好吧，藍采和，雖然你說事情結束後你會解釋，但那傢伙……見鬼的到底是誰？」

藍采和說：「我的一朵花，我猜啦。」

川芎維持著額頭貼著鏡子、眼角瞄向藍采和的姿勢好幾秒，眼睛就這樣眨也不眨地看著口吐驚人之語的人。從川芎暫時呈現空白的表情來看，此時他的腦袋正在消化那短短的簡單數個字，卻讓人摸不著頭腦的答案。

小鬼剛剛是說了什麼？

川芎的睫毛終於遲鈍地眨動一下，他繼續看著眼中露出煩惱的藍采和——不知道是為了要不要趁機上廁所，或是待會打開的門又將通往哪裡而煩惱——然後川芎再眨了下眼，猛然將身體拉離鏡子，像是這時才將藍采和說的話完全消化完畢。

「所以說……你是真的？你真的是那個藍采和？我還以為是那根蘿蔔在胡扯！」

川芎瞬間拔高音量，不敢置信地比著戴著口罩的少年。

「但是，慢著慢著！藍采和不應該是不男不女、性別不明嗎！」

「我操！我他媽的是哪裡不男不女又沒有男子氣概啊！」

聽見川芎喊出的下半段話後，原本還含帶笑意的墨黑眼瞳頓時爆出猙獰。理智線就像是在藍采和腦中斷裂，他忘記自己和川芎的距離不到一公尺，氣勢凶猛地一把扯下口罩。

「老子這麼有男子氣概難道你看……哈哈哈啾！」凶猛的氣勢硬生生被一個聽起來像是小貓嗚噎的噴嚏聲折斷。

緊接著，又是第二個、第三個，直到藍采和慌慌張張地重新戴上口罩，廁所中的噴嚏聲才總算平息下來。

「可惡，哥哥你的身上有帶花對吧……」藍采和虛弱地呻吟，「靠杯啦，我也不願意對花過敏，都是那次……噢，該死的……」

聽起來，藍采和的過敏毛病似乎不是原本就有。不過川芎沒細想，下意識摸上胸前口袋，那裡確實放著一朵粉紅色的小花沒錯。

他看著因爲連打三個噴嚏而眼角微微泛紅的少年，就像是仍難以相信地搖搖頭。小時候床邊故事的主角之一，現在活生生站在這裡？在他們林家的廁所裡？

「老天，你這小鬼是八仙的藍采和……但形象未免也落差太多了吧？」

不能怪川芎喃喃吐出了這樣的感慨，因爲神話故事裡根本就沒有提過「藍采和」不但是一名絕對認得出性別的瘦弱少年，還會將髒話當語助詞使用，聽見有人說自己沒男子氣概就會炸開，甚至會對花過敏而必須戴口罩。

川芎這瞬間突然湧現了早知道自己還是不要知道答案的念頭。最起碼，他還可以對神仙抱持著一份美好的想像。

「嘿，哥哥，你還好嗎？」藍采和伸指戳了戳一動也不動的川芎，試圖喚回對方顯然將要飄離的神智，「那個，我知道隱瞞你和莓花是我……」

「莓花！」妹妹的名字讓川芎迅速回神，他反手扯緊了藍采和的衣領，猛力拉近對方，「該死的，換句話說，這一切都是因爲你，包括薔蜜和我家莓花下落不明的事？」

藍采和一雙墨黑眼眸裡閃過一抹黯然色彩。

就算戴著口罩、遮住大半張臉，可川芎仍能從那雙眼睛得知他現在大概是露出落寞的表情。

啊啊，我果然討厭這個小鬼。川芎在心裡咒罵著，並且將藍采和幾乎提離地面。

「你聽清楚了，藍采和。」川芎惡聲惡氣地低吼，「總之，我不管你是什麼仙人，也不想理會你跟你的那朵花有什麼愛恨情仇，更不想知道爲什麼你所謂的花還混有一根人面蘿蔔。這些我都不管，也不去研究。」

藍采和任人提著衣領，他睜大眼，怔怔地看著眼前的男人對他做出以下的宣告。

「你唯一要做的就是幫我找到小莓花和薔蜜，順便把我家回復原狀，否則我就將你這個不合格的幫傭掃地出門！聽見的話就給我說是！」

「是！我知道了！」藍采和反射性回答，而等到他醒悟過來對方究竟說了什麼的時候，那雙本就睜大的黑色眸子更是瞪大至極限，「咦咦咦咦？哥、哥哥你是說……」

下一秒，欣喜像燦爛的煙火，從那雙還顯得相當年輕的黑眸裡迸現。

「我絕對不會辜負你的期待的，哥哥！」

藍采和反捉住那隻放開自己衣領的手，熱切地上下晃動著。

「我一定會好好教訓鬼針一頓！呼呼，敢跑到這裡來還牽連到小莓花的傢伙……最好是做好心理準備哪……」

藍采和在口罩後露出看似純良無害，但實際上根本不純良也不無害的笑容。

「鬼針？鬼針草？」無視藍采和發出怪異的笑聲，川芎對於他提出的名字，直接聯想到一種植物上。

「就是你想的鬼針草沒錯呢，哥哥。」藍采和伸手往口袋裡掏，隨即抽出一張植物照片，「我這裡剛好有他的相片，就這張。噢，這是他以前強迫我拍，還一定得帶在身上的。」

接過藍采和遞來的照片，川芎皺眉看著上面的植物。那一根根聚在一起、像顆盛綻尖刺的小球，正是鬼針草最明顯的特徵。

姑且不論為什麼花籃裡會放著鬼針草，川芎瞪著那張相片，實在很難想像這樣一株小小的植物，竟然有辦法把他們家弄得雞飛狗跳。

「鬼針的能力是扭曲部分空間，所以咱們剛剛才會一直沒辦法到達地下室。」

似乎看穿川芎的疑問，藍采和補充說明。

「不過因為在人界，所以他的力量有時間限制，經過二十七分二十七秒就會自動解除，要再次使用力量則必須等七分鐘過後。」

這是什麼不乾脆的數字啊！川芎在內心吐槽。

「當然在二十七分二十七秒結束之前，我會先找到莓花她們的。」

藍采和把照片塞回口袋，又開始在另外幾個口袋尋找某樣東西。

「但是得先讓我解除『乙殼』的狀態，否則我沒辦法突破鬼針設下的空間……噢，乙殼就是哥哥你現在看到的這個人類外形。說明過程複雜，而且浪費大家時間，所以先省略。總之，只要用『乙太之卡』的話，我就能暫時回復仙人的模樣。」

「乙太之卡又是什麼？」

「這個嘛，其實就是我在人界用的身分證啦。它的功能就像是莉莉安用來變身的法杖……奇怪？」藍采和驀地中斷說明，眼珠浮現一絲慌張色彩，「沒有？等等、等等，為什麼會沒有？我明明就把它隨身帶在……」

下一刻，就連翻找口袋的動作也停下。

「這下靠杯了，哥哥。」

「我不是說不要把髒話當成語助詞……」

「我把乙太之卡扔在我的花籃裡。」少年姿態的仙人喃喃地說，「我的花籃則是在我的房間裡。」

「你說什麼？」川芎大叫，「你的房間？幹！現在這狀況是要怎麼到你的……」

「沒辦法！就只能給他試到對的位置為止！」藍采和反手拉住川芎的手，這次換他毫不猶豫地一腳踢開廁所門，「哥哥你也不想一直待在廁所裡吧！」

「廢話，我當然不……」抱怨聲在聽見廁所門發出悲鳴，以及瞧見眼前景象時，登時咬住。

照理說相當堅固的廁所門板，如今竟離開了它原本的崗位，可憐兮兮地躺在外邊。要死了，那是什麼怪力啊……川芎張口結舌，看看外表明明弱不禁風的藍采和，再看看已經宣告陣亡的門板。

而透過已然洞開的門口，川芎可以無比清晰地看見，這一次，他和藍采和所站立的位置是二樓的走廊。

暫時不去管壽終正寢的廁所門，川芎彈下舌頭，藍采和聳聳肩膀。他們兩人所站的位置是二樓的走廊沒錯，但同時也代表他們必須面對四扇房門和一扇浴室門，這五個選項。

這還不包括一樓的選項在內。

川芎和藍采和對望一眼，隨即便朝其中一扇通往未知的門，義無反顧地奔去。

捌 乙太之卡

當黑暗從視野內消褪，眼底再次映出周遭景象時，就算是一向冷靜理智的薔蜜也不禁愣怔。

不是他們剛才待著的客廳。

衣櫃、床鋪，還有一組桌椅，不論怎麼看，這應該都是誰的房間才是。

薔蜜還來不及仔細打量，一聲稚嫩中帶了一絲怯生生的呼喊，讓她迅速抓回分出的思緒。

「薔蜜姊姊……奇怪，我們不是在客廳？爲什麼……」

剛好就待在薔蜜懷中的莓花抬起頭，那雙圓亮的眸子一開始還有些茫然，似乎沒辦法反應過來身邊環境的變化。可隨即便慌張地瞪大眼睛，她不只發現所處環境的變化，更發現了自己重要的兩人都不在此的事實。

「葛格呢？還有小藍葛格呢？他們不見了嗎？」

「別擔心，小莓花。」

薔蜜冷靜的嗓音向來擁有安撫人心的力量，她輕輕地拉住莓花的一隻小手，和她眼對著眼。

「這一定是其他小妖精的惡作劇。莉莉安不是說過，每個人的家中都有小妖精嗎？是小妖精把他們兩人藏起來，爲了要測驗小莓花妳是不是長大了，能不能成功找到他們。」

「莓花……莓花一定可以成功找到葛格他們的！」

原本還透著些許慌張的小臉蛋，立刻變得精神奕奕，莓花認眞地挺起了她的小胸膛。

「因爲莓花是大人了，早上會自己起床，也不會在半夜偷尿床了！」

薔蜜滿意地看著重新回復精神的莓花，接著她耳邊聽見一道男性的聲音。

「漂亮大姊，妳哄小孩眞的很有一套呢。」趴在薔蜜胸前的阿蘿仰起臉，對她比出一個大拇指，「俺佩服妳啊，然後俺也佩服妳的聖域尺寸眞不是蓋的。」

「感謝你的誇獎。」

薔蜜神情不變地回話，她用左手推扶一下鏡架，右手則是將還死趴在她胸上的阿蘿拎起。

「不過你的行爲和你的言語都構成了性騷擾，雖然我不吃生魚片，但我並不介意把你刨成蘿蔔絲，送給林川芎，顯然不是玩具的蘿蔔先生。」

阿蘿僵住身體，連遭人拎住的蘿蔔葉也僵住。下一秒，它猛然爆出一聲尖叫。

「完蛋了完蛋了！俺太沉溺在聖域的偉大和美好，一時忘記僞裝成普通又帥氣的玩具啊！」

阿蘿從薔蜜手中扯回自己的蘿蔔葉，它掉落在地上，擺出一個跪倒在地的姿勢，一隻手還不知從哪裡拿出一條小手巾，放在嘴邊咬著。

「眞的完蛋了啊！小藍夥伴鐵定會踩住俺、掐緊俺，直接給俺呼巴掌的！」

「噢，眞看不出來藍小弟是個Ｓ。」

薔蜜無動於衷地做出結論，任憑阿蘿在那呼天搶地，鏡片後的眼眸掃向了最邊邊的角落。有一抹蜷坐在牆角的身影，打從剛剛就一直埋著頭，抽抽噎噎地哭泣著。

「那邊的那位大叔，如果哭夠了，麻煩說一聲。」

「約翰……我說過我叫約翰的……」

穿著花襯衫和藍白拖的中年幽靈抓起他的一截衣角，擦拭臉上的淚水。他吸吸鼻子，哽咽的聲音裡盛載著無比的哀怨。

「你們這些人眞的太過分了，我都哭那麼久了，你們卻只問我一句話……你們不是應該要問我，爲什麼我會出現在這個家嗎？」

「好的，請問爲什麼你會出現在這個家？」薔蜜從善如流地問。

「咳，其實我也不知道。我有意識時就待在這個家了，說不定我是這個家的守護靈之類……」

「謝謝你的解釋。」薔蜜冷淡地中斷話題。

「嗚，我還沒說完啊……早知道、早知道我還寧願你們對著我害怕尖叫，最起碼我不會被人徹底無視……我我我……我都已經被這個家的人徹底無視幾十年了啊——」自稱「約翰」

的中年幽靈異常悲慟地抱頭痛哭起來。

「薔蜜姊姊，那個叔叔一直住在我們家嗎？」莓花扯扯薔蜜的袖角，小小聲地問著，

「可是我跟葛格都沒看過耶。」

薔蜜看著一臉愧疚、像是對自己遲遲沒發現到對方而感到相當不好意思的小女孩。她摸摸那頭柔軟的淡褐鬈髮，將「沒關係，小莓花和川芎都只是比較遲鈍一點而已」改成——

「小莓花，妳去安慰那位其實哭得有點吵的大叔好嗎？」

莓花乖巧地點頭，貼心地拎著面紙盒跑近約翰的身邊，不久後，房內哭聲終於漸漸減弱。

薔蜜吐出一口氣，覺得自己的耳朵總算可以稍微清靜。她再次環視起他們所待的房間，乍看之下相當眼熟。薔蜜也曾參觀過川芎和莓花的房間，她認得出這三者的格局充滿一致性。

她習慣性地推高眼鏡，犀利地盯住床頭櫃的方向。在那裡，正擺著一個對臥室而言顯得有些突兀的物品。

那是一個沒有盛裝任何東西的竹籃子。

「這該不會是藍小弟的……」薔蜜喃喃說道，她向床頭櫃走近，打算拿起那個竹籃子。

一聲無預警的尖叫卻讓薔蜜不小心失手撥落了竹籃。

「鬼針！鐵定是那個鬼針沒錯啊啊！」

發出尖叫的是跪在地上的阿蘿，它甚至揪著蘿蔔葉蹦跳了起來。

「俺想起來了，剛剛那個突然出現的黑影，長得簡直就像是充氣的河豚一樣呀！可是可是，這太奇怪了……沒錯，這太奇怪了……」

阿蘿無比焦躁地在原地繞著圈子，從它異常糾結的五官來看，不難看出它正陷入一個巨大的煩惱當中。

「俺不懂，如果真的是那個刻薄、陰險，還嫉妒俺長得比較帥的鬼針，爲什麼俺卻沒有在這個家感應到任何氣息……難道是俺最驕傲的葉子雷達失靈了嗎？」

「我不知道葉子雷達是什麼，阿蘿先生。」

薔蜜蹲下身，將竹籃和從竹籃中掉出來的一張證件拾起。那是一張國民身分證，上面還有著藍采和笑吟吟的相片，但是薔蜜卻覺得自己好像瞧見這張證件閃過七彩流光。她眨眨眼睛，想再確認，卻沒再發現任何異樣。

是看錯了吧？薔蜜站了起來，繼續對阿蘿說道。

「不過你的其中一片葉子，是不是快掉了？」

阿蘿大驚，摸摸頭頂，隨即火速地衝到衣櫃的鏡子前。當它瞧見自己的頭頂上真的有一片葉子呈現不自然的搖搖欲墜之姿後，它雙手捧住臉頰，表情扭曲，發出無聲的一聲吶喊。

不——

薔蜜覺得自己似乎聽到了那屬於內心的大叫。

「俺眞不敢相信，俺竟然會犯下菜鳥級蘿蔔才會犯下的錯誤，俺的蘿蔔生就要因此留下污點了……」阿蘿絕望地呻吟，一邊伸手打算將搖搖欲墜的蘿蔔葉組裝回去。

但這顯然是一件大工程，起碼對擁有一雙短短手的阿蘿來說，確實是如此。任憑它再怎麼使勁伸展手指尖，就是難以碰到那一片剛好在內側的蘿蔔葉。

最後是薔蜜伸出援手。

這名漂亮精明的長髮女性走上前去，幫忙阿蘿將那片葉子插回，她甚至還可以聽到「喀噠」一聲，就像齒輪瞬間咬合的聲音。

而當喀噠聲過後，不只薔蜜，包括正在牆邊擔任安慰者與被安慰者角色的莓花和約翰，都吃驚地看著全部蘿蔔葉猛然豎起的阿蘿。

不，蘿蔔葉不單只是豎起，每一片葉片的葉梢還朝四面八方探伸出去，如同是偵測到目標物的雷達。

薔蜜終於明白，阿蘿口中的「葉子雷達」究竟是什麼。

薔蜜等人還在爲眼前之景驚訝，而阿蘿在察覺頭上葉片有著猛烈的反應之後，它又捧住臉頰，表情扭曲地發出不再藏在內心深處的尖叫。

「天啊天啊！眞的是鬼針針針針針——」

「那根蘿蔔說話都在跳針了，沒問題嗎？」約翰用莓花好心遞過來的衛生紙擦下眼淚，有些心驚膽跳地問。

「沒問題，大概，我猜。」

薔蜜以冷靜的語氣說，畢竟能驚嚇的都在方才一口氣驚嚇完了，她又重新回復以往紋風不動的態度。

「所以阿蘿先生，你確定把我們所有人分散各處的始作俑者，就是你認識的那位『鬼針』？」

「當然確定！」

阿蘿蹦跳起來，像是覺得自己的專業被人質疑，露出受辱的表情。

「除了剛剛的黑影是河豚形，最重要的證據就是俺的葉子！妳看，外側第一根垂二十五度角，內側第四根則是八十點二七度角，這就是鬼針在這裡的證據啊！」

薔蜜盯著那些很難看出誰是第一根，誰又是第四根的蘿蔔葉一會兒，隨後決定放棄研究。說老實話，她連八十點二七度角有多大也不知道。

「換句話說——」

薔蜜眨也不眨地注視阿蘿，那過於犀利的眼神、那曾令無數拖稿作者膽怯的眼神，就像是要在阿蘿身上刺穿一個洞。

「藍小弟真的是那位『藍采和』？而你和那位鬼針，都是他的植物？」

「咦？」阿蘿後退一步，阿蘿猛烈地向後退躍一大步，「咦咦咦咦？爲、爲什麼漂亮姊姊妳會知道！」

「我以爲這是很明顯的事了。」薔蜜說，「我也不是川芎那個遲鈍大王，估計他現在還沒有醒悟過來，阿蘿先生你之前喊的話是什麼意思。」

遠在另一處的川芎突然間打了一個噴嚏。

「藍采和？植物？」

約翰徹底停止哭泣，他搭著莓花的肩，輕飄飄地飄了過來。他瞪大眼睛，在薔蜜手中提的竹籃和阿蘿之間，來來回回地望了好半晌，然後以不敢置信的輕飄飄口吻開口。

「所以說是眞的？那個少年仔眞的是那個藍采和？八仙的藍采和？不會吧……我第一次看到眞的神仙耶！」

「沒關係，俺也是第一次看到眞的幽靈。」阿蘿解除頭上的葉子雷達，它伸手拍了拍約翰。

「但、但是……」穿著花襯衫和藍白拖的大叔幽靈驀然又大叫，「藍采和不應該是不男不女、性別不明，還沒有男子氣概嗎！」

這時候和川芎同樣遠在另一處的藍采和，突然間也打了一個噴嚏。

「噢，那是書亂寫的。」

阿蘿擺擺手。

「打從俺待在小藍夥伴的花籃裡，小藍夥伴就一直超有男子氣概。附帶一提，在夥伴的面前絕對不要提到他沒男子氣概，否則夥伴會做出什麼事俺也不敢保證啊。不過……既然對方是那個刻薄又惡毒的鬼針，那事情可能有點麻煩了……」

阿蘿摸摸嘴巴下方，眉毛傷腦筋地糾結起來。

「怎麼說？」薔蜜一邊詢問，一邊走向房門，打算開門一探外界動靜。

「因爲鬼針的能力是扭曲空間，雖然只有二十七分二十七秒的時效啦，之後還要有七分鐘的充電時間……不過要是咱們現在隨便離開這房間，可能會直接通到廚房或浴室也不一……漂亮姊姊，怎麼了嗎？」

阿蘿抬起頭，看見薔蜜朝門外踏出一隻腳後，又冷靜地把腳收回，再冷靜地把房門關上。

「我剛剛踏進廚房了。」薔蜜神情不變地說，「阿蘿先生，你說空間扭曲的時效只有二十七分二十七秒？意思是，只要我們在這靜靜地等，就可以等到空間恢復正常了？那位鬼針會不會在這段時間內，又採取其他動作？」

「俺也擔心鬼針會採取什麼下流動作，畢竟俺是如此地冰清玉潔呢。」

薔蜜略略地挑下眉，編輯的習性讓她很想糾正阿蘿的用詞。不過她還是壓下了那個念頭，再怎麼說，眼前的白蘿蔔都不是她負責的作者。

「但是！」

阿蘿忽然氣勢高昂地大喊，它挺起胸膛，雙手扠腰，雙腳還站得開開的。

「俺相信小藍夥伴一定會來拯救咱們的！只要他用『乙太之卡』解除封印，像莉莉安一樣來個華麗的變身，就能一招打倒刻薄、惡毒還一直嫉妒俺比較帥的鬼針了！」

聽見藍采和會像自己崇拜的偶像一樣變身，莓花的大眼睛登時亮了起來。

薔蜜則是理智地提出詢問：「乙太之卡？」

「用來解除限制的卡片，所有仙人來到人界都必須變成人類才行，是下凡仙人的必備用品之一唷。和『仙人在人界求生守則』並稱是人界所需的三大聖物，不過第三項還沒選出來就是了。附帶一提，乙太之卡平常時候都會偽裝成身分證呢。」

身分證？

這關鍵的三個字讓薔蜜反射性低下頭，看著剛剛被自己撿起的證件。照片中的少年笑得馴良溫和，膚色蒼白，眉眼格外墨黑。

位在姓名欄旁的「藍采和」三個字，清清楚楚得教人無法忽視。

至於在這個長方形證件的最上排，則是標示著——

「國……民……」莓花湊近，努力地一字字辨認。

「身分證？」約翰利用幽靈的優勢，乾脆浮在莓花上方觀看，「國民身分證？嘿，這名字是少年仔的吧？上面寫著藍采和呢。」

阿蘿愣住，阿蘿呆住，阿蘿大驚。

「什——」阿蘿發出了高亢的慘叫，「什麼麼麼麼！小藍夥伴的乙太之卡沒帶在身上？這下死定了啊！沒有卡，夥伴就沒辦法成功變身，而且俺剛剛還偷說了一大堆鬼針的壞話！」

人面蘿蔔身體扭曲地抖來抖去，因爲驚恐而瞬間凹陷下去的臉頰，使它看起來就像是蘿蔔乾一樣。

「振作點，先生。」薔蜜將猶在抖來動去的阿蘿連葉提起，她的神情平靜嚴肅，「現在你得告訴我們該怎麼做，例如如何把乙太之卡送給藍小弟之類的。」

「沒辦法了，只能靠運氣找到小藍夥伴啊……」

阿蘿無比虛弱地說，它的臉色慘白到像是下一秒就會昏死過去——當然，其他人是看不出它臉色變化的。

「漂亮姊姊，俺要死之前……能不能，再將臉埋到妳的絕對聖域一次啊……」

薔蜜揚高眉，開始在心裡盤算，要不要讓這根蘿蔔現在就地犧牲算了。不過計畫才擬定了三分之一，她便猛然回過頭，收緊抓著蘿蔔葉的手指，輕聲並且冷靜地示意莓花躲到自己身後。

有人接近；薔蜜藏身在門邊。

有人粗暴地旋動門把；薔蜜舉高迅速將身心都變成球棒的阿蘿。

有人一腳踢開了門。

薔蜜毫不猶豫地掄起人面蘿蔔，使勁地朝著來人劈打下去。

玖 地下室的鬼針草

有凌厲的風壓襲來。

同時間，耳邊響起一記吶喊——

「反派角色納命來吧吧吧！」

熟悉的聲音，甚至還有熟悉的味道，但已逼近眼前的白影卻讓藍采和沒有時間細想，他反射性地蹲下身、舉起手。

一招漂亮的空手奪白刃。

噢，不，是空手奪白蘿蔔才對。

發現到自己的衝勢被人硬生生擋下，阿蘿大吃一驚，連忙以頭下腳上的姿勢睜開雙眼，目光迅速向接住自己的人掃去。

映入阿蘿細小雙眼的，赫然是它再熟悉不過的年少身影。

縱使戴口罩無法看清全貌，但那雙眉、那雙眼，還有微微瞇起、顯示正露出微笑的眼角……來人不是藍采和，又會是誰？

「藍小弟？」薔蜜卸了勁道，美眸裡無可避免地流露出驚訝，她望著從藍采和身後走出的高大人影，「還有，川芎同學？」

「葛格！小藍葛格！」瞧見進來房間的正是自己最想見的兩個人，原本躲在薔蜜身後的莓花頓時鑽了出來。

她綻放出大大的笑靨，欣喜萬分地撲向兄長懷抱。

「莓花！」

川芎蹲下身，一把抱住朝自己撲來的嬌小身軀，將她抱得緊緊的。雖然對於莓花隨即就紅著臉，偷覷著門邊的藍采和有些不高興，但再次見到妹妹的喜悅讓他可以暫時不計較這件小事。

「哥哥好想妳啊！妳有沒有怎樣？有沒有哪裡受傷？」

「小藍夥伴，俺也好想你啊！」從薔蜜手中脫出的阿蘿跳下地，眼眶泛出感動的淚水，一路向著藍采和淚奔過去。

藍采和也蹲下身，墨黑的眼眸瞇成彎彎的弦月。

「我也好想你呢，阿蘿。」他柔聲說。

只不過，緊接著這句溫柔話語之後，上演的並不是像林家兄妹那樣溫馨的場景，而是——

「阿蘿你這混帳，你剛是想謀殺我嗎？啊？」藍采和雙眼含笑，雙手用力地掐住很有可能是阿蘿脖子的部位，額角躍動著青筋。

「小、小藍夥伴，你誤會俺了呀……」阿蘿上氣不接下氣地擠出呻吟，一雙小短手還像溺水者般拚命揮動。

從頭到尾，就只有約翰沒被人關切。

約翰看著溫馨感人的這一邊，再看著和樂融融的那一邊，瞬間又悲從中來。他抓著自己的襯衫衣襬，放聲大哭。

中年男人的哭聲著實稱不上悅耳，而約翰這一哭，倒是成功地吸引了五道目光。

「阿蘿，這大叔又怎麼了？」藍采和鬆開掐著阿蘿的雙手。

被掐到只剩半口氣、幾乎瞧見小花園的人面蘿蔔只能顫抖地搖搖手指，表示自己不知道。

「張薔蜜。」

川芎將想要去安慰對方的莓花抱緊一些。開什麼玩笑，那可是幽靈，而且還是男性幽靈！

「妳不是欣賞大叔？快去啊，妳眼前不就有一個？」

「我以爲我們討論過這個問題了，林川芎。」薔蜜冷淡地回答，「穿花襯衫和藍白拖的大叔不在我的守備範圍。最重要的是，他的心是少女。」

「……是挺少女的。」川芎看著仍舊哭哭啼啼的幽靈，給出了附和。

沒再理會埋著臉哭泣的幽靈，薔蜜從口袋掏出她先前撿到的身分證，遞給藍采和。

「藍小弟，我想這是你的。」

藍采和先是納悶地一瞄，隨即瞪大眼，幾乎是激動地跳了起來。

「我的乙太之卡！」他拉下口罩大叫——當然他有注意到川芎在他一公尺之外——眼中染上了無法隱藏的欣喜，「真的太感謝妳了，薔蜜小姐。」

「還有這個，夥伴。」阿蘿抬起被擱在地上的竹籃，踮起腳尖，努力將籃子遞向藍采和。

藍采和接過竹籃，掛在了臂彎中。他握緊那張不到掌心大的乙太之卡，眼眸彎彎，像是綻著光亮的弦月，那飽滿的嘴唇正勾起愉悅的微笑。

「太好了。」藍采和柔聲地說。

薔蜜這次很肯定，她確實瞧見被藍采和握在手中的那張身分證，正閃過了七彩流光。

「葛格，小藍葛格要變身了嗎？像莉莉安那樣？」抱著川芎的脖子，莓花小小聲地問，那雙圓圓的大眼睛裡正透出興奮的光彩。

川芎「唔」了一聲當作回應，他心裡也好奇藍采和所謂的變身前和變身後差別在哪裡。而提到變身，他唯一可以想像到的，大略就是「魔法少女☆莉莉安」中，那些華麗繽紛的聲光畫面。

「魔法少女莉莉安，現在要代替魔法少女之神來懲罰你們！」

將少女嬌俏的身影替代成眼前的少年，川芎瞬間抖了抖，心底爬上一股惡寒，這畫面著實有些驚悚。

約翰也停止哭泣，他抽了張衛生紙抹抹眼淚，又大聲地擤下鼻涕，隨即浮起半透明的身子，飄至川芎等人身邊。
所有人都在屏息等待。
然而意外，也往往就發生在注意力被移轉的這一剎那。
最先感覺到不對勁的，是抱著莓花的川芎。可當他察覺到不對勁的時候，已經來不及了。
「什……！」川芎甚至只能喊出這一聲驚呼，腳下的踏實感轉瞬消失得無影無蹤。
原本鋪著磁磚的房間地板不知何時竟轉成大片純然黑暗。而那片黑暗，就在川芎驚喊出聲的同時，如同一塊遭到外力撞擊的玻璃，眨眼間支離破碎，使得站在上頭的人除了向下墜落之外，別無選擇。
川芎等人全跌了下去，莓花發出害怕的尖叫。
下方的闇黑就像一隻張大嘴的怪物，準備將所有人一舉吞噬。
約翰慌慌張張地衝下來，拚命伸長半透明的手臂，他抓住離他最近的薔蜜，卻依然阻止不了那股向下墜落的力道。
於是身爲幽靈的中年男人，一塊被拖拉下去。
誰也不知道在下面等候著的，會是什麼。
川芎也不知道，他甚至不知道該如何做，才能拯救他最重要的妹妹，他只能更加用力地把莓花抱得緊緊。

有誰的聲音在大叫。

「夥伴！」

「吾之名爲藍采和，現在要求解除乙殻封印！應許．承認！」

川芎的眼角發現了光。

柔和的、溫煦的、美麗的，如流水般的——藍色的，光。

那是什麼？川芎腦海閃過疑問的同時，他的眼珠也使勁轉動。教人吃驚的光景在下一秒映入了猛然大睜的瞳眸裡。

那其實只是短若刹那的事，可是烙印在川芎的眼中，卻長如永恆。

川芎看見另一側的少年，那名據說是爲了某些事務而下凡的黑髮少年，在他握著乙太之卡的掌心間，正流瀉出水藍色的光芒。

川芎看見藍采和將掌心攤開。

川芎看見水藍色的光團浮在其上，緊接著，光團崩離成數也數不清的細微光點。

那些閃動著水藍色澤的光點如同擁有自己的意志，迅雷不及掩耳地奔散至藍采和身上，飛快地纏繞上去，就像活生生的水流順著少年的四肢，飛快地交叉纏繞。

川芎一時間，幾乎忘記自己正在向下墜落的事實。

那眞的是，太過奇異的光景。

水色光點不僅僅是纏繞上藍釆和的四肢，還改變了他原本的姿態。

凡是光點滑過之處，原先穿在藍釆和身上的T恤和牛仔褲，立刻褪變成川芎不熟悉的服裝。繁複的線條滾過袖口、衣襬，似雲似浪的圖紋攀附其上，衣襟中間則是精細的盤釦。

素淨的指甲被覆上水藍的色彩。

而在右眼下方，形如火焰的水色圖騰，正張揚著自己的存在。

光點繼續向上滑過，墨色的髮絲瞬間被水藍一併侵佔。

藍釆和睜開了眼睛。

擁有少年之姿的八仙．藍釆和，睜開了不再墨黑的藍色眼睛。

藍釆和沒有言語，沒有浪費丁點時間，他手指快速地拈了幾個手勢。下一剎那，不知何處浮現的銀白光線，頓時層層疊疊地交織在下方黑暗之中。

所有人重重地摔跌在那張光網上，反作用力讓他們的身子彈震一下，卻沒有留下任何傷害。

川芎有些頭暈眼花，他甩動了下腦袋，扶著額角，一隻手還圈著莓花不放。他慢慢地抬起頭，看見一旁薔蜜的狀態和他差不多。

薔蜜將歪斜的眼鏡重新扶正，進入眼眸裡的，是唯一一抹還站立的身影。水色花紋烙印在蒼白的面龐上，如此妖嬈醒目。

包圍四周的黑暗已然消失，而接住川芎等人的光之網也如同完成任務般，悄聲地隱匿蹤跡。

川芎甚至吃驚地發現，他們一群人竟然身處在地下室，四面灰白的牆環繞住他們所有人。而其中一面牆壁，也就是藍采和此刻正迎視的牆壁——

「這……這是怎麼回事！」川芎驚喊著，他瞪大眼睛，不敢相信地看著之前明明毫無異狀、如今卻龜裂得像是一張特大蜘蛛網的壁面。

「是那傢伙……那個霸佔我住處，還將少年仔他們關住的傢伙……就就就在那邊後面呀……」穿著花襯衫和藍白拖的中年幽靈，渾身發抖地躲在川芎背後。

「小藍夥伴。」阿蘿撐起身體，靠近凜然站立的少年。

「我知道，阿蘿。」藍采和沒有回頭，水藍眼瞳瞬也不瞬地注視著那痕縫裂得如此深、彷彿隨時都會崩落下來的壁面。

藍采和閉了下眼，再睜開。

平時溫和，此刻卻透著凌厲的嗓音終於迸出喉嚨，響徹整間地下室。

「你最好不要給我胡亂得太過火了！鬼、針——」

當透出凌厲的少年嗓音撕開地下室的寂靜，這瞬間，就連身為一般人類的川芎等人，亦感覺到空氣中傳來一陣震動。

與此同時，布滿裂縫的壁面眞的開始一塊塊崩落下來。

就像是失去附著力，由水泥製作而成的灰白硬塊，「砰」的一聲剝落在地。

首先是第一塊，再來是第二塊、第三塊……越來越多灰白硬塊嘩啦嘩啦地落至地面上。

「我家的牆壁啊！」目睹這一幕的川芎，再也忍不住發出哀號。

只不過哀號聲很快又因爲接下來的光景，硬生生地被截斷。

川芎張著嘴，聲音卻暫時哽在喉嚨裡，發不出來。

不僅川芎有這樣的反應，除了藍采和與阿蘿，在場的所有人，包括本身是幽靈的約翰，臉上都流露出無法掩飾的震驚。

那一大面牆壁表層都塌落下來了，能夠輕易看見裡層究竟是怎樣的情況。

也就是因爲看得一清二楚，所以川芎等人才會流露出現在的表情。

分岔成多條的細根，緊緊地扎陷在水泥牆裡。細小鋸齒狀的葉片連接在莖幹兩側。而那一根根聚在一起、像是盛綻尖刺的球體，更是明顯得讓人無法忽視。黑色的尖刺末端彷彿要折射出銳利的鋒芒。

那是一株鬼針草。

一株佔滿了整面地下室牆壁，特、大、號的鬼針草。

「比葛格還大耶……」莓花睜大眼睛，喃喃地說。對於年僅六歲的她而言，將她抱在懷裡的兄長，就是她用來測量事物大小的標準。

「這大概是全世界最大的鬼針草了。」薔蜜推推鏡架，用著無比冷靜的嗓音說，「川芎，也許你可以考慮把它寫進你的故事裡。」

「最好我會這樣做！」

川芎的聲音聽起來和薔蜜相反，帶著明顯的咬牙切齒。事實上，他的忍耐已經瀕臨極限了。他深吸一口氣，低頭看看滿地的牆壁碎塊，再抬頭瞪著霸佔他家整面牆壁的巨大植物，怒氣蓋過了乍見此景的震撼，終於忍無可忍地大罵出聲。

「藍采和！這和你照片的尺寸未免也差太多了吧！開什麼玩笑，這他媽的哪裡是小小的植物！而且它還把我家的牆壁弄成這德性！」

在川芎爆發之前，薔蜜就已經先將莓花拉過，並且摀住了她的耳朵。

川芎憤怒的大罵聲，使得原先維持凜然站姿的少年仙人瞬間就像觸電一般，縮著肩膀幾乎彈跳起來。

「等等、等等，我並沒有故意要騙你的啊，哥哥！」

解除乙殼限制的藍采和慌忙地轉過身，但又不敢和川芎靠得太近。即使已恢復仙人之姿，因某件「意外」，在一公尺以內會對花過敏的毛病依然存在。

好不容易回復了原本姿態，藍采和實在不願再讓一連串噴嚏破壞他現在的形象。更何況，莓花此刻正睜大圓亮的眼睛，小臉通紅，滿是崇拜地望著自己。

藍采和沒有發現到，鑲嵌在牆壁裡的植物似乎微微地掙動一下。

「沒錯，俺也可以替小藍夥伴做保證的！」阿蘿挺起胸膛，豎高蘿蔔葉，「夥伴他只是忘記說清楚，那張照片裡是縮小了五十分之一不只的大小——唔噢！」

阿蘿在下一秒被一隻腳踩趴在地上。

藍髮藍眼的少年仙人掛著招牌微笑，鞋尖卻是毫不客氣地施加勁道，踩踏在根本是越幫越忙的人面蘿蔔身上。

嗚喔喔喔喔！咿啊啊啊啊！呼哈哈哈哈！

阿蘿抽搐著身體和蘿蔔葉，發出三種古怪的呻吟。

「原來……」望著這一幕，薔蜜若有所思地撫著嘴唇，「藍小弟眞的是個S啊。」

「S？是說小藍葛格……很帥的意思嗎？」莓花捧著臉頰，滿臉通紅地望著正踩踏人面蘿蔔的藍髮少年。

雖然不知道「S」是什麼意思，可是莓花眞的覺得變身後的小藍葛格也是好帥好帥！

然而還沒等薔蜜開口說些什麼，身爲莓花兄長的川芎，就已經先一記眼刀甩射過去。

「張薔蜜，妳敢說些什麼教壞我家莓花的話，我就……」

「就」後面的話語，被落在川芎肩上的一陣急促拍打制止了。

「嘿！搞什麼鬼！」川芎不悅地轉過頭，映入眼中的卻是約翰驚慌失措的臉。

川芎不禁一愣，但他確實從中年幽靈眼神中讀出了什麼。一種不祥直覺促使他迅速回過頭，視線越過了藍采和，直直落在那面已稱不上完整的牆壁上。

川芎瞳孔猛地收縮，看見那株嵌附在牆壁裡的巨大植物，竟然是——動了。

不是單純的葉片微晃，尺寸完全超過常識的鬼針草，抽出了扎陷在水泥牆裡的細根，它甚至甩動那綻成球形的尖刺。

黑色的尖刺末端閃動著令人不安的深黝光芒。

在川芎醒悟過來即將發生什麼之前，他的身體已反射性地採取行動。

「趴下！」他大吼，左右手各拉住了莓花和薔蜜，並強制將她們倆按伏在地上。

與此同時，被藍采和踩踏在腳下的阿蘿，從它的角度，也正好瞥見壁面上的異變。數根黝黑尖刺被甩射而出，向著他們所有人待著的方向。

阿蘿尖叫出聲，「小藍夥伴危險！」

藍采和從川芎和阿蘿的大叫理解到危機逼近，他沒有多加躊躇，毫不猶豫地當即趴下，壓低身勢。然後，他聽到從他的頭頂上有什麼高速掠過的尖銳呼嘯聲，再接著，傳來了銳物扎入壁面的沉悶聲響。

藍采和趴下的方向，剛好正對著川芎等人。雖然他無法得知身後的鬼針草方才究竟出現什麼變化，可他卻能夠看清楚，他前方的牆壁變成了何種模樣。

一、二、三、四、五，五根巨大深黝的尖刺，深深地插進水泥牆裡。

先不管自己、阿蘿，或是那個幽靈大叔，小莓花和哥哥他們只是一般人類，如果他們沒有及時趴下……如果他們沒有注意到危險……

藍采和這一刻間清楚地聽見自己理智線斷裂的聲音。

強大的怒氣席捲上他的心頭，他捏緊拳頭，重新站了起來。

水藍眼眸凍成冰藍，覆有水色指甲的手指氣勢凌厲地一橫劃，指尖直指牆壁上的鬼針草。

「你他娘的把我徹底惹毛了，鬼針。」

「這句話我原封不動地還給你，藍采和。」

一道不屬於在場人所擁有的嗓音說。

冰冷、陰森，並且聽起來異常低沉的男人嗓音。

拾 下犯上

或許是那道嗓音來得太過突然，一開始，川芎等人還沒有辦法反應過來。

等到大腦眞正意識到「有人在說話」這個事實，緊接著，便浮現了「是誰在說話」這個疑問。無庸置疑地，那是成年男性的嗓音，即使它聽起來如此森冷，還透著尖銳的敵意。

那不是川芎的聲音，當然也不是幽靈約翰的聲音，更不用說是阿蘿發出的。

所以，是誰在說話？說話的人是誰？

川芎鬆開保護莓花和薔蜜的雙手，迅速抬起頭，目光筆直地落在最前方的牆壁上。

大小不規則的水泥塊仍凌亂散落在地，然而應該嵌附在牆裡的鬼針草卻已不復存在。

薔蜜跟著撐起身體，她戴好剛剛因爲川芎猛烈的動作而被撞得歪斜的眼鏡，視野重新回復清晰；同時間，鏡片之後的那雙美麗眼眸亦染上吃驚的色彩。

而最爲年幼的莓花，早已因眼前的一幕看得目瞪口呆了。

牆上的鬼針草確實不復存在，取而代之的，是一團詭異的黑煙。由植物化成的黑煙，就像是受到風的吹動，快速脫離水泥牆，並在轉眼間勾勒出一抹人形。

約翰畏懼地滾動一下喉頭，他的雙手緊緊抓著川芎的肩膀不放。

下一剎那。

明顯看得出是人影的四肢末端，闇黑被其餘色彩飛快覆蓋過去。皮膚的顏色、衣物的顏色、眼珠的顏色、頭髮的顏色……不到五秒，佇立在所有人面前的，不再是一團人形黑煙，而是一名蒼白、眼神帶著陰冷感的黑髮男人，那黑色長髮簡直就像凝聚著黑暗的流水。

也許是一天下來經歷太多古怪荒謬的事，親眼目睹一株大得超出規格的鬼針草變成一團黑煙，再變成一名男人之後，川芎的驚愕只維持半晌，隨即就用稱得上是冷靜的態度，接受了面前的事實。

反正都有幽靈、人面蘿蔔，以及神仙的存在了，現在再來一株會變成人的鬼針草，似乎也不是什麼大不了的事……

林家長男默默地想，不忘將看得目瞪口呆的妹妹拉到身後保護。雖然自己總是被人說遲鈍，但他可不至於遲鈍到沒發現，那名蒼白男人的敵意，明顯是針對他們這個方向施放的。

「川芎。」一旁的薔蜜忽然開口，「你確定眞的不把這種神奇的植物寫進你的故事裡嗎？反正你不也打算寫個以仙人爲主題的故事？」

「夠了，薔蜜，妳除了『故事』之外，還記得什麼？」川芎翻了一個白眼，他該誇他的友人兼責任編輯敬業嗎？

「放心，還有各位作者的截稿日。」薔蜜推高眼鏡，眼眸內似乎閃過冷酷的光芒，「特別是你的。」

川芎連白眼都不想翻了，他撥開約翰緊緊搭在肩膀上的手，但對方馬上又緊捉著他不放，顯示出眞的相當畏懼前方的男人。

川芎想起來了，他身後的幽靈曾說過他是被那株鬼針草趕離原來的居住地，估計心裡已留下陰影，怪不得會異常害怕對方。

「藍采和，我不管你和你的植物有什麼愛恨情仇，你要是不快點解決，我照樣將你這不合格的幫傭掃地出門！」川芎提高聲音，朝背對他的藍髮少年喊道。

「哥哥，你太沒耐心了啦，我不是說交給我嗎？」

藍采和沒有回頭，而是直接向後比出一個ＯＫ的手勢。凍成冰藍色澤的眼眸望著化成人形的鬼針，他的唇邊再次浮出那抹看似純良無害的微笑。

「噢，眞高興再見到你，鬼針。」

但阿蘿可以看到他的小藍夥伴眼裡，根本沒有半點笑意。

跟隨藍采和那麼久，阿蘿當然知道這是他眞正憤怒時才會有的表情。而同樣跟隨藍采和漫長時間的鬼針，更不可能不知道。

可是，這名蒼白、眼神帶著陰冷感的男人，卻是譏誚地挑高眉梢。

「眞高興？我以爲你是嫌棄我們這些植物，才會故意將我們逼離開的。」

這出人意料的說詞，頓時使得川芎和薔蜜大吃一驚。他們迅速地對望一眼，在彼此眼中見到相同的疑問。

受到指控的藍采和瞪大眼，他的神情顯示出，他是所有人之中最錯愕的一個。

不過還沒等到這名解除乙殼限制、回復眞身姿態的少年仙人脫口罵出一句「靠杯」，剛剛讓他踩出腳印的人面蘿蔔已經蹦跳起來。

「嫌棄？逼離開？」阿蘿幾乎將它細小的雙眼撐大至極限，「俺眞不敢相信，鬼針你是瘋了嗎？小藍夥伴哪可能做出這種連蘿蔔都看不下去的事！」

「閉嘴，當時睡死的傢伙沒資格講話。」鬼針瞇細他匯聚戾氣的眼，「你根本不知道我們遭遇了什麼事。」

「嘿，就算俺不知道當時發生什麼事，俺也相信小藍夥伴的清白！」

阿蘿憤慨地大叫，頭上的蘿蔔葉像是感染到主人的情緒，跟著劇烈擺動。

「而且夥伴明明就把咱們看得比什麼都重要！他重視俺，也重視你！即使你刻薄、陰險，還老是嫉妒俺長得比你英俊帥氣，夥伴還是很重視你的啊混帳！」

如果說，阿蘿的本意是打算幫藍采和說話，那麼在後邊旁觀的川芎等人必須承認，這番話別說是想達到加分效果了，根本就是徹徹底底地火上澆油！

事實上，藍采和也這麼覺得。

至於當事人鬼針，那雙透著陰冷感的黑瞳則瞬間轉成駭人的暴戾。似乎就連那頭長長黑髮也感染到主人的憤怒，在無風的地下室飄動著。

完全未察覺植物同伴身上的氣氛整個改變，阿蘿就像是又想到什麼，挺起自己的胸膛，一手扠腰，一手將食指和拇指扯開些許距離。

「嘛，雖然還是比對俺的重視程度，差上那麼一點點啦。」

啪嚓。

「葛格，是不是有什麼……斷掉的聲音啊？」莓花拉扯了下川芎的衣袖，細聲細氣地問著。

不只莓花聽見而已，就連川芎的聽覺神經也好似捕捉到那道啪嚓聲，而他還很清楚這是什麼造成的。

川芎鐵青了臉色，飛快地看向那名被稱爲鬼針的男人。

果然，黑髮蒼白的男人毫不掩飾他一臉的狂怒之色。

那是鬼針理智線斷裂所發出的聲音。

如果情況允許，川芎眞想掐住阿蘿，大罵它「你是嫌事情還不夠糟糕嗎」。

藍采和顯然也有相同念頭，他的笑容裡滲入猙獰，看起來就像是想再往阿蘿身上踩一腳。他沒有眞的採取行動是因爲鬼針已經先有動作了。

「很好，我們什麼都不必談了。」鬼針說，「因爲我現在就可以先宰了你，阿、蘿！」

誰也不能忽視那道嗓音裡迸出的龐然殺意。

鬼針的右手出現一道細長黑影。

還沒讓人看清是何物，這名徹底被挑起殺意與憤怒的蒼白男人，便迅猛地逼近阿蘿身前。

「夥伴救俺！」阿蘿淒厲尖叫。

黑影以快得難以想像的速度揚起、劈下，盛怒中的鬼針似乎一點也不在意對方是自己的植物同伴。

「阿蘿！」莓花害怕地閉上眼睛。

不論是川芎、薔蜜，或是約翰，都認爲阿蘿一定逃不過、躲不過了。

然而事情的發展，竟如此讓人出乎意料。

硬物撞擊的聲音在地下室清晰地蕩漾開來，甚至因爲是密閉空間，還產生了回音效果。

藍髮藍眸的少年搶在鬼針之前，快一步地將人面蘿蔔抽起橫擋，硬生生格架住鬼針的攻擊。

「夥夥夥夥伴……」阿蘿的聲音在發抖，臉色刷成慘白，「你怎麼能……怎麼能拿俺來擋？俺明明是……明明是要你救俺的啊！」

「所以我沒讓你被鬼針的針刺到，不是嗎？」藍采和握住蘿蔔葉的雙手更加使勁，努力抵抗不斷下壓的力道，「而且阿蘿你的硬度明明比超合金還硬嘛。」

川芎等人這時才有機會看清楚，原來壓在阿蘿身上的細長物體，是一根將近一尺長的漆黑長針，乍看下如同一把通體透黑的劍。

川芎不知道自己是該感歎鬼針草的針能這樣使用，還是該吃驚蘿蔔的身體原來可以堅硬到這種地步。

「我必須提醒你，川芎同學。」似乎一眼看穿友人的想法，薔蜜冷靜地開口，「一般的蘿蔔絕對沒辦法堅硬成這樣，更不用說是比超合金還硬。」

「那個……我們是不是再後退一點比較好？」身爲幽靈的約翰，提出了最具有常識的意見。

「小藍葛格……好帥……」莓花紅著臉，捧著臉頰，著迷地盯著藍釆和的背影。

「哎，謝謝妳的讚美呢，莓花。」

藍釆和抽空回頭，給予小女孩一抹微笑，隨後又將視線調回，直視著臉色不知爲何更加森冷的鬼針。

「爲什麼要說我嫌棄你們？又爲什麼要說我逼你們離開？明明是我一覺醒來，就已不見你們的……嘿！鬼針！」

藍釆和驀地大叫，狼狽閃避，他本就不是攻擊型的仙人，他手中的阿蘿則不停爆出哀號。

「夥伴小心！俺的葉子！俺的臉！咿啊啊！俺的腳毛被割斷一根了啊！俺的男子氣概……俺的男子氣概受損了——」

對於人面蘿蔔不停發出的哀號充耳不聞，鬼針的攻擊一次比一次凌厲，有好幾次，藍釆和的身上差點就要被劃出一道口子。

「你問我？藍采和，你竟然問我？倘若你真的重視我、不嫌棄我，爲什麼沒有在來到這個家的瞬間就發現到我的存在！」

「靠杯！我那時候連乙殼都沒解除你是要我怎麼發現！」

如果不是雙手都沒有空檔，藍采和眞想直接給自己的植物一記中指。沒有解除乙殼的仙人和尋常人類根本沒兩樣，既無法使用仙術，更不用說是感應到任何非人的存在。

「而且老子他媽的才來到這個家第二天而已！」

藍采和眼中翻騰著被鬼針的無理取鬧給激怒的焰火，彷彿連右眼下的水藍焰紋都要跟著熾烈地燃動起來。

於是揮出的黑針出現了停頓。

阿蘿瞪著險些又要割斷它腳毛的針尖，大大地喘了一口氣。

「所以，你並不是故意要無視我的？」匯聚在鬼針眼瞳的暴戾，稍稍地褪去一些。

「嘿，假使不是你弄出空間扭曲，我可以更早一點拿回乙太之卡，恢復眞身，然後發現到你的存在。」

瞧見鬼針似乎願意聽進自己的解釋，藍采和不禁暗暗鬆了一口氣。雖說他現在確實是仙人之姿，但對於自己的植物仍舊是感到棘手。畢竟他的法寶是「花籃」，換句話說，他的法寶是擁有植物們待著的籃子，那些植物才是他眞正的力量所在。

「我向你保證，鬼針，我絕對沒有嫌棄你的意思。我怎麼可能，會嫌棄你呢？」

鬼針的表情浮現一絲鬆緩。

眼看一場爭戰就要因此消弭於無形，阿蘿都忍不住將緊繃的蘿蔔葉鬆放下來。就在下一秒鐘，鬼針問出了第二個問題。

他問：「既然如此，你又爲什麼要對籃中界做出那樣的事，逼得我們不得不離開？」

那樣的事？

哪樣的事？

誰對籃中界做出哪樣的事了？

藍髮藍眸的少年眨了眨眼，像是一時難以理解面前的男人究竟說了些什麼。

「哎？」那是一個表示純然疑問的單音。

「你說你不嫌棄我們。」膚色蒼白、眼露陰冷的黑髮男人，再一次重複他的問題，「所以，你是爲了什麼要對籃中界做出那樣的事，讓我們無法待在裡頭？」

這一次，藍采和終於將對方的話整個消化完畢。

鬼針說，他們會離開籃中界，是因爲他對籃中界做出那樣的事，但那件事到底是……

「哎？」藍采和這次是眞的大叫出聲，水藍色的眼眸瞪得老大，年輕的聲音滲入了不敢置信，「我根本沒對籃中界做什麼事啊！鬼針你在說什麼鬼話！」

「籃中界？」一旁的薔蜜推推鏡架，代表在場的人類提出疑問。

「噢，就是小藍夥伴的籃子，也是俺和鬼針平常住的地方唷。」

阿蘿回過頭解答，又迅速轉回，和鬼針陷入激烈的唇槍舌劍。

「沒錯！鬼針你在說什麼鬼話！小藍夥伴才不是那種人！他怎麼可能對籃中界做出嗶嗶嗶的事跟嗶嗶嗶的事！對了，到底是啥事啊？」

「你這根沒用的蘿蔔閉嘴！你那時明明就睡死到不醒人事還敢說話！」鬼針眉眼凌厲，原本消散的戾氣似乎因為阿蘿，又一點一滴地聚攏回來。

「嘿！你這是蘿蔔身攻擊！俺哪裡沒用？俺明明就英俊無敵、帥氣非凡，雖然還比小藍夥伴差一點就是了，但絕對大大地勝過你！」

為了增加自身氣勢，阿蘿拉回蘿蔔葉，它跳下地，一手扠腰，一手遙指鬼針的鼻尖，並且特意挺出雪白厚實的胸膛。

「反正俺說小藍夥伴沒做就沒做呢混帳！」

男人與蘿蔔互不退讓地相互瞪視，彼此之間的氣氛緊繃到像連旁邊的人都會被扎疼。

下一瞬間，鬼針和阿蘿猛然轉向藍采和。

「藍采和！」

「夥伴！」

「你說！到底是誰說得對！」

面對散發凶猛氣勢的兩株植物，藍采和腳跟抬起，幾乎下意識地想後退一步，但最後還是忍住了。他看著前方的阿蘿和鬼針，嚥嚥口水，有絲遲疑地開口。

「那個……其實我……真的完全想不起來……」

「張薔蜜。」川芎挑起眉毛，「我可以打賭小鬼說的話是真的。」

「林川芎，我也相信藍小弟說的是真的。」川芎的編輯平淡說道，「不過我也跟你打賭，那位鬼針先生絕對不會相信。」

事實證明，川芎沒有說錯，薔蜜也沒有說錯。

黑髮白膚的男人放下環胸的雙手，勾起薄薄、給人感覺薄涼的唇角。

「你現在的意思是告訴我，」鬼針輕啞地問，「你根本沒對籃中界做出任何事嗎？」

藍采和的眼神心虛地飄移一下。

「我聽你放屁！」鬼針大怒，暴戾之氣一口氣歸湧至他的眼裡，「你嫌棄我們就直說！何必編這種可笑的理由來敷衍我！」

不給藍采和任何辯解的機會，鬼針手中的黑針迅雷不及掩耳地再次揮動。

離鬼針最近的阿蘿頓時首當其衝，黑針重重地側擊上阿蘿的肚腹，白色的身軀立刻被擊飛數尺之遠，摔進川芎等人所待的地方。

「阿蘿！」莓花連忙張開手，將墜落的人面蘿蔔一把抱住。

一針掃飛阿蘿之後，鬼針狠戾的黑瞳鎖住了藍采和。

本身就不是攻擊派，加上失去充當防身武器用的阿蘿，面對完全憤怒的自家植物，饒是已經解除乙殼的藍采和，也不禁在心裡暗叫聲糟糕。

他太了解自己植物的性子，盛怒中的鬼針根本六親不認，管對方是同伴或主人，都一樣。

但藍采和卻忘了一件事，他了解鬼針，鬼針當然也熟知他的習性，或許比他自己更徹底。

所以在藍采和急欲拉開雙方距離、手指迅速捏出幾個法訣的時候，鬼針比他更快一步地搶得攻擊先機。

沒有心軟，沒有手下留情，鬼針的手臂猛一揮動，一股無形力道已然撞向藍采和。

藍采和甚至還來不及做出防禦，那具堪稱纖瘦的身軀就像是讓一隻看不見的手一把抓住，狠狠地扔至牆壁上。

「藍采和！」

「小藍葛格！」

「藍小弟！」

「少年仔！」

「夥伴！」

複數的驚喊，幾乎同一時間炸開來。

隨著後背大力撞上壁面，強烈的疼痛也一併傳遞到神經末梢。藍采和面孔浮出痛苦，他的身體仍舊被那股無形力道緊緊地壓制在牆壁上。

可一察覺到那雙陰冷的黑瞳掃向川芎等人所在的位置，藍采和臉上的痛苦神色瞬間又被慌張取代，更甚者，那裡面還挾帶著一絲憤怒。

「鬼針！不准你傷害到莓花和哥哥他們！」藍采和用盡力氣地擠出聲音，右眼下的水藍焰紋宛若也在激烈地燃動著。

鬼針的臉色比前一刻變得更加森寒。

「原來如此。」原形是鬼針草的男人斷聲道：「你是因爲這群人類，所以才會在來到這個家的時候，忽視我的存在。」

藍采和瞪大眼睛，「靠杯啦！你到底有沒有聽人講話？就跟你說乙殼沒解開，我要怎麼……」

「在你眼中，一群才認識兩天的人類，都比你的植物重要！藍采和！」完全聽不進藍采和的解釋，鬼針讓憤怒激紅了眼，一彈手指，身前立刻平空浮現數根黑針。

「阿蘿！」藍采和厲聲高喊。

靜止不動的黑針全數疾射而出，向著川芎等人所在的方向。

「交給俺吧，夥伴！」阿蘿同樣高聲應道，它跳了起來，義無反顧地將自己的身體主動送到那些飛針之前。

沒有銳物埋入軀體的聲音，也沒有應該會聽見的「噗」的聲響。

那些飛針確實向著阿蘿襲去，卻在撞上雪白身軀的剎那間，全都硬生生地反彈開來，落至地面上。

「阿蘿好厲害！」莓花發出了驚呼。

「謝謝、謝謝，謝謝小姑娘的誇獎，俺可是比超合金還硬呢。」彈開全部黑針的人面蘿蔔，非常得意地舉手撥了一下它的蘿蔔葉。

對此，川芎只想吐槽，「拜託，比超合金還硬根本就不叫蘿蔔了吧。」

「太認眞看待的話你就輸了啊，川芎同學。」薔蜜平靜地拍了拍他的肩膀，說出相當有哲理的一句話。

見此情景的鬼針卻只是冷笑，眼底依然是化不開的凶戾之氣，他慢慢地舉起手。

被壓制在牆面上的藍采和倒抽一口氣。

比剛剛數量多上好幾倍的漆黑細針正一動也不動地並排在鬼針身旁。

這次就算阿蘿再怎麼跳躍，也絕對來不及把那些數量多得嚇人的黑針全部反彈開來。

而川芎也絕對不會認爲那些正常尺寸的黑針，只是弄出來當裝飾的。他的大腦發出了警告，那份示警的訊息讓他的身體在最短時間內就做出反應。

他拉扯過兩名女性，沒有給予任何解釋，將兩人納入自己懷抱中，用後背當作保護的屏障。

「鬼針你住手！」藍采和尖叫出聲。

鋒利的黑針還是飛了出去，它們的末端閃爍著不祥的黝黑光澤，它們的目標是川芎三人！

但是，以爲會發生的事、以爲要落下的疼痛，卻全部出乎意料地——

沒有發生。

黑針確實是飛了出去，鬼針眼中的敵意也並沒有因爲藍采和的尖叫而減少。

然而，川芎絲毫感受不到被銳物扎中的痛楚，也是眞的。

藍采和睜大眼，怔怔地看著發生在他眼前，連他也覺得不可思議的一幕。

那些黑色的細針，竟在川芎背後硬生生停下了，就彷彿在它們之前，有一層透明的防護罩，阻擋住它們的攻勢。

從鬼針的錯愕表情來看，更可以肯定，那些針並非是他下令停止的。

發生了什麼事？是什麼阻止了鬼針的針？

「川芎同學……」薔蜜抬起頭，與川芎拉出一小段距離，她素來冷靜的語氣洩露一縷波動，「你的胸前，顯然在發光。」

川芎愣住，他低下頭、瞪大眼。一抹亮光確確實實地，正從他的胸前口袋透出。

川芎轉身看向那些被停下的針，又低下頭看看自己的口袋，他無意識地伸手探進口袋，拿出一朵正在發光的粉紅色小花。

那是今日下午，一名神祕又奇特的女孩所贈予的花。

川芎的表情，在這一刻比誰都茫然。

藍采和卻是吃驚地瞪大水藍色的眼睛，隨即那份吃驚轉化爲強烈的欣喜。

「太……太棒了！哥哥你快點喊她的名字！快點握著花喊她的名字！」

「什麼？」

「那是小瓊的花！我竟然到現在才感應到……她給你的，所以必須由你喊！哥哥你快點喊啊！」

川芎瞪著牆上的少年，像是無法明白對方究竟在說些什麼。

小瓊？誰是小瓊？藍采和認識自己今天碰見的那名神祕女孩嗎？

薔蜜看著藍采和，電光石火間，一個大膽的想法浮上腦海。如果眼前的少年就是八仙之一，那麼小瓊該不會是……

她伸手搭上川芎的肩膀，筆直地看進朋友的眼瞳裡，「川芎同學，八仙裡唯一的女性是誰？」

「廢話，當然是何仙……」川芎沒有多加思索，反射性就脫口說出一個人名。當前兩字滑出他的舌尖，他猛然間醒悟了，他的臉色浮現不敢置信的色彩。

等等、慢著！難道說給自己花的就是……！

就在紮綁著雙馬尾的女孩身影浮現在川芎的腦海之際，他同時也握住發著光的花朵，竭盡全力地大叫出那三個最關鍵的字眼。

「何仙姑——」

「有！但我的本名其實是何瓊喔！」

像風鈴般敲動的嬌俏女聲，分秒不差地接在那聲呼喊後響起。

一道嬌小的粉紅身影瞬間從天而降。

並且，還不偏不倚地剛好降在鬼針的頭頂上。

一切的事情，都是在刹那間發生的。

嬌小的粉紅身影不只出現在鬼針的頭頂上，還跨坐在他的肩膀上，毫不客氣地將自己的重量及反衝力，全部施加在鬼針的肩膀和脖子上。

無預警受到衝擊的鬼針根本來不及有任何防備，高瘦的身軀頓時失去平衡，「砰」的一聲撞在地面上，聲音大得連旁邊人聽了，都要下意識地縮起肩膀。

然後，原形是鬼針草的男人，就這麼一動也不動了。

鬼針喪失意識。

急轉直下的發展，令牆邊的三人加一幽靈看得目瞪口呆。誰也沒想到那名連藍采和都應付不了的男人，竟然會因爲這樣一件意外被打敗。

「唔，我好像壓到了什麼？」

坐在鬼針身上的女孩刮刮臉頰站起來，但她顯然不打算低下頭關切一下，而是將目光轉向川芎等人。她露出微笑，頰邊有淺淺的酒窩，那雙靈活勾揚的大眼睛因此瞇了起來，她用著悅耳的嗓音說：

「晚上好。」

「何、何瓊大人！」阿蘿捧著臉頰，發出驚喜的大叫。

「阿蘿你也好哪。」女孩向著人面蘿蔔揮了一下手。

後方的川芎睜著眼，幾乎連大氣也不敢喘一個。眼前從天而降的女孩，和他下午遇見的、和他腦海裡想望的，確實是同一人。

熟悉的雙馬尾、熟悉的貓兒似大眼、熟悉的笑容，除了女孩的衣著已經不是墨綠色的女式西裝。

那服裝和藍采和身上的衣物有著異曲同工之處。繁複的線條滾過袖口、衣襬，似花似葉的圖紋鮮豔地攀爬在粉色的裙面上，寬大的腰帶在腰側繫出一個大大的蝴蝶結，長長的兩條帶子幾乎拖曳在地。

就連髮色、眼色，也不是先前碰面時看見的墨黑。

如同春天花朵的粉紅色調，侵佔了女孩的眼眸和髮絲，包括那細白的手指，粉色的指甲彷彿像花瓣貼伏在上。

就在女孩的眉心間，則是鮮明地烙印著五瓣粉色的妖麗菱紋。

「妳……」川芎張張嘴，他想說些什麼，可心臟跳得著實太激動，他莫名地手足無措起來。

就在川芎拚命想說點話的時候，他手中握著的粉紅小花已不知不覺改變了姿態。它的體積增大，花瓣拉成細長，變成一朵風姿綽約的粉紅荷花。

攀附花紋的白細手指一抬，那朵花登時像受到無形絲線的牽引，脫離川芎的掌心，回到女孩手中。

緊接著，那細白的手指在空中輕劃出一個旋，碩大的荷花消散身形，消失得無影無蹤。

不再受到鬼針力量壓制的藍采和，從牆下搖搖晃晃地站起，剛剛那一摔，讓他的身體各處都還在疼痛。他來到女孩身旁，也不知是有意還無意，他的鞋尖剛好重重地踩在鬼針的手背上，鞋跟似乎還轉了一圈。

「哥哥、莓花、薔蜜小姐，讓我向你們介紹，」藍采和清了清嗓子，「這位是我的朋友何瓊，人類比較熟悉的稱呼則是何仙姑，喊她小瓊就可以了……哎，不過怎麼連妳也下凡來了？」

這中間有一位幽靈直接被人忽略。

穿著花襯衫、藍白拖的中年男人，只好悲傷地縮進角落畫圈圈。

「誰教某人不聲不響地鬧失蹤，我擔心嘛，所以也跟下來了。」何瓊皺皺俏挺的鼻尖，「小藍，你家植物怎麼跑到這裡來？」

「唔，老實說我也不清楚，等他醒來之後再逼問吧。」藍采和居高臨下地看著失去意識的鬼針，他忽然舉起食指，張口咬破了指尖，疼痛讓他的眉頭一皺，血珠從傷口沁出。

除了何瓊和藍采和，沒人知道這個舉動代表什麼。

藍采和用沒受傷的左手向虛空一抓，他的手指馬上抓握著數條淡金光絲。

當光絲具體成形的那一瞬間，它們快速地全竄向了躺在地面的鬼針。光絲纏住鬼針的四肢、身體，將他捆綁得密密實實。

同時，藍采和再度有了動作。

擁有少年姿態的仙人吹落指尖上的血珠，脫出指尖的血珠立即發生異變，從原來的球形液體，變爲巨大的一枚刻印。

「小藍專屬」——鮮紅的四個大字，宛如魚網般罩在鬼針身上，然後隱沒。

下一刻，黑髮蒼白的男人不復存在，取而代之的是一株普通大小的鬼針草，被光絲纏裹得密密實實。

「收！」藍采和的食指、中指併攏一動，恢復原形的鬼針立刻被拖拽至藍采和面前。

藍采和一把捉住了鬼針。

「敢跑到這裡來又牽連哥哥他們……」

藍髮藍眸的少年瞇起眼角，露出一張完美笑臉，但從裡頭散發出的猙獰足以教人退避三舍。

「你最好做足心理準備了，鬼針。我要用電視上姑娘教的那個ＳＭ，好好管教你一頓。」

這番話同時使得一旁的林家長男黑了臉，他朝薔蜜看去，果然在她的眼中見到相同的看法。

原來身爲八仙之一的藍采和，眞的是個Ｓ！

不知道自己已經被人貼上「虐待狂」的標籤，藍采和將收服的鬼針草扔進竹籃裡，轉身直視川芎他們，深深吸了一口氣。

然後——

「眞的非常對不起！」

藍采和低下頭，彎身道歉。

「替哥哥你們帶來困擾，眞的很抱歉。」

藍采和的臉上滿是自責，從他的視線可以瞧見川芎身後的牆，還留著被黑針穿刺出來的凹洞，更不用說他的身後還有一面遭到破壞的牆壁。

藍采和原本以爲事情很簡單的，但他和鬼針剛才的那場鬥爭卻是確實地替這個家帶來破壞，甚至差點就要危及到川芎等人。

「我會離開的，我……」

「慢著，是誰准許你說走就走？」川芎不客氣地打斷了藍采和的話，他眼角吊高，毫無笑意的面龐看起來異常兇惡，「你的確是幫我找到莓花沒錯，但你可還沒將我家牆壁和我家廁所門恢復原狀。」

「咦？」

「是誰非要應徵我家的幫傭？才上工一天就不想幹了嗎？現在的小鬼難不成都這麼沒毅力？你的男子氣概是被吃了嗎？」

「靠！誰說我沒有男子氣概！」藍采和幾乎是反射性回嘴，可隨即反應到現在可不是計較這個的時候，「對、對不起。但是，哥哥，我……」

「誰管你但是還可是！」

川芎惡狠狠地瞇細眼，扔出了擲地有聲的宣告。

「我是雇主我說的話才最重要！你要是沒留下來繼續幫傭，好賠償我家的牆壁和廁所門，甚至還辜負我家莓花當初努力讓你留下來的心意，聽清楚了，藍采和，我會現在就踢你屁股的！」

「小藍葛格，討厭莓花嗎……」抱著看起來奄奄一息的阿蘿，莓花淚眼汪汪地望著藍采和，豆大的淚珠似乎隨時會滾下。

「我留下……」藍采和像是難以相信地搖搖頭，「眞的沒關係嗎？」

「吵死了，別奢望我再說第二次，你這個聽力不好的小鬼。」川芎雙手環胸，直接別開臉，「還有，咳，你的朋友要留下也可以。」

薔蜜可以清楚看見，自己友人的耳根正泛著紅。她挑了挑眉，瞄向了少女姿態的何瓊，又瞄向明顯困窘的川芎，隨後若有所思地微笑起來。

原來，是這麼回事。

「川芎同學的春天到了呀……」

「春天？薔蜜姊姊，現在不是夏天嗎？」

對於莓花的認眞詢問，薔蜜只是笑而不答。

「對了，哥哥。」

川芎忽然感覺到有誰的手指在戳他，重新回到乙殼狀態的黑髮少年正露出微笑，墨黑的眼眸像是彎彎弦月。

「你們這裡會提供洗澡用具嗎？沐浴乳和洗髮精之類的，附加潤絲精會更好呢。」

「藍采和，你要我說幾次……」川芎陰惻惻地低語，下一秒則爆出憤怒的大吼，「不要把我家當民宿！你是幫傭的！是幫傭的！」

但即使如此，川芎自己也知道，當他們全部回到樓上後，他一定又會任勞任怨地去將那些用具準備兩份出來。

於是，關於鬼針草大鬧林家的事件，就這樣告一段落。

而林家兄妹與兩位仙人、兩株植物的奇妙同居生活，才正要展開。

噢，還有一隻老是被人忽視的中年幽靈。

咔嚓。咔嚓。

快門被按下的聲音不停地在房間裡響起。

這是一個簡單又整潔的房間，附有基本的家具，包括床、衣櫃，還有一組桌椅。而置於床頭櫃上的竹籃子，正明顯地昭示出房間目前的所有人是誰。

依舊一身墨綠西裝打扮的何瓊坐在唯一的椅子上，她手中捧著一杯還沁著水珠的冰涼飲料，咬著吸管，看著正在房中央上演的一幕。

拿著跟川芎借來的相機，不停按下快門的人，就是這房間目前的主人。

只見藍采和聚精會神地蹲在地上，相機的鏡頭則是對著床上，口中還不時發出指令，要被拍對象按照他的指示擺出動作。

「把腳伸直一點，不對，我是說左腳。」

「啊，有點偏掉了。頭再歪回去一點，沒錯，就是這個角度。」

「小莓花，可以跟妳借一下小妮嗎？」

一聽見藍采和的要求，原本抱著小熊娃娃蹲在一旁，好讓自己隨時能幫上忙的莓花立刻將半埋在娃娃中的小臉蛋抬起。

然後，全名爲「漢妮拔」的小熊娃娃馬上被擺放在床邊。

和床中央的阿蘿一起成爲入鏡對象。

何瓊微咬著吸管，看著床上的白色蘿蔔擺出這樣或那樣的姿勢。有時候是立高大腿，有時候是側躺下來、用手撐著臉；偶爾則是換成雙手捂住胸部，看起來一副嬌羞的模樣。

雖然一根蘿蔔嬌羞的模樣眞的很微妙。

「小藍，你爲什麼要替阿蘿拍照啊？」

「哎，當然是要拍來送人的。」藍采和一邊回話，一邊按下快門，頓時聽見房內響起一聲細小聲響，閃光一瞬即逝，又是一張相片完成了。

「送人？」何瓊困惑地蹙起細緻的柳眉，「你要送給哪一家的蘿蔔當相親照嗎？」

「不是不是，當然不是。」藍采和站了起來，揉揉蹲得有點發痠的膝蓋。他扳著指頭算了一下，一、二、三、四……很好，這樣相片數量總共就有達到十二張了。

膚色蒼白、眼瞳墨黑的少年微微一笑，眉眼彎彎。

藍采和笑得無辜極了。

「因爲我答應某個人了，說要送他十二張居家生活照。哎，不過主角我替他換人就是了。」

畢竟那一腳之仇，他可是不會忘記的，洞、賓。

這時，遠在天界的呂洞賓則是重重打了一個大噴嚏。他揉揉鼻子，繼續低頭縫製手中的小瓊娃娃三〇一號，他不知道他的謝禮已經從小瓊的居家生活照，被換成了阿蘿精美性感寫眞照十二張。

拾壹 傳說中的流浪者基地

藍采和在作夢。

他夢到了在天界的那一晚。

天界也同人間一樣，有著黑夜與白晝的存在。

此刻正是黑夜時分，潑墨般的夜色籠罩了全天界，理所當然也包括所有仙人居所的上空。

層層雲朵環繞在一處擁有庭園，卻只見翠綠植物，不見花朵的獨立屋舍旁。

翡翠綠的琉璃瓦錯落有致地排列在屋頂上，淡銀月光灑落其上，暈出了朦朧的翡翠綠光澤。

鑲嵌在牆上的五瓣形窗戶並沒有關上，從中心的圓形窗口，可以清楚望見房內景象。

那一晚的藍采和正努力地培養睡意，即使參考了古老的數羊方式，但明顯效果不彰。

五百零一隻羊、五百零二隻羊、五百零三……啊，那隻羊跌倒了……靠杯，那隻羊反而先睡著了……

於是，那一雙沒有染上多少睡意的眼眸再度睜開。

少年姿態的仙人吐出一口氣，決定起床喝杯水，再嘗試投入睡眠之國的懷抱，但才一坐起身子、掀開棉被、一腳跨到床下，他就停下動作了。

藍采和的目光落在某處位置上。

那是緊鄰床邊的矮櫃，櫃上擺著一張大紅色的帖子。燙金的「壽宴邀請帖」五個大字，即使在夜晚中也是閃閃發亮。

藍采和今天被西王母邀請至宴會上表演，那令他倍感光榮，同時也是造成他有些興奮得睡不著覺的主要原因。

盯著那張帖子半晌，確定這份殊榮並不是假的，藍采和才將另一隻腳也伸下床鋪，準備去房外倒杯水，不過經過房內圓桌時，他又停下腳步。

圓桌上什麼也沒擺，除了中央放置一個大大的拱形金屬罩子，彷彿有什麼被罩在底下。

藍采和搔了搔頭髮，有些忘記自己今天到底有沒有替籃子裡的植物澆過水，他從口袋內取出了隨身攜帶的口罩戴上。

倒不是因爲金屬罩下有什麼異常危險的病毒或物品，裡面放的不過是他的花籃，所以最多也就是一堆花和一個竹籃子而已。

既然如此，他又是爲何要戴上口罩？

答案其實很簡單，藍采和對所有花，包括自己的花過敏。

只要一公尺以內有花，藍采和就會開始打噴嚏，眼淚和鼻水流個不停。

不過這是因爲某件意外而留下的毛病——或者也可以說是一種，詛咒——因此任何仙丹妙藥都無法根治。

確定好口鼻已被緊緊遮掩，藍采和才伸手揭開了金屬罩，而在瞬間映入眼中的——

藍采和猛然驚醒過來，他睜大眼睛，捏著被緣，大口大口地喘著氣。額角和掌心甚至沁出些許冷汗，爲著那太過驚悚的夢境結尾。

窗外天色已經大亮。

坐在床上的他一時仍緩不過來地急促喘氣，彷彿夢中的驚悸還盤踞在心頭。因爲惡夢，那張本就過於蒼白的面孔此刻越發地沒有血色，襯著格外墨黑的眉眼，更加給人弱不禁風的感覺。

「靠杯啦……」藍采和呻吟出聲，雙手抱住腦袋，「爲什麼連夢裡都還要上演一次……」

究竟是上演一次什麼，藍采和並沒有繼續說下去。而他會中斷自言自語的原因，在於他從眼角瞄見了一抹雪白身影正因爲自己的視線僵立不動。

藍采和放下抱頭的雙手，先是朝窗外看去，天色確實已經大亮，屋外巷弄隱隱有人聲飄過。再接著，他將視線轉向了床頭櫃的鬧鐘，上面標示著七點五十五分，再過五分鐘，設定的鬧鈴才會「叮鈴叮鈴」響起。

最後，這名膚色蒼白、眉眼墨黑的少年仙人轉過頭，再次將目光落在床前的雪白身影上。

有手有腳還有臉的人面蘿蔔僵著不動，頭頂的翠綠葉片跟著豎立得高高的。覺得自己這樣也依然無比帥氣的阿蘿繼續不動，不過豆大的冷汗開始滑下。

一人一蘿蔔就這麼對視了好一會兒。

然後，藍采和率先打破靜默，他的視線也從阿蘿的臉上移到它的雙手上。

「我說阿蘿，你手中拿的那盆冰塊，是打算做什麼？」

就如藍采和所說，阿蘿手中捧著一小盆冰塊，至於它的姿勢，則是一腳踮起，一腳跨出停在半空，標準的躡手躡腳。

「呃，俺說小藍夥伴。」

一隻腳踮痠了，阿蘿改變姿勢，回復一般站姿，它小心翼翼地覷著床上正淺淺微笑的少年。

「如果俺說俺只是想照你昨晚的吩咐，準時叫你起床，千萬不要讓你睡太晚的話，你會不會相信？」

「噢，我當然會相信。」藍采和笑得瞇起眼，笑容是如此地純良無害，他慢條斯理地下床，「所以你是打算用那盆冰塊叫醒我囉？」

「其實俺只是預防萬一而已……」

阿蘿的冷汗越流越急，藍采和每上前一步，它就跟著後退一步。

「你知道的夥伴，要叫醒你並不是一件太容易的事，這點是曹景休大人親口證實的。所以拜託你不要再一直走過來……唔啊啊！拜託你不要再過來了！俺只是想想並沒有要把整盆冰塊都偷偷倒進夥伴你衣服裡的念頭呀——」

最後的語句拔高成驚天動地的慘叫。

「夥伴夥伴！你拿出繩子是要做什麼……咿！」

「好痛痛痛痛！夥伴求求你輕一點啊！啊，這個力道剛剛好……對不起俺不小心說錯話了……嗚喔！小藍夥伴你別這樣對俺啊！」

「……夥伴，你竟然還是這樣對俺了，俺俺俺……俺一直都是那麼地相信你呀……」

一連串慘叫過後，房內只剩下抽抽噎噎的悲泣聲。一根被人用紅繩子綁上龜甲縛的人面蘿蔔正躺在地面默默地流著眼淚。

早晨又恢復了原有的祥和氣氛。

擺在床頭櫃上的鬧鐘突然「叮鈴叮鈴」地響起。

八點到了。

藍采和按掉鬧鐘，走到窗戶前，將對開式的玻璃窗打開，納進屋外的陽光及新鮮空氣。

啊啊，真是一個美好的早晨呢。

經過運動後，覺得無比神清氣爽的藍采和露出微笑。在他身後，被人綁成龜甲縛的人面蘿蔔則是繼續默默地流著它的男兒淚。

人家說一日之計在於晨，但在聽見抽油煙機運轉的嗡嗡聲停下，並瞧見藍采和端上餐桌的那一盤半焦黑物體之後，林川芎倒寧願直接跳過這個早晨，讓他的時間乾脆前進到下午吧。

現在時間，早上八點半。地點，林家廚房。

稱得上寬敞的廚房兼飯廳，總共有四人待在裡面。扣除掉正站在瓦斯爐前的藍采和，餐桌邊坐著的人分別是川芎和莓花，以及何瓊。

而川芎的眉頭皺得很緊，緊得像是能夾死一隻路過的無辜蒼蠅。

「……這是什麼東西？」瞪著那盤半焦黑的物體半晌，川芎終於從齒縫間迸出了這個問句，將像是能殺人的目光瞪向製作出這盤半焦黑物體的少年。

「這是煎蛋呢，哥哥。」解下圍裙的藍采和笑容可掬地說，想了想，又再補上一句，「唔，有點小小失敗的。」

少年是藍采和，性別男，年齡不明，眞實身分爲傳說故事中的八仙之一。因故從天界下凡至人間，爲了賺取生活費且不至於淪落街頭，目前正在林氏兄妹家中努力地當一個稱職的幫傭——不過在當稱職的幫傭之前，他要先努力的顯然是他的廚藝。

看著對方毫無愧疚的笑容，川芎還眞想知道，如果把一盤蛋炒成半焦黑都只是小小失敗，那藍采和的大大失敗究竟會是什麼樣的驚人光景。

爲了證明自己是個好幫傭，今早的早餐便由藍采和自告奮勇下廚，卻沒想到端上來的第一盤成品，竟然是這種難以入口的模樣。

在見到那盤失敗煎蛋時，餐桌成員之一的何瓊立刻抓了兩片吐司，稱自己有事要辦，直接正大光明地遠離同伴的糟糕廚藝，出門蹓躂去。

於是此刻聚集在廚房的，頓時剩下掌廚的藍采和、嫌棄主廚手藝的川芎，還有正伸出筷子打算試試味道的莓花。

「慢著，莓花！這種東西怎麼可以隨便亂吃？萬一拉肚子怎麼辦！」發現自己妹妹竟然做出這麼危險的舉動，川芎趕忙捉住那隻小手，不讓她有將那盤半焦黑物體吃進肚子的機會。

「咦？但是……」小手被捉著的莓花睜大眼睛，像是有話要說。

「哥哥說不行就是不行。」川芎義正辭嚴地說道。讓可愛的妹妹遠離危險，是兄長應該要做的事。

將那盤據說是煎蛋的物體推到最遠處，川芎睨了藍采和一眼，接著朝他伸出手，「眞是的，我就知道你這小鬼不可靠，圍裙給我。」

「咦？」藍采和愣了一下。

「早餐我來做，你給我到那邊乖乖坐著吧。」見對方發愣，川芎直接搶過圍裙，將之繫上，然後熟練地按下抽油煙機的開關，旋開瓦斯爐上的火。

「葛格，等一下！」

不知爲何，見到川芎這舉動，反倒是莓花的臉色變得有些慌張。她想跳下椅子，可是在她身邊坐下的人影，卻又令她忘記這動作。莓花重新坐好，粉嫩的小臉有著淡淡紅暈，她垂著眼，不時又抬起，偷偷覷著身旁少年的秀淨側臉。

一和對方撞著視線，她的臉蛋立刻燒得通紅，急急忙忙地再次低下頭。

並不了解小女生心思的藍采和，只覺得莓花這模樣很可愛。正當他打算摸摸那頭柔軟的鬈髮，突來的劈啪一聲嚇了他一跳。

「怎、怎麼了？」藍采和急忙向聲音處望去，卻驚訝地發現，那聲音赫然是從鍋中爆出的，「那個，哥哥……？」

川芎轉過頭，他面無表情地沉默，接著才開口說道：「……不小心也失敗了。」

藍采和還納悶著是什麼東西失敗的時候，從鍋中鏟起並盛入盤內的物體，很快地就解除了他的疑惑。

相較於他剛剛弄出來的半焦煎蛋，現在盛在盤中的，是一團連原本材料也辨別不出來的全然焦黑物體，不知情的人看了，或許還會狐疑，怎會有人將木炭裝在盤子中呢。

「噢……」藍采和發出了意義不明的單音。

「所以莓花才叫葛格等一下的呀。」

莓花似乎是見怪不怪，只是細聲細氣地開口。

「把拔和馬麻坐飛機之前有交代過，不可以讓葛格太靠近廚房的。而且薔蜜姊姊也說過，葛格煮出來的菜都要唸作『實驗失敗』……葛格，什麼是實驗失敗呀？」

面對妹妹天真的眼神，川芎嘗到有苦說不出的滋味，他只能腹誹著自己的責任編輯兼好友。

一邊的藍采和則是露出了然的表情，不過隨即又端起無辜的微笑，免得川芎將矛頭轉向自己，再次追究起他弄壞房門的事。

幸好莓花沒再追問下去，否則川芎怎樣也回答不出來自己的廚藝很糟糕。在他的觀念裡，只要有愛就可以克服技術上的一切。

「葛格，你也到這邊坐下吧。」

莓花跳下椅子，將隨身攜帶的小熊擺在椅上。她來到川芎面前，踮高腳尖，拍拍他的手臂。

「沒關係，交給莓花來用就可以了唷。」

被趕回餐桌邊的男性成員，又再增加一枚。

莓花年紀小歸小，但她拉過小板凳站上去，開始煎蛋的架勢，卻也稱得上有模有樣，最起碼比川芎和藍采和強多了。

被迫離開瓦斯爐前的川芎耙耙頭髮，一邊看著報紙，一邊分神注意莓花，偶爾則是扔一枚白眼給抱著牛奶狂喝的藍采和。

這個小鬼，就算他應允過伙食費不用太在意，但也用不著買一公升裝的牛奶當一杯來灌吧？雖然心底是這麼抱怨，不過川芎還是沒有限制藍采和喝牛奶的量。

下一刻，川芎的視線忽然被一則地方新聞吸引住，而且那則新聞的發生地點，還是他們生活的豐陽市。

「出現兩起不明的昏睡事件？」川芎緊皺著眉，下意識唸出部分的新聞內容，「初步排除是中毒抑或誤吃藥物造成，病狀就是陷入昏睡……這什麼跟什麼啊？」

「什麼？什麼？哥哥，豐陽市怎麼了嗎？」藍采和好奇地湊近。

「報紙上說，豐陽市最近有人不明陷入昏睡。」川芎回答，「原因還在調查，不過被害者似乎是怎麼叫都叫不醒。總之，你和莓花都多注意一點。」

「遵命，哥哥。」感受到關心的藍采和瞇起墨黑的眼，眉眼笑得彎彎如弦月，他比了一個敬禮的手勢。

「葛格，你自己也要小心唷。」端著盤子走來的莓花小聲說道。

如果不是她手中有盤子，大受感動的川芎早就衝上前，用力地給自己的寶貝妹妹一個擁抱。

不過報紙上的那條新聞，也讓川芎改變了今日預定的計畫。

笑起來有點凶，不笑起來更是教人覺得難以親近的川芎，將視線轉向藍采和。

「本來是要叫你負責看家的……藍采和，我問你。」

「是？」

「我要帶莓花到流浪者基地一趟，你要跟著來嗎？」

流浪者基地。

乍聽之下，令人弄不清楚到底是在做什麼，甚至會讓人忍不住懷疑，該不會眞的是一群流浪者聚集地的這間公司，其實說穿了，只是一間再普通不過的出版社。

同時，也是薔蜜的工作地點。

流浪者基地距離川芎他們家有一段路程，必須搭公車才到得了。倘若步行，可能要花上一個多小時。

身爲流浪者基地旗下的作家，川芎已不是第一次來這裡拜訪，就連年幼的莓花也不只一次跟他前來此處。

當一行人自公車上下來的時候，就只有藍采和張大嘴，怔怔然地望著矗立在面前的高樓——噢，不，張大嘴的還有躲在提袋裡的阿蘿。

一人一蘿蔔就這麼目不轉睛地，直盯著約有十來層高的大樓發愣。

「這就是……」藍采和喃喃開口，眼裡有著敬佩之意，「薔蜜姊……傳說中編輯工作的地方嗎？眞是壯觀呢，阿蘿。」

「沒錯啊，夥伴。」

確認周遭無人經過，阿蘿才敢說話。畢竟人界裡的蘿蔔是沒辦法發出聲音的。不過阿蘿似乎忘了，人界裡的蘿蔔不會有手有腳更不會有臉。

「原來薔蜜大人是在這麼偉大的地方工作嗎？俺現在更深刻地體會到了，編輯是多麼了不起的行業啊！」

「錯，編輯只不過是沒人性又會壓榨作者的存在而已。」川芎毫不客氣地潑著冷水，「附帶一提，只有七樓才是流浪者基地的辦公室，別把整棟大樓都當成人家的。」

藍采和眼中的敬佩光芒瞬間被冷水澆滅。

無視受到打擊的少年與人面蘿蔔，川芎牽著莓花的手，逕自到大樓管理員那辦理訪客登記。一直等到電梯下來、電梯門打開，川芎才不耐煩地轉過頭，催促起猶在大樓外發呆的藍采和。

「動作快點！再慢吞吞就丟下你們不管了！」

「啊！我馬上來！」

看著一身簡單T恤、手中提著一個袋子和一個竹籃的少年自眼前跑過，坐在櫃台後的管理員等到電梯門關起來了，還是想不明白，爲什麼川芎會使用「你們」。

不管怎麼看，那名膚色有些蒼白的少年身邊，確實是一個人都沒有啊……

難、難不成？向來熱愛在半夜收看週五恐怖劇場的管理員，瞬間發揮豐富的聯想力，然後忍不住打了個哆嗦，迅速將上班偷看的《管理員親身體驗一百則撞鬼實錄》用力合上。

啊啊，下班後還是趕快去媽祖廟拜拜好了。管理員如是想。

電梯門「叮」的一聲打開，目標樓層已經到達。

發現藍采和只是站在電梯門口，好奇地向外東張西望，似乎忘記要踏出去這件事，川芎頓時不耐煩地揚起濃黑的眉。

他原本就不是什麼耐性極佳的人，遇見藍采和之後，他的耐性變得更加薄弱。按照薔蜜的說法，大概就和廁所衛生紙差不多的厚度。

按開門鍵按得手痠的川芎出聲催促，「藍采和，你到底要不要出去？」

「咦？啊！」猛然回神的藍采和總算想起要移動腳步，趕忙跨出電梯，不忘回過頭，給予臭著一張臉的川芎一抹歉意無辜的微笑。

電梯在川芎身後又「叮」的一聲關起。

對藍采和的微笑視若無睹，川芎在對方面前比了三根手指。

「在進出版社之前先說清楚。」

川芎覺得自己一定要事先交代，免得目前寄宿在他們家的一人一蘿蔔，眞的給他捅了什麼婁子出來。

「第一，不准讓你的蘿蔔被人看到。第二，叫那根蘿蔔最好閉嘴都別開口。第三——」

川芎忽然頓了下，他瞇細眼，想起曾經犧牲在藍采和腳下的廁所門板，一字一字地開口——

「給我控制一下你的怪力，聽見了沒有？」

膚色蒼白，外表只會給人「弱不禁風」印象的黑髮少年，其實擁有相當驚人的怪力。這點，川芎已經從自家不幸犧牲的兩扇門板中，體會得一清二楚了。

「遵命，哥哥！」藍采和馬上挺直身板，做出一個行禮的手勢，以表明自己絕不會違背。就連他袋中的那根人面蘿蔔，亦有樣學樣地向川芎舉手敬禮。

幸好電梯外沒人經過，否則有人瞧見一根蘿蔔竟然有手有腳有臉還會敬禮，只怕會打電話通知現在當紅的靈異節目「驚奇！你所不知道的超自然世界」——附帶一提，川芎的責任編輯，也就是冷靜精明的薔蜜，其實是這個節目的忠實觀眾。

睨了笑得眉眼彎彎的藍采和一眼，川芎伸出手，一把將探頭行禮的阿蘿用力地壓進袋子內，順道附上一句警告。

「要是被薔蜜以外的人發現，當心我眞的把你刨成蘿蔔絲配生魚片！」

從川芎魄力十足的眼神裡，阿蘿可以用它充滿男子氣概的腳毛來發誓，對方是認眞的，不是開玩笑。

它開始煩惱自己是不是要躲回藍采和的籃中界去，以免有其他的漂亮小姐敏銳地察覺到自己這根帥氣又英俊的蘿蔔。

問題是，籃中界還有一個鬼針在……由於彼此間的新仇舊恨加起來不知道有多少，怕進入後撞著剛好甦醒過來的鬼針，阿蘿只好放棄這個想法。

正當阿蘿沉浸在它那無人能知的煩惱時，一直跟在川芎身後、紅著臉偷偷注視藍采和的莓花，小小聲地說話了。

「葛格，是不是……要進去了啊？不然薔蜜姊姊會等太久呢。」

這話一出，藍采和馬上將提袋拉鍊拉上，不讓阿蘿的蘿蔔葉有露出一根的機會。隨後便跟著川芎他們，繞出電梯所在的梯廳。

梯廳外是一條筆直的走廊，走廊盡頭是緊閉著的對開式玻璃門，右側門扇上還貼著金亮的五個大字。

流浪者基地

當會發出嘎吱聲的玻璃門被推開時，只有少數人抬起頭，略帶好奇地望了一眼門口方向，隨後又低下頭，繼續做自己的事。

而更多的人則是戴著耳機，專注地投入工作中。

離大門最近的位子，有一名正和人講電話的嬌小女子，是最先和川芎他們打招呼的。

女子一身淺色的連身洋裝，及肩的頭髮用髮夾夾著，清秀的臉蛋給人鄰家女孩的感覺。她向幾人比出了一個「請進」的手勢，緊接著又繼續和手機另一端說起話。

「嗯啊，請問王某某先生在嗎？人家有事要找他……咦？什麼事？這，沒有當面跟他說的話，人家……唔嗯，人家會不好意思……」

初聞這道嗓音，藍采和不禁嚇了一跳。和女子嬌小清秀的外形有著強烈落差，這嗓音異常地嬌嗲勾人，彷彿連周遭的空氣都要被染成瑰麗的玫瑰色。

「那是阿魔，小說部的編輯。」川芎牽著莓花的手，一邊按照女子的手勢向左彎進，一邊低聲替藍采和介紹，「別被她的聲音誤導，她只是在催稿而已。」

只不過被催稿的作者，特別是有老婆或是有女朋友的，往往會掀起一場家庭革命就是了——在對方尚未交稿前，阿魔是絕對不會主動澄清這場美麗的誤會。

藍采和略帶敬佩地點點頭，又向著四周東張西望起來。對於一名初次下凡至人界的仙人來說，「出版社」的一切，對他都是相當新奇的。

流浪者基地的辦公室主要分成三排座位，最邊側有幾間獨立出來的小房間，有會議室與總編辦公室。

偶爾會聽見不知從哪一排座位傳出的高分貝音量。

「交不出封面？去告訴你們旗下畫者，要是明天交不出來，別說是明天的太陽，小心我讓他連今天的月亮都看不見！」

「這個企劃的宣傳圖還是擺這個比較好吧？什麼？你說蘿莉大戰御姊落伍了？開什麼玩笑！對全世界愛看男性向小說的大叔來說，美大叔大戰小正太才叫邪魔歪道啊！」

「啊，不好意思，請問陳先生在嗎？噢，您是他的父親……呵呵，您的聲音聽起來真年輕，跟昨天、前天接電話的哥哥和叔叔眞像呢……那就麻煩您轉告一下陳先生，說再不交稿的話，稿費就要直接扣……咦？陳先生，你上完廁所出現了呀！」

諸如此類的對話內容，就在辦公室裡此起彼落響起。

習以爲常地將那些聲音當成背景音效，川芎走進最靠窗邊的第一排走道，那裡同時也是小說部編輯們的區域。

只是在瞧見一排五個座位，竟然只剩下一個人的時候，川芎不禁詫異地揚高眉毛。

「葛格，好奇怪喔，沒看到薔蜜姊姊啊。」莓花拉拉川芎的衣角，她已經來過這裡多次，自然也認得其他編輯，「也沒看見其他的葛格和姊姊耶。」

這也是川芎心中的疑問。扣除掉去前面講手機的阿魔，小說部還少了三位編輯。

一把拉過想去偷看何謂「蘿莉大戰御姊」企劃的藍采和，川芎給了他警告的一眼，才走向最後一個位子。有一名男性正背對他們，專心盯著電腦螢幕。

川芎剛剛拍上對方肩膀，打算開口詢問薔蜜的去向，那名男子就像是被踩著了尾巴的貓，驚慌失措地彈跳起來。

「總編你千萬不要誤會！我絕對沒有在上班時候偷偷玩踩地雷！更沒有跑到八卦版偷看別人的八卦……」

慌慌張張的叫喊在瞧清來人是川芎之後，頓時放低下來。那是一名有張娃娃臉的男子，加上有些偏圓的眼睛，看起來相當年輕，就算被人當成大學生也不足爲奇。

這名男子吐出一口氣，抹抹額上的冷汗，又跌坐回椅子上。

「什麼啊，原來是川芎你啊……拜託別嚇人行不行？」

這種話是上班時間摸魚的編輯該說的嗎？川芎只想翻一個白眼。

年輕男子才坐下沒多久，隨即就因爲看見川芎身後的莓花和藍采和，再度站起來。

「喔喔，這不是小莓花嗎？活生生的蘿莉耶！小莓花來，大哥哥這裡有莉莉安的貼紙喔！」

男子正要把貼紙遞給眼睛發亮的莓花，川芎先行搶過，拒絕讓他的手碰到自己的寶貝妹妹。

早就知道川芎將所有男性生物當成敵人，男子也不介意，從抽屜裡掏出一張名片，遞給藍采和，「初次見面，你是川芎的……」

「啊，我是哥哥他們家的幫……」藍采和的話還沒說完，立刻被川芎一掌捂住。

「這小鬼是我表弟，最近住我家，所以就帶他一起過來了。」川芎迅速捏造出一個藉口，不讓人得知藍采和其實是他們家的幫傭。

川芎相當明白，假使「幫傭」兩字一出口，面前的男編輯絕對會質疑怎麼可以這樣奴役一名弱不禁風的男孩子。而「弱不禁風」一旦進入藍采和耳中，川芎能料想得到，這名總是掛著微笑的少年會瞬間變臉，然後就是髒話飆滿天的光景了。

被川芎阻斷話的藍采和雖說不明所以，不過還是乖乖地保持安靜。他低頭看著剛拿到的名片，上面除了印有公司名稱外，還印有名字。

邊集

藍采和忍不住要佩服起邊集的父母，取了這麼一個有先見之明的名字，知道自己的兒子將來會踏上編輯之路。

「邊集，你們小說部的人呢？都神隱到哪去了？」沒理會藍采和，川芎問出他的問題，「薔蜜呢？她跟我約好要見面的。」

「你剛應該有看到阿魔，然後羊子小姐請病假……」邊集扳著手指一個個數，隨後聲音驀然放輕，他噘噘口水，小心翼翼地瞄向身後的一處角落，「至於莎莎姊，她架著林輩剛剛到廁所去了。」

林輩是另一位不在位子上的編輯，而邊集口中的「莎莎姊」，其實就是薔蜜——那是她在編輯圈的慣用名字。

聽見薔蜜剛架著一位同事到廁所時，川芎的臉色也瞬間驟變，和邊集一樣，都偏向了蒼白。

發現兩名男性的臉色忽然變得極為不佳，藍采和心中湧上好奇。他也轉過頭，望向廁所的位置，疑問方湧上喉頭，還來不及問出之際——

就在下一秒。

嗚！喔！咿！聽起來像是有誰在哀號的聲音，自廁所內傳出來，其中還伴隨著彷彿骨頭被狠狠壓折過的喀啦喀啦聲。

一會兒後，哀號聲和骨頭的壓折聲全部歸於安靜。

很快地，藍采和就望見一抹熟悉的高挑身影踩著三吋高跟鞋，沉穩優雅地從廁所內走出來。

一襲剪裁合身的淡紫色套裝，長長的黑直髮，白皙美麗的臉孔上佩戴一副細框眼鏡，更加深了那種精明冷靜的印象。

「薔蜜姊姊！」一見到薔蜜出現，莓花立即露出甜甜的笑，她鬆開捉著川芎衣角的手，啪噠啪噠地朝薔蜜跑去。

「你們來了呀，小莓花。」薔蜜唇邊也浮現出一抹溫柔的弧度，她彎身摸摸莓花的頭髮，接著又直起身，目光直視川芎等人，「抱歉，我剛有事和林輩溝通了一下，讓你們久等了。」

藍采和心中的好奇膨脹得更大，到底是什麼樣的溝通，要到廁所才有辦法進行？又是什麼樣的溝通，會傳出哀號聲和骨頭壓折聲？

相較於藍采和的滿腹好奇，川芎和邊集在聽到「溝通了一下」這五個字，本來偏白的臉色，又有些發青——特別是當他們瞧見第二抹從廁所裡一拐一拐出來的人影。

「噢……」藍采和發出意義不明的低呼。

從廁所裡走出的男子，歲數看上去和薔蜜差不多，他的頭髮有些亂七八糟地翹著，脖子像是遭到外力攻擊，歪了一邊，使得他必須用手扶著。

他整個人散發出精疲力盡的虛脫感，面色蒼白，彷彿剛經歷一場嚴苛的戰役。

「喂，林輩這次又做了什麼？」川芎小小聲地問著應該知道詳情的邊集。

「聽說是他負責的一堆作者都天窗了，搞得出書檔期得重排。」邊集同樣也小小聲地回答，怕初來的藍采和聽不明白，他還特地多補充一句，「莎莎姊的特技是關節技……呃，她擅長用這種方式跟人溝通。」

換句話說，那位林輩就是這場溝通下的犧牲者。

藍采和不禁嚥嚥口水，再次將敬畏的視線投向薔蜜。

果然不論是在天界或人界，女性都是最強的一種存在啊！

拾貳 一閃而逝的異樣氣息

不算大的會客室中，擺了兩張沙發和幾張單人椅子，桌上還堆了不少小說。但這個空間裡，卻只有藍采和一人。

薔蜜和川芎到另一間會客室討論工作了，莓花則是被帶到總編的辦公室——藍采和現在才知道，原來流浪者基地的總編，是川芎父母的好友。

稱得上無事可做的藍采和，便讓人先領到會客室中等候。怕他無聊，還留了一大堆流浪者基地出版的小說，供他隨意翻看。

「《修羅與天婦羅日記》？《香蕉的成長生存史》？《天使的愛恨法則》？」藍采和挑了幾本出來研究，他好奇地將書上下左右翻看，一下子看看這本，一下子又看看那本，「唔，現在人界的書名都取得挺奇妙的呢，阿蘿。」

「俺也覺得很妙呢，夥伴。」

只有少年一人的會客室，突然間冒出第二道聲音。當聲音滲入空氣中時，一根頭上頂著蘿蔔葉的人面蘿蔔也從袋中「噗哈」一聲探出頭。

「不過俺更覺得，爲啥這些封面不是漂亮姊姊就是漂亮妹妹？要是換上像俺這般有男子氣概的蘿蔔當封面，不是更好嗎？沒錯，包準本本大賣的啊！」

說到激動處，阿蘿捏緊拳頭，跳至藍采和的膝蓋上，對著半空用力揮舞。只是拳頭才揮到一半，就響起一聲敲門聲，而會客室的門也被自外向內地推開。

就在門板從閉闔到開啓的極短時間內，藍采和無比迅速地一把掐住阿蘿，然後將其狠狠地塞回提袋內。

當林蜚歪著脖子、端著茶走進來的時候，望見的就是川芎帶來的那名少年正乖乖地坐在沙發上，雙手還置於膝上，一副正襟危坐的模樣。

「請喝茶。不好意思，只剩這種杯子了。」林蜚將鋼杯放下後，並沒有馬上離開，反而在對邊坐下來。這是因爲薔蜜下過命令，要他好好地陪客人，別讓對方感到太枯燥乏味。

「反正你一堆稿子都天窗了，今天也沒別的事可做對吧，林蜚。」美麗精明的小說部之首推推眼鏡，從鏡片後射出來的眼神寫滿冷酷。「幸虧你不是我的旗下作者，而是我的同事。因爲『天窗』這兩個字，在我的字典裡不准存在。」

不知道面前的男人其實是奉命而來，藍采和道過謝後，端起鋼杯，眼睫微斂，開始小口小口地喝起茶。

林蜚則在這空檔打量起這名由川芎帶過來的客人。看起來是相當年輕的孩子，眉眼秀淨，只可惜膚色過於蒼白，配上那細瘦的手腳，整體給人的感覺就是弱不禁風，彷彿在大太陽底下站久了便會昏倒。

林蜚目光往旁邊移動，他眨眨眼，覺得自己似乎瞄見提袋的袋口有一簇綠色一閃而逝。當他再定睛一看，袋口處又什麼都沒有了。

是錯覺嗎？林蜚抓抓屁股，繼續保持脖子歪一邊的姿勢。並不是他要用這種沒禮貌的姿勢來看人，而是先前遭受關節技折騰一輪的可憐脖子，至今還是回不到原本位置上。

林蜚的目光改落至少年手邊，他著實搞不清楚，為什麼要帶著空無一物的竹籃子到這裡來？裡面沒裝蘋果、橘子，也沒裝釋迦、鳳梨，怎麼看都不像是當伴手禮的。

藍采和不是沒察覺到前方投來的打量視線，他心裡有絲緊張，猜想該不會是他和阿蘿的對話其實被對方聽見了？

他偷偷覷了一眼提袋，確定阿蘿的葉子、手腳，甚至是腳毛都沒有外露出來，這才望向坐在對邊、脖子歪一邊的男人。

「請問……」

「我都忘記自我介紹了，我是林蜚，莎莎姊的同事。」林蜚抬腳稍微變換了下坐姿，順道將放屁的聲音壓至最小。他從口袋裡摸出一張名片，遞給藍采和，「要是哪天想不開，可以投稿給我們。對了，聽說你是川芎的……」

林蜚本來是要說「表弟」的，這是他從名字叫邊集，職業也叫編輯的同事那聽來的。卻沒想到低頭看名片的藍采和抬起頭，漾出一抹純良無害的笑容之際，說出了他預料之外的回答。

「我是哥哥他們家的幫傭呢。」藍采和笑咪咪地回答，墨色的眼睛瞇細成彎彎弦月，頰邊跟著露出淺淺的酒窩，「哎，是前陣子才應徵上的。」

「啊？」

不能怪林輩露出一副像是鴿子被彈弓打到的表情，畢竟「表弟」和「幫傭」的發音聽起來差異過大，就連字義也差了十萬八千里。

「你說幫傭？等等、等等，你說的幫傭……跟我想的幫傭，確定是同一個東西嗎？」

藍采和的笑容中滲入一絲困惑，「幫傭還有其他意思嗎？不就是幫忙料理家務的傭人？」

「傭、傭人？」

林輩大吃一驚，當然還是在歪著脖子的情形下。雖然感受到自己又想放屁，估計是早上吃地瓜三明治的關係，但他這時沒心思掩飾放屁聲了。他瞪大眼，像有些不敢置信地指著面前蒼白瘦弱的少年。

「你說你是川芎他們家的傭人？靠！川芎那小子在想什麼啊？他竟然連你這樣弱不禁風的小朋友也好意思……」

一聲「啪嘰」的怪異聲響，讓林輩下意識循聲望去。

下一秒，藍采和手中被捏得扭曲變形的鋼杯，以及那猛然爆出的連篇髒話，一併進入林輩的耳中、眼中。

「我聽你在靠杯！弱不禁風？你剛剛說了弱不禁風、沒有男子氣概對不對？幹！老子這麼有男子氣概，你的眼睛是長到哪去了！」

前一刻還笑盈盈的秀淨少年，這一刻連微笑都消失得一乾二淨，取而代之的是像要將人生吞活剝的猙獰。

「要不要老子直接脫下褲子來證明看看啊！」

「快住手啊夥伴！要是被川芎大人發現你捏壞人家杯子，俺會被刨成蘿蔔絲配生魚片的！」

林輩還來不及從鋼杯竟能被徒手捏到變形，以及藍采和無預警變臉的震撼中恢復過來，突然響起的嗓音又令他陷入了瞠目結舌的狀態。

林輩這輩子，大概沒有把眼睛瞪得這麼大過。

他甚至忍不住張大嘴，那表情說有多驚恐就有多驚恐，彷彿親眼目睹貞子配合時代進步，改從液晶螢幕中爬出來一樣。

不過，也不能怪林輩是這個反應，雖然他不是真的瞧見貞子自電腦內爬出，可他卻目擊了一根有手有腳還有臉的人面蘿蔔，活生生地自袋子中跳出的這一幕。

「你……它……」林輩張口結舌，半晌也只擠得出這兩字。

藍采和驀然拉回神智，瞬間反應到自己闖下大禍了。只是腦子才在飛快思考是不是要打昏林輩、來個死不認帳的時候，一個細微的變化不期然地躍入他眼中，同時也奪走他全部的注意力。

阿蘿頭頂上的蘿蔔葉，竟然在晃動。

雖然幅度很小，可藍采和非常確定，阿蘿頭頂上的蘿蔔葉，確確實實地在晃動！

「小藍夥伴！」阿蘿也感受到了，它大叫出聲，「俺的雷達有反應了！」

「不好意思，林葷先生，幫我跟哥哥他們說，我待會就回來了。」顧不得阿蘿的存在被林葷目擊到，藍采和撈起竹籃，一把將阿蘿塞回提袋，風風火火地衝出會客室。

徒留下目瞪口呆的林葷。

林葷根本還弄不清楚發生了什麼事。怎麼那名少年說跑就跑？還有剛剛的那根人面蘿蔔……

「馬的，老子該不會是被莎莎姊的關節技弄到連幻覺都產生了吧！」林葷下意識抓起桌上鋼杯，跟著跑出去。

會客室外，流浪者基地的其餘職員顯然正因爲藍采和的突然離去隱隱起了騷動。有好幾人乾脆將鄙夷的眼神投給林葷，認定是他欺負小孩子。

林葷覺得冤，另一間會客室亦打開了門，薔蜜和川芎走出來探看究竟。

「莎莎姊，川芎帶來的那個小鬼忽然自己衝出去……」林葷剛解釋到一半，突然聽見身後有什麼「咚」地掉落在地。

林葷反射性回過頭，發現掉落的物品赫然是會客室門上的門把——而那間會客室正是他與藍采和待過的。

所有人的目光都隨著林輩的回頭而落至那個斷裂的金屬門把上，再接著，移到了林輩手中的變形鋼杯。

「吼！林輩你破壞公物！」邊集立刻站起身，代替所有人發表心聲。

「幹！老子什麼時候破壞……等等，莎莎姊，這眞的不是我做的！」察覺到薔蜜投給自己的眼神越來越冷酷，林輩頓時花容失色。

「……林輩。」薔蜜以手指推了一下鏡架，她的聲音很輕很柔，也很令林輩毛骨悚然，「你跟我再來廁所一趟。」

對林輩的慘叫充耳不聞，心知鋼杯和門把都是誰的傑作的川芎，瞪著流浪者基地的大門，心中已經將藍采和與阿蘿狠狠罵了無數次。

完全沒將話聽進去的兩個傢伙……很好，那根蘿蔔就等著被刨成蘿蔔絲，然後配生魚片當作下酒菜吧！

完全不知道自己將面臨變成下酒菜命運的阿蘿，此刻是拚命地感應著頭上葉片的晃動。那晃動實在太細微，連它也沒辦法明確判定究竟是哪一片葉子呈現何種角度在晃。

一手提著竹籃，一手拎著裝有阿蘿的袋子，藍采和久候不到電梯，便乾脆從樓梯衝下去。他三步併作兩步，將好幾級階梯當成一級來跳過。

藍采和心裡很急，他比誰都明白，阿蘿的葉子雷達有反應代表著什麼。絕對不會錯的，他的植物之一，現在正在這棟大樓的附近！

「夥伴快點！波動變得比剛剛更小了！」阿蘿緊張地尖叫，「再這樣下去，俺的葉子雷達會什麼也感覺不到呀！」

假使阿蘿的蘿蔔葉雷達失去反應，那麼目前是「乙殼」狀態的藍采和，也無法尋找到那株植物的下落。就是清楚這一點，藍采和才會那麼著急，有些泛白的帆布鞋重重地踏在樓梯上，轉眼間又大步跨出。

雖說藍采和外貌瘦弱，常被人認爲肩不能挑、手不能提，但體力其實相當好，就連腳程也不慢。七樓到一樓的距離，沒有讓他跑得上氣不接下氣，反倒是沒花上多久時間。

跨過最後的幾級階梯，藍采和終於來到一樓。他毫不猶豫地跑出安全門，速度不敢放慢地奔向大樓出口。

「夥伴，在右邊！」躲在袋裡的阿蘿高聲地喊，就怕藍采和沒聽到。

於是，不只藍采和聽到了，櫃台後的管理員也聽得一清二楚。

原本要叫藍采和不准在大樓裡奔跑的管理員瞬間吞下話，眼睜睜地看著他一路跑出大門外。

管理員瞥了一眼被他闔起的《管理員親身體驗一百則撞鬼實錄》，然後以最快速度將它丟到抽屜的最深處，再拿起「地藏本願經」拚命背誦。

而早已跑出大樓的藍采和渾然不知自己造成了什麼誤會，他依照阿蘿所說的方向直接右轉。

綠燈剛好亮起。

藍采和不加思索地跑過斑馬線，繼續朝右一路跑下去。艷陽在他的頭頂上高高照耀，曬得他素來蒼白的面龐也微微泛上一層紅。

擁有少年姿態的仙人只想趕緊找到他的植物，他想問清楚，他想知道為什麼他/她和鬼針一樣，都會出現在人界裡？

又跑了一小段路，藍采和也不確定究竟是過了五分鐘還是十分鐘，他的步伐終於慢下來，從疾奔變成小跑步，再從小跑步變成步行。

他下意識地東張西望，發現自己跑到了一個全然陌生的地方，附近的景象也從大樓林立的熱鬧區域轉變為安寧的住宅區。

在這裡，聽不見車流湧動的聲音，加上臨近中午，感覺起來更是格外安靜。

一路上，藍采和都沒瞧見任何可疑的人事物。

追丟了……嗎？藍采和繼續向四周張望，最後彎進稍偏僻的角落，將阿蘿提出袋中。

從阿蘿垂頭喪氣的臉色來看，藍采和頓時明白那道氣息已然消失。換言之，就是追蹤失敗。

「俺對不起你啊，夥伴……」阿蘿捂著臉，發出啜泣般的聲音。由於它沒有肩膀可以顫動，只好改讓蘿蔔葉一顫一顫的，「其實過斑馬線前，俺就啥反應也感覺不到了……」

「放心好了，阿蘿，我不會太在意無故多跑一段路的。」

藍采和露出笑，依舊是善體人意的高級微笑，只是捉著阿蘿的力道卻越來越大。

「哎，我大概不會太在意啦，反正多運動有益身心健康嘛。」

可是夥伴，你說的和你的動作，完全相反啊……阿蘿的臉色從白轉成蒼白，只覺得靈魂幾乎要被這可怕的力道掐出來。

「嗚喔喔喔！呼哈哈哈！咿啊啊啊啊！」阿蘿發出了瀕死的呻吟。

在它見到死去的祖父母於對岸小花園招手、它差點也要過去對岸之際，施加在它身上的力道總算鬆開了。

「傷腦筋……」紓解完壓力的藍采和喃喃地說，「這樣不就又失去一道線索了嗎？」

「線索？什麼線索？」

無預警地，一道嬌美清脆的嗓音平空落下。

毫無防備的藍采和與阿蘿登時嚇了一大跳。

忙著把靈魂塞回嘴巴裡的阿蘿更是連動都不敢動，就怕被一般人看出它是一根帥氣又不平凡的英俊蘿蔔。

藍采和倒是很快就從吃驚中恢復，因爲他發現到，這道女聲太過熟悉。

原本緊繃的肩膀一併放鬆下來，他吐出一口氣，仰起頭，說：「小瓊。」

會讓藍采和這般稱呼的，一直以來都只有一個人。

阿蘿也順著藍采和的視線仰起臉，它愣了一下，沒料到會在這裡遇見那抹嬌俏可人的墨綠色身影。

「何瓊大人？」阿蘿訥訥地問，「妳怎麼……怎麼會倒掛在樹上呀？」

幸虧這時無人經過，否則一定會惹來側目。

身著墨綠女式西裝的女孩雙腳勾在樹枝上，形成頭下腳上的倒掛姿勢。紮成雙馬尾的長長髮絲跟著一起垂下來，在日光下泛出烏亮的光澤。

「噢，其實我本來在跟小貓咪聊天的。」

何瓊咯咯笑起，她的笑聲就像是銀鈴般清脆。緊接著，她身體一使力，以異常靈巧的動作重新翻坐回樹枝上，兩腳恢復成懸空狀態，順勢將拿在左手上的墨綠色禮帽戴上。

「難得有隻貓咪對我敞開心房呢，小藍。」

說著，何瓊自樹上輕巧躍下，站立在藍采和面前。那雙貓兒眼似的大眼睛在提及動物時，顯得格外神采飛揚。

「這聽起來確實不錯呢，小瓊。」

藍采和附和地點點頭，沒有問對方為何會出現在這邊。何瓊總是喜歡在豐陽市的各處蹓躂，順便尋找能和她溝通的小動物。

「那隻貓走了嗎？」

「我才跟牠聊不到幾句啊。」何瓊皺皺俏挺的鼻尖，「小貓咪說牠發現了人生的伴侶，就跳下樹走了。可是我怎麼看，都覺得牠的人生伴侶是一隻哈士奇。小藍，現在的人界也流行跨種族之戀了嗎？」

藍采和覺得這還眞難回答。

「愛情是偉大的啊，何瓊大人。」反倒是阿蘿插嘴，「想當年俺也曾被紅蘿蔔熱烈追求過，不過俺一直是孤獨又瀟灑的荒野一匹狼，所以後來還是拒絕了。」

「欸？有這種事？」身爲阿蘿主人的藍采和瞪大眼，「我竟然不知道？」

「這種雞毛蒜皮的小事，夥伴你不須要知道啦。」阿蘿不在乎地揮揮手，「反正都是過去式了……夥伴，咱們現在還是趕緊回去比較好吧，俺怕川芎大人眞的會把俺刨成蘿蔔絲耶……」

「我差點忘了。」藍采和低呼，想起自己是直接衝出流浪者基地的，估計這時候的川芎可能正眼睛冒火，「再不回去絕對會被哥哥宰的。小瓊，我們先走了，妳晚上記得早點回來，哥哥說今天要一起到外面吃火鍋。」

「等等，小藍。」何瓊喊住藍采和，她的右手一個翻轉，如同變魔術一樣，潔白的食指與拇指間，下一秒捏著一朵粉紅色的小花。

藍采和同時打了一個噴嚏。

他連忙捂著鼻子，迅速與何瓊拉開距離，直到確認彼此間隔一公尺遠之後，才敢放下捂鼻的手。

何瓊先是一愣，隨後刮刮臉頰，「對不起啊，小藍，我都忘了你現在的體質對花過敏。」

想了想，她闔起雙手。也不知是如何動作的，當她重新攤開雙手時，掌心上的粉紅色小花已被一個透明的小袋子包裹住花瓣，乍看下，還有點像是棒棒糖的模樣。

「這樣就不怕花粉了，對吧？」

何瓊漾起甜美的笑，眼角勾揚的貓兒眼熠熠發亮。將花握在指間，她朝藍采和伸出手臂。

「所以，給你。小藍，這花給你，可以用這花直接跟我聯絡，如果找不到我的時候。」

「謝了，小瓊。」藍采和笑著將花收下，有那一層小袋子將花全部包住，就算收進口袋內，他也沒有一如往常地打起噴嚏。

與同伴揮揮手道別，藍采和轉過身，便要循著原路回去流浪者基地。

只是藍采和才走出了幾步，身後又響起呼喚他的聲音。

「小藍。」

像是鈴鐺敲動的嬌美女聲說。

「你爲什麼會下凡呢？你在找什麼嗎？」

少年的身影佇立在原地不動，過了好一會，才終於轉過來。

「只是忽然想到人界看看而已。」有著墨黑髮絲、蒼白膚色、眉眼彎彎如弦月的秀淨少年說，他露出了再柔和不過的微笑，「我只是想到這裡看看而已，小瓊妳不用太擔心我的。」

何瓊沒有再多說、多問什麼。

這名綁著雙馬尾的女孩只是靜靜站著，目送同伴的背影消失在眼前，並且任憑身後一抹黑影靠近自己。

直到自己被籠罩在陰影下，何瓊才伸手摘下禮帽，她雙手扠腰，嘆了一口大氣。

「哎哎，眞是傷腦筋呢，小藍根本就不打算向我們尋求幫助嘛，阿景。」

「這是他的優點，也是他的缺點。」

低沉嚴謹的男人嗓音這麼說。

「不過他要是太固執的話，我會不客氣打他一頓屁股的。」

拾參 夜半歌聲

夏季的夜色總是來得特別晚。

即使已經晚上六點，天空卻不是一片昏暗，反而仍透露著一絲微光。從位在七樓的流浪者基地辦公室向外看去，可以瞧見底下的街道開始湧現車潮。對大多數上班族而言，這個時段便是他們的下班時間。

當然，對於流浪者基地的員工來說也一樣。

六點剛到，就見辦公室的人關電腦的關電腦，收拾東西的收拾東西，一下子，各種聲音在這個空間裡此起彼落。

不過一會兒，辦公室裡就散去大半人影，只有少數幾人還留在公司加班。

將寫有自己名字的卡片放進打卡機裡，聽著打卡機發出「喀噠」一聲，隨後吐出了印有今日下班時間的卡片，林輩才將它放回原來的位置上。

「莎莎姊，妳今天要留下來加班嗎？」發現小說部的領導人還在位子上，林輩好奇地問。

「不，我等等就要回去了。」坐在桌後的薔蜜抬起頭，看向脖子終於不再歪一邊的同事，「林輩，你知道羊子今天請病假吧？」

「啊。」雖然不明白薔蜜爲什麼有此一問，不過林葷還是乖乖地點頭，「早上是莎莎姊接到電話的吧？是感冒嗎？還是胃痛？」

薔蜜沒有立刻回答這個問題，她站了起來，這動作倒是令林葷反射性後退一步，甚至還拿手臂擋著臉。

不過也不能怪林葷會有這個反應，再怎麼說，他早上已經經歷了兩輪關節技的摧殘。而他原本歪一邊的脖子，其實就是在第二輪中又被扳向另一個方向，結果剛好負負得正，回到原位。

發覺薔蜜只是單純站起，林葷訕訕地放下手臂後，不由得冷汗直流，就怕對方因爲自己這不敬的舉動，約自己到廁所內進行第三度溝通。

幸好薔蜜根本沒將林葷的動作放在眼裡，她低頭凝望了下桌面的手機，手指撫上光滑螢幕。

「我剛剛又打一通電話給羊子，想知道她現在的情況。」薔蜜說，「早上那通是她姊姊幫忙打的。」

「那羊子她現在是……」關心同事的情誼林葷還是有的。他想起那名總是一身細肩帶加短褲打扮、性子強勢起來跟薔蜜同樣教人畏怕的美艷女同事，忍不住有些擔心起來。只是他沒想到薔蜜話鋒下一秒又是一轉，轉到另一個話題上。

「林葷，你有看過今天早上的報紙嗎？地方新聞那一版，關於我們豐陽市的。」

「莎莎姊，妳是說不明昏迷事件的那個嗎？」林輩會知道薔蜜想問的東西並不是他有讀心能力，而是地方新聞版雖有數十條新聞，但眞正和豐陽市相關的，今天只有那麼一條。

林輩一開始還有些摸不著頭緒，不明白薔蜜怎會將話題拉到這邊。可很快地，他瞪大眼睛，將兩者串連在一起。

「靠！不、不會吧……莎莎姊，難道說羊子是……」在瞄見薔蜜鏡片後的美眸瞇細時，林輩馬上捂住嘴，將後半段的話全都吞回肚子內。

如果眞是那樣，可不是什麼值得大肆宣揚的事。

「剛剛的電話也是羊子姊姊接的，她說羊子今天早上忽然叫不醒。原本以爲是裝睡不想上班，但就算用鎖喉技也沒反應，才發現事情不對勁。送去醫院後，診斷不出哪裡有問題，彷彿只是單純睡著而已。」

薔蜜回憶起先前的談話內容，忍不住蹙起眉。而顯然地，她似乎一點也不認爲「鎖喉技」三字的出現，有哪裡不對勁。

「我待會會去她家探望一下，這事你先別說出去。你也快點回去吧，路上記得小心一點。」

「啊，好。」嘴上應允，可林輩的雙腳仍舊黏在原地，看起來不像要走的樣子，「那個，莎莎姊……」

薔蜜挑高眉，等著同事的下文。

「早上的杯子和門把眞的不是我弄壞的！還有川芎帶過來的那個小鬼，我竟然在他的袋子裡看到一根超詭異的……」

「林輩。」薔蜜語氣平靜地打斷林輩的話，「你是太累出現幻覺了吧？這世界上怎麼會有有手有腳還有腳毛的人面蘿蔔呢？」

「呃，其實我沒注意到它有沒有腳毛……還有莎莎姊，妳的人生格言向來不是『這個世界很大……』」

「林輩，你要是眞的太累，」薔蜜雙手環胸，表情冷靜得過分，「我不介意幫你喬一下骨頭，我是說眞的，你不須要跟我客氣。」

……用關節技喬嗎？林輩嚥嚥口水，下意識地撫上脖子，慌張地笑著後退。

「不用不用，我回去睡一覺就可以了，那個一定是我產生的幻覺沒錯。」林輩一路退到辦公室門口，「那我就先回去了，莎莎姊。妳回去時也多注意一點，明天見。」

至於要注意的是薔蜜的人身安全，或是眞的敢偷襲薔蜜之人的生命安全，這就不得而知了。

將手機收進包包，薔蜜也準備離開公司，不過她的視線卻被自己電腦邊的一個小盆栽攫住。

原本薔蜜的桌上並沒有擺上任何植物，在今日下午前確實都是如此。

和其他辦公桌相比，放在薔蜜桌上的植物既不是常見的萬年青、黃金葛，也不是什麼迷你仙人掌。那是一株沒有開花、只有種子結成尖球狀的鬼針草。

由藍采和交給她的。

薔蜜想起那名少年在離開流浪者基地之前，偷偷自他空無一物的竹籃子內，摸出了這麼一株鬼針草。

「薔蜜姊，我在你們公司附近有感應到奇怪的氣息，所以鬼針就先放妳身邊好了，多少可以防身。雖然這傢伙還在睡，不過感覺到什麼危險時，應該是會醒過來的。」

沒錯，此刻寄放在薔蜜桌上的鬼針草，就是曾經大鬧過川芎家的鬼針。

薔蜜的腦海浮現出鬼針的人形姿態，那是一名黑髮白膚的乖戾男人。她忍不住聳聳肩膀，覺得那相貌跟眼前可愛迷你的盆栽還眞難劃上等號。

「咦？莎莎姊，妳還沒走嗎？」

從外頭買晚餐回來的美編部成員瞧見薔蜜還留在公司，忍不住露出詫異的表情。

「已經六點半了呢。」

「我正要走了，你們加班辛苦了。」點頭和今日要留下來加班的同事道別，薔蜜拎起包包，視線停駐在鬼針草上數秒後，還是沒有伸出手將這盆小盆栽帶走。

只是到羊子家而已，也不可能發生什麼事吧。

薔蜜離開公司是六點半左右，當她搭公車到羊子家附近時，已是七點多了。

天色完全暗下，天邊的微光也早已隱沒無蹤。

從站牌徒步到羊子家，大約還要近十分鐘的路程。薔蜜在心裡盤算一下時間，邁開步伐向前走，三吋高的鞋跟在柏油路面上發出規律的聲響。

這不是薔蜜第一次拜訪羊子家，她和羊子的家人也相當熟悉，所以才能得知羊子原來不是感冒請假，而是陷入不明的昏睡。

是和報紙上說的……狀況一樣嗎？薔蜜是將閱報當作每日功課的人，對於之前新聞提到的兩起案例，她都有著印象。

據說患者皆是無故陷入昏迷，一開始根本看不出異狀，只會以爲對方沉睡未醒，等到發現怎麼叫也叫不醒的時候，才知道事情不對勁。

到目前爲止，醫院仍舊找不出眞正原因。

假使羊子的狀況眞的如報上說的一樣，那麼她就是第三名受害人了。令人匪夷所思的是，不論是哪一位受害者，都是年輕的女性。

一邊思索著這些事情，薔蜜一邊走進一條巷子裡。巷內此刻只有她一人，高跟鞋的聲音格外清晰。

叩、叩、叩。

立在牆邊的路燈投射下水銀白的光芒，將薔蜜的影子拉得長長的。

薔蜜繼續往前走，她發現前面一段路的路燈沒亮。她不以爲意地從包包內取出手機，打算先通知羊子的家人自己即將抵達的事。

通話鍵才按下，聽著另一端響起的鈴聲，薔蜜已經走到了不亮的路燈底下，然後，稱得上規律的喀喀聲停止了。

薔蜜忽然停下腳步，手機撥號中的狀態也被切斷。

沒有車輛通過、沒有其他行人經過的這條小巷裡，就只有薔蜜一人。

靜佇在原地好一會兒，薔蜜才重新邁出步伐。

是我多心吧？這名漂亮又精明的女性想，大概是獨自一人的關係，才會異常敏感，覺得身後似乎有什麼在跟著。

暗笑自己想太多，藉著手機螢幕上的光，薔蜜再次按下通話鍵，將手機舉至耳畔，想著待會兒手機接通後，要爲前一通無故斷訊的電話先道歉。

這次鈴聲並沒有響很久，很快地，手機另一端就傳來了說話聲。

「你好，請問哪裡找？」

「是羊子的姊姊嗎？我是……」

薔蜜正準備報上名字，可來到唇間的字句卻驀然硬生生地吞嚥下去。

顧不得另一端傳來的詫異詢問，薔蜜頓住腳步，她的背脊挺直，肩膀線條卻比平常還要來得僵硬。

薔蜜眞的覺得，有什麼就在自己身後。

「喂喂，請問妳到底是哪一位？」手機裡再度響起詢問。

「對不起，羊子的姊姊，我是流浪者基地的莎莎，我晚點再打電話給妳。」以異常冷靜的語氣單方面結束通話後，薔蜜收起手機，但也沒有迅速向後看。

這名留著長直髮、戴著眼鏡的美麗女性，就這麼靜佇在原地不動。她的後背不受控制地湧上發毛感，那是確實感覺到有什麼在身後的證據。

會是誰？強盜嗎？歹徒嗎？剛好要經過的路人？抑或是……

薔蜜沒再繼續深思最後一個選項，因爲她的腦內這時這刻已發出了尖銳的警報。

快走！快走！快離開這裡——

不再有絲毫猶豫，薔蜜猛地向前奔跑，三吋高的鞋跟在地面上擊出凌亂的音響，失了原先的規律。

後方並沒有聽見任何追逐的腳步聲，但是，那種有什麼存在的感覺，依舊如影隨行、揮之不去。就像討人厭的水蛭，除了緊緊依附之外，還帶給人強烈的不快感。

無法轉向後方，薔蜜的選擇就只有前方的路。

不亮的路燈靜靜立在牆邊，林立兩側的住宅彷彿事先說好一樣，皆是窗戶緊閉，瞧不見燈光透出。

薔蜜像是被遺留在這條巷子裡。

然後，薔蜜突然聽見了聲音。

不是自己的高跟鞋叩叩地敲擊路面的聲音，也不是手機鈴聲無預警響起的聲音，更不是自遠遠另一端，從亮著燈的住家中所透露出的喧鬧聲。

是歌聲，是有人在唱歌。

問題是，是誰？在這種時候？而且就在薔蜜的身後！

薔蜜的腳步邁得更急更快，細細冷汗滲出她的額角，她一點也不認爲在這樣的時間、地點，會有哪一「人」如此呢喃般地唱著歌。

即使那嗓音分明是女性所有，即使那歌聲異常地優美婉約。

「好一朵美麗的茉莉花，好一朵美麗的茉莉花……」

耳熟能詳的「茉莉花」在無人的夜間巷弄響起，只會教人深深地感到詭異及毛骨悚然。

歌聲還在繼續，歌聲的主人還在哼唱。

「芬芳美麗滿枝枒，又香又白人人誇……」

「讓我來，將你摘下，送給別人家……」

「茉莉花呀茉莉花……」

可薔蜜身後空無一人卻也是事實——這是她在繞進轉角的剎那間，從眼角餘光瞄見的景象。

她跑進左邊的小巷裡，只停頓了一瞬又跑了幾步後，她的雙腳忍不住停下。她急促地喘著氣、回過頭，望著離自己還有一段距離的巷子口。

什麼也沒有追上來，就連哼著「茉莉花」曲調的歌聲亦一併停止了。

空蕩的巷弄內，薔蜜唯一能聽見的就是自己稍顯急促的呼吸聲，以及劇烈的心跳聲。

怦咚！怦咚！每一次的心跳不只撼動著胸口，彷彿連整個身體都在隨之震動。

怎麼回事？那個……究竟是什麼？周遭的安靜讓薔蜜尋回思考能力，她努力調整呼吸，打探似地望著至今什麼都沒有出現的巷口。

這邊的路段又回復了明亮，路燈散發出水銀白的光澤。假使轉角後真的有什麼想追上，那麼藉著路燈的照射，便會先見到對方的影子。

不過在灰黑的柏油路面上，並未發現任何可疑黑影。

薔蜜不禁鬆了一口氣，只是緊張的心剛放下，卻又立即提起。

這一次，這名給人冷靜印象的美麗女性，終究忍耐不住微白了臉色。

「好一朵美麗的茉莉花，好一朵美麗的茉莉花……」

優美婉約的歌聲無預警再次響起。

而且這一次，是從薔蜜的身後。換句話說，就是原本薔蜜要奔往的方向！

「芬芳美麗滿枝枒，又香又白人人誇……」

渾然不覺薔蜜的心驚，那道低柔歌聲只自顧自地哼唱著，同時離薔蜜越來越近、越來越近。

「讓我來，將你摘下，送給別人家……」

「茉莉花呀茉莉花……」

薔蜜的心跳越來越快，她咬著牙，強迫自己回頭，她想要弄清楚將自己當作目標的「對方」到底是什麼。然而當她一回過頭，瞧清後方景象時，她瞬間抽了一口冷氣。

被路燈照耀的巷子口，有著彎彎曲曲的影子攀爬在柏油路面上。

不，不僅是彎彎曲曲而已。

藉著明亮的路燈光芒，薔蜜可以看得更清楚，那些細長彎曲的影子還分布著短短的小刺，簡直像是漆黑的荊棘糾纏在那裡一樣。

不管追著自己的是什麼，薔蜜現在都可以確定了，那絕對不可能是人類！

「好一朵美麗的茉莉花，好一朵美麗的茉莉花……」

隨著不明女聲的哼唱，佔據路面的荊棘狀黑影竟開始有了動作。黑影如同在探測目標，其中一條先往左邊前進，很快便收回，緊接著轉往薔蜜待著的右邊。

那條好比探測器的黑影沒有像方才那樣縮回去，而是停下不動。下一剎那，全部荊棘狀黑影一起湧動，往薔蜜的方向迅速襲來。

薔蜜心臟重重一跳，她不敢有所遲疑，拔腿就逃。

荊棘狀的黑影瘋狂追來。

原本低柔優美的女聲一個拔高，轉成了尖銳高亢。

說也奇怪，兩側明明就有亮著燈的住戶，卻好像都不曾察覺到屋外的騷動，沒有哪一扇窗戶因此打開。

薔蜜奮力地奔跑，就算不知道那是什麼樣的存在，但對方追著自己的行爲，怎麼看都很難解釋成不帶惡意。

薔蜜不時地回頭看，就怕彼此的距離在不知不覺間已縮成最短。

一邊暗暗後悔著沒有將鬼針草的盆栽帶在身上，薔蜜內心也決定，如果平安無事，也許可以將這次的經驗投稿給「驚奇！你所不知道的超自然世界」。

就在下一個回頭之際，薔蜜猛然撞上一個溫熱的軀體。

還來不及驚喊出聲，一雙手臂已幫忙扶住薔蜜不穩的身子，與此同時，一道低沉男聲落下。

「還好嗎？」

沒預料到會有自己之外的人出現，薔蜜身體一震，結結實實地被嚇了一跳。

「那是……」

未等到薔蜜的回答，那道低沉男聲再次開口，聲音中帶著顯而易見的疑問。

就是這份疑問，讓薔蜜瞬間拉回神智。顧不得先向對方說抱歉，她急忙地回過頭，映入眼中的是在路燈下難以遁形的荊棘狀黑影。

幾乎要令人以爲是漆黑荊棘的黑影，不知怎地竟停止了湧動。它們靜靜地趴伏在距離薔蜜兩公尺之處，一動也不動，宛若小心翼翼地窺探著某種教它們畏怕的存在，只要稍有不對勁，就準備乘隙脫走。

薔蜜正覺得自己的想像太荒謬時，耳邊又聽到身後男人的聲音響起。

「退下。」男人語氣低沉，飽含著不怒而威的魄力。

荊棘狀的黑影瑟縮了下，但隨即像是不肯死心，試著朝前挪動。

「退下，回去你們主人的身邊。」男人的聲音變得嚴厲冷峻，每一字裡都透著壓迫的力量，像是長鞭抽打上黑影。

荊棘狀的黑影猛然發顫，伸出的末端全數縮了回去。下一秒，路燈下、柏油路上，什麼也沒有留下。

薔蜜大吃一驚，她連忙再轉回頭，想要知道自己的身後究竟是什麼樣的人物。為什麼單憑兩句話，就能將那些不明黑影逼退？

然而這一回頭，卻令她更加吃驚。

薔蜜睜大眼，她見過這名看起來嚴厲且難以接近的英俊男人。

男人雙眼狹長，眼角有著些許上揚，加上斜挑的劍眉，使得那雙眼睛給人的印象是凌厲的。男人的嘴唇薄厚適中，但似乎習慣微抿，看起來總讓人覺得爲了什麼而感到不悅。

雖然男人此刻穿的是輕便的休閒服，但薔蜜確定自己見過那張臉，以及那筆挺高大的身形。

就在川芎他們家附近的便利商店裡。

「你是……朝陽路上那間便利商店的員工？」薔蜜眼中有著掩不住的詫異，「但你怎會……」

薔蜜原本有一堆疑問想問出口，像是對方爲何會出現在這裡，又或者是他怎麼有辦法將那些詭異的黑影逼退？可到最後，這些問題她一個也沒有問。

薔蜜注意到男人眼神沉穩，不像自己或是一般人在見到那些黑影時會流露出驚恐，除此之外，對於自己認出他的事，男人也沒有表現出一絲吃驚。

朝陽路上的便利商店，就在川芎家附近而已。

朝陽路上的便利商店外，同時也是川芎初次遇見何瓊的地方。

即使覺得這相當牽強，甚至覺得這個想法根本荒謬萬分，薔蜜還是忍不住問出口了。

她問：「你和藍小弟、小瓊他們，是認識的嗎？」

也許對方會露出莫名其妙的表情，也可能是直接反問「他們是誰」，薔蜜都做好心理準備了，不過她沒預料到，男人會因此露出淡淡的微笑。

本來微抿的堅毅唇線一旦鬆開，臉部的嚴厲線條頓時跟著和緩下來。對於喜歡欣賞英俊男性的薔蜜而言，這抹微笑的殺傷力實在不容小覷。她甚至要在心裡感歎，假使對方再多個二十歲，她絕對二話不說立刻倒追。

「還要麻煩妳先別告訴采和了，張小姐。」男人說。

這句話無異是在表明自己的身分並非是單純的人類。

薔蜜的視線犀利冷靜，在證明對方的身分和藍采和他們一樣都是仙人之後，對於自己的姓氏被人知曉，她也不覺得有哪裡值得驚訝了。

她只是一挑眉梢。

「最後一個問題，請問你貴姓？」

「敝姓曹。」

這是男人的答覆。

拾肆 第三位仙人

溫暖的陽光包裹住整座豐陽市，也一併包裹住位在豐陽市的某一處，目前住有兩名人類、兩名仙人，以及一株植物的林家大宅。

——對不起，還有一名存在感很薄弱的幽靈忘記提起。

明明是個陽光普照、晴空萬里的好日子，但在林家客廳內，卻有一個角落凝聚著陰霾，彷彿有漩渦似的黑氣在那地方不斷流轉，就連向來自詡藝高膽大且帥氣無比的阿蘿，也不敢接近。

除了怕被漩渦似的黑氣捲進去之外，阿蘿更怕川芎會履行承諾，直接將它刨成蘿蔔絲，晚上可以搭配昨天買的生魚片。

沒錯，製造出黑氣的人，就是這個家目前的一家之主——林川芎。

從一大早開始，川芎就是這副模樣了。他坐在單人沙發上，眉毛皺得死緊，眼神看起來比平常還要凶惡數倍，搭在沙發上的手指不時像是抽搐般地敲打扶手幾下。

總而言之，就是標準的「生人勿近」狀態。

「哥哥到底是怎麼了啊？」藍采和問。他從一大早就觀察川芎到現在，不過他也是懂得看場合的，在不想被那漩渦似的氣場捲進去的情況下，他問了這單純好奇的一句後，就繼續做自己的事了。

今天的工作是把客廳擦過一遍。自認是優良幫傭的藍采和正綁著頭巾、繫著圍裙，和做同樣打扮的阿蘿一起努力奮鬥。

一旁的莓花一樣綁著頭巾——還是小熊圖案的。她幫忙擦拭櫃子，認眞地想幫自己最喜歡的小藍葛格分擔工作量。

若在以往，愛妹心切的川芎一定會跳起來阻止莓花，說什麼也不願讓最寶貝的妹妹過於勞累。不過現在他正沉浸在自己的世界裡，完全忽略了打掃小組中有莓花的身影。

這一點眞的很不尋常。

「他以前也有過這樣。我是指林川芎。」

「噢，眞的嗎？」藍采和下意識順著這聲音接話，手上動作未停，他已快擦完一張長沙發，接下來的目標是電視櫃。

「沒錯，我可是在這個家待了相當久的時間呀，而且大叔是種誠實又不會說謊的優秀生物！」那個聲音又說，「林川芎常常會陷入這種境界，當然這是有原因的。」

「這還眞是令人好奇哪。」藍采和誠摯地發表感想，他總算將長沙發全都擦拭完畢，看著它在燈光下反射出烏亮的光澤，格外令人有成就感。

他抬起頭，準備進攻電視櫃，然後他眼裡頓時納入了一抹半透明、懸浮在空中的人影。

那是一名穿著花襯衫、腳上踩著藍白拖的中年大叔，他看起來與路上隨處可見的大叔沒什麼不同，除了他是半透明的這點之外。

藍采和手上還抓著抹布，眼睛眨也不眨地盯著那名大叔，緊接著他問了兩個問題。

第一個是，「咦？強森你在呀？」

第二個則是，「阿蘿，剛剛不是你在說話嗎？我一直以爲是你在說話耶。」

正研究自己穿裸體圍裙要擺什麼姿勢才會更增加帥氣度的阿蘿，聽見藍采和的問題，卻比對方還要吃驚數倍地蹦跳起來。

「什、什麼？說話的人不是小藍夥伴你嗎？」阿蘿大驚，不敢置信地轉頭看著電視前的方向，「嘿，彼德！你啥時出現的？俺竟然都不知道呢！」

正確名稱是「約翰」，而且早在藍采和等人大掃除開始前，就待在客廳裡的中年幽靈，他的臉色從白變成蒼白，再轉成悲憤無比的死白。

好吧，其實那張半透明的臉，眞的很難讓人察覺到色澤變化。

總而言之，存在感相當薄弱，但沒想到一陣子沒露面就連名字也被遺忘的幽靈約翰——也算是林家的房客之一，還是不用付費的那種——眼眶剎那間蓄滿受傷的淚水，放聲悲泣起來。

「太過分了！這眞的是太過分了啊！強森和彼德是誰？難不成又有新的幽靈跟我搶地盤嗎？我只是……我只是在地下室待得比較久一點……」

約翰從口袋中掏出一條手巾，用力地擤下鼻子。

「我甚至把燈光的變化練得很有技巧了，照理說不是存在感會增加嗎！」

哽咽到最後，約翰的音量自暴自棄地拔至最高，客廳裡的燈也開始跟著一閃一滅，包括擺在桌上的書本雜誌一併產生細微的抖動。

「這就是『驚奇！你所不知道的超自然世界』講的，所謂的騷靈現象嗎？」阿蘿感動地握住雙手，「如果俺拿去投稿的話，不知道會不會被錄用呢，夥伴。」

其實阿蘿只要把自己寄去，就可以造成節目的轟動了。

「啊，要是把客廳的燈弄壞，葛格會生氣的耶。」莓花小小聲地說。

正當藍采和也想發表些什麼，一聲劇烈聲響驟然響起，中斷了他的話。

那是「砰」的一聲。

製造出黑色漩渦氣場的林家長男，抓住一疊正在抖動的書，然後重重地放至桌上。等到客廳裡的燈不敢再閃了，他那雙帶有血絲的眼睛才抬起，以要將人生吞活剝的凶猛氣勢，狠狠地瞪向浮在半空的約翰。

「再吵，信不信老子直接找道士收了你！」

姑且不論這個威脅的可信度有多高，不過川芎的眼神太過嚇人，不只約翰，就連阿蘿與藍采和也在瞬間閉上嘴。

一仙、一蘿蔔和一幽靈，就這樣大氣不敢吭一聲地盯著暴躁度幾乎破錶的川芎。

反倒是年齡最小的莓花見怪不怪，她爬上川芎的膝蓋，挺起身體，伸手摸摸川芎的頭。

「葛格乖喔。」她以體諒的口氣說，「今天薔蜜姊姊要來，葛格的稿子又沒寫完對不對？」

「小莓花……」川芎一把抱住他的心靈慰藉，巴不得可以帶著妹妹流浪到天涯海角，總之不要在今天和他的責任編輯打上照面就好。

「稿子？」

「沒寫完？」

藍采和與阿蘿一前一後地問。

「嗯嗯，如果薔蜜姊姊要來，然後葛格拖稿的話，葛格都會變成這樣呢。」

像是很高興自己有辦法回答藍采和的問題，莓花的眼睛閃亮亮的。隨即，那雙大眼睛又偷偷瞄向藍采和，她對戳著食指，一張小臉蛋慢慢地紅了。

「那個啊，那個啊，小藍葛格，你比較喜歡什麼類型的女……」

「不行，我不能待在這裡束手待斃！」川芎驀然大叫出聲，他抱著莓花站起，完全沒發現自己打斷了妹妹收集情報的機會，「莓花，妳和哥哥一起出門吧！我們去遊樂園玩一整天再回來，反正薔蜜她也不會知道！」

對於兄長的提議，林家么女鼓起了粉嫩的腮幫子，說了一句「莓花才不要」後，掙脫川芎的懷抱。

莓花的拒絕讓川芎受到打擊，他搖搖欲墜地後退一步，一屁股跌坐回沙發上。可是下一秒，他又因爲發現玄關那竟然有一雙腳，而駭得整個人跳起來。

薔蜜不知道什麼時候站在那裡。

「薔、薔蜜……張薔蜜妳……」川芎顫顫地伸出手指，張口結舌。

「門沒鎖，我就自己進來了。」薔蜜的眼神和語氣都是淡淡的，「還有關於你剛剛提出的計畫，川芎同學，個人是建議你最好別實行比較好。否則我們可能得來一場稍微激烈點的溝通。」

除了不明所以的約翰以外，在場男性皆不約而同地想起林輩那天的下場。

「我……我也只是隨便說說而已……」川芎故作鎮定地回答，「薔蜜妳先坐吧，家裡沒飲料可以招待妳，我去買點回來。」

「嘿，這聽起來很像是臨陣脫逃的藉口。」幽靈約翰插嘴。

「閉嘴，你這個穿衣沒品味的大叔！」川芎惡狠狠地瞪了約翰一眼。

「超過一小時沒回來，我就把小莓花帶到我家了。」薔蜜倒不怕川芎真的脫逃，認識那麼多年，早就將對方的個性摸清了，「不介意我先看你的稿子吧，我希望你有達到你承諾的進度。」

川芎穿鞋的動作明顯頓了一下。

即使沒有明說，阿蘿與藍采和也看得出來，林家長男絕對是沒有達成他所承諾的進度。

一直到出門前，川芎都沒有開口回答這個問題，他裝死裝得很徹底。

薔蜜也不在意，反正她有的是辦法，「鐵血編輯」的稱號向來不是喊假的。

薔蜜又轉頭看向被川芎話語刺傷心靈、傷心地窩在角落啜泣的中年幽靈。

「別太在意川芎同學的話，他總是認爲花襯衫和沒品味劃上等號，你這回的圖案比上次的扶桑花好多了。」薔蜜說。

約翰停止啜泣，他欣喜地抬起頭。

「椰子樹的圖案很不錯呢，喬治。」薔蜜又說。

出場到現在尚未被人叫對名字的約翰，再也忍不住悲憤地嚎啕大哭。

川芎確實是沒有達成稿件預計的進度，否則他也不會找藉口出來喘口氣。

雖然知道早晚都要回去面對現實，但能拖一秒是一秒，似乎是人類的通病。

距離林家最近、能夠買到飲料的地點，就是位於巷口外的便利商店，同時也是川芎初遇何瓊之處。

即使與兩名仙人共住一段時日了，也親眼目睹一些教人匪夷所思的怪異現象，可是川芎有時候還是會浮現一些不踏實的感覺。

不管怎麼說，神話故事中的八仙，現在就有兩人出現在自己家，也怪不得川芎會有這樣的感受了。

在認識藍采和之前，川芎從來沒有想過，所謂的「仙人」原來眞的存在。

「該不會之後連其他的八仙也會登場吧？」川芎喃喃說道，隨後就因爲後方突然響起的喇叭聲，將這念頭拋到腦後了。

車子經過川芎身旁，急劇增加的熱度使得他忍不住狠狠擰起眉，簡直像一陣熱浪撲來。

「眞他媽的熱……」川芎脫口抱怨了一句，炎熱的天氣總會讓人耐性降低不少，雖然說川芎原本就不是什麼有耐性的人。

七月的氣溫，高得連樹蔭也發揮不了太大作用。

不願讓陽光多烘烤自己的皮膚一秒，川芎加快腳步，想要早點抵達巷外的便利商店。

這時候，川芎便不由得佩服目前寄住自己家的兩名仙人，他們的耐熱度似乎相當不錯。

明明是和一般人類無異的「乙殼」姿態，不過在大太陽底下，川芎就鮮少見藍采和流汗。至於今天一早便出門的何瓊就更不用說了，最起碼川芎不曾看過有誰穿著一身包緊緊的西裝還不流汗的。

川芎心不在焉地想著這些有的沒有的，很快就到了便利商店。

感應到有人接近，自動門「叮咚」一聲朝兩側滑開，冰涼冷氣迎面湧出，一掃先前的悶熱。

「歡迎光臨。」

同一時間，低音階的招呼語一併傳入川芎耳內。

川芎愣了一下，以往他來這裡時，聽見的都是清脆的少女嗓音。他反射性朝櫃台望去，映入眼中的是與少女的嬌小截然不同的高大身形。

眞的很高。

川芎自認已經不算矮，但粗略目測對方的身高後，他發現自己竟比那人矮了半顆頭。那種超出標準的身高，到底是怎麼養出來的啊？川芎在內心暗暗咂舌，視線也很快地自那名男性店員身上收回來。他想起來了，對方就是薔蜜曾提過的「帥哥店員」。

沒有直接走到冰櫃前，打算在外面拖延時間的川芎，先在書報區佇足了好一會兒，還在書架上發現一本由「驚奇！你所不知道的超自然世界」節目出版的最新刊物。

想了想，他還是將那本《編輯親身體驗一百則撞鬼實錄》拿下，決定待會兒一起拿到櫃台結帳，好帶回去孝敬他的青梅竹馬兼責任編輯。

薔蜜是這個節目的忠實粉絲。

他晃完書報區後，又晃到零食區，零食區逛完再前往泡麵區，總之能逛的都逛了，能看的也看了，眼看就只剩下女性衛生用品區，川芎終於放棄了拖拉時間的計畫，他舉起沉重的腳步，心不甘、情不願地前往最後一個目的地——冰櫃前。

在川芎拖拉時間的過程中，超商的自動門開闔了許多次，不時可以聽到叮咚聲與店員低沉的招呼。等到川芎帶著飲料和要孝敬給薔蜜的貢品前往櫃台結帳時，他忍不住吃了一驚。

嚇！什麼時候店內來了這麼多婆婆媽媽？

就見櫃台前圍了多名中年婦女，在等候結帳的同時，還七嘴八舌地和櫃台後的男店員搭話，問出的問題更是五花八門。

舉凡「今年幾歲」、「哪裡人」、「有沒有女朋友」、「要不要阿姨介紹一個啊」、「其實我的女兒也不錯」之類的，一個都沒有放過。

川芎看了都要無言了。

這是啥？媒人大會嗎？還有梁媽媽，妳的女兒不是今年才升國一，芳齡十三歲而已嗎？

想是這樣想，不過川芎還是決定先別上前，以免那些問題的箭頭突然轉向自己。

而被諸多問題圍攻的男店員，則是展現無比的耐性。他的臉上沒有不悅也沒有不耐煩，只是簡潔穩重地一一回答，手上刷條碼、結帳的動作也未停下。

「二十八歲」、「最近剛搬到豐陽市」、「謝謝您的好意，但還是不用了」、「我還有一個孩子必須照顧」。

一瞬間，圍在櫃台前的婆婆媽媽們全閉上嘴，一群人妳看我、我看妳，心裡都在驚疑沒有女朋友又怎麼會有孩子要照顧？緊接著轉念一想，「單親爸爸」這個名詞立刻浮現腦海。

投向男店員的諸多目光裡頓時染上了同情或尷尬，也沒有人好意思再追問其他問題。

躲在走道間的川芎也有些驚訝，想不到那名看起來不到三十歲的男人已經結過婚，還有了一個孩子，這消息到時候還是透露給薔蜜好了。不過川芎更慶幸的是，櫃台前的媒人大會總算告一段落。

「謝謝光臨。」

男店員低沉的聲音隨著自動門的開啓而響起，亦宣告方才一批客人已離開店內的事實。

川芎拎著要結帳的東西來到櫃台前，在這麼近的距離下，越發感受到男店員真的相當高大。臉部線條看起來雖然嚴厲了點，但掩飾不住五官的英俊端正，怪不得那群婆婆媽媽會忍不住想替他作媒。

趁著對方在結帳，川芎順便瞄了下別在他衣服上的名牌，「店員」的下方是三個字——曹景休。

曹景休……嗎？如果年紀再增長個二十歲，絕對是薔蜜的追求目標。熟知友人喜好的川芎在心底做出結論，可是隨即地，他又覺得「景休」兩字似乎在哪裡聽過，不禁皺起了眉。

「總共是兩百二十八元。」刷完條碼的男店員抬起頭，發現川芎沒有動作，又出聲提醒一次，「先生？」

「啊，喔。」川芎回過神，趕快掏出皮夾，抽出鈔票。

從男店員手上接過零錢，思索未果的川芎放棄深究下去，心不在焉地將皮夾塞回口袋，拎起自己買的東西，臨走前還聽見對方說了什麼。

等到自動門在身後闔上，走了好幾步遠之後，川芎才分出心思去想那名男店員究竟說了什麼，好像不只是「謝謝光臨」而已。

然後，他停住欲再跨出的步伐。

慢著、等等！等一下！川芎在心裡大叫起來，他直到這時候才真正地理解到，剛才那名男店員對他所說的話，是代表什麼意思。

「我們家采和受你照顧了。這孩子有時相當令人傷腦筋，還希望林先生能多多包涵。」

川芎家還有哪一個采和？不就只有那個藍采和而已嗎？

川芎不由自主地睜大眼、張大嘴，不敢相信地猛然回過頭。便利商店內，名爲「曹景休」的男人似乎一點也不訝異他的回頭，反而是嚴謹有禮地朝他低下頭，那是一個請託的姿勢。

雖然總是被朋友嫌棄遲鈍，但事情發展至此，川芎再怎樣遲鈍，也不至於反應不過來，他連帶地想起自己是在哪裡聽過「景休」這名字。

「景休那傢伙明明只是顏面神經失調的囉嗦男而已……」

藍采和曾經這樣說。

身爲八仙之一，眉眼墨黑、蒼白膚色，微笑起來頰邊有酒窩的少年，確實這樣說過。

川芎張口結舌地愣在原地。難不成那名男人就是……

八仙中的曹國舅？

拾伍 意想不到的訪客

關於「曹景休」是不是等於曹國舅這件事，很可惜地，川芎並沒有機會向藍采和求證。他剛踏入家門，就被自己的責任編輯兼青梅竹馬直接拎到他的電腦桌前，然後房門一關，親自押著他趕稿。

面對薔蜜那冷酷無情的眼神，即使川芎膽子再怎麼大、和薔蜜的感情再怎麼好，也不敢有任何怨言，只能縮著肩，乖乖地敲起鍵盤。

進入催稿模式中的薔蜜，可不會管他們的交情到底好不好。在她眼中，一律只有交稿的作者與拖稿的作者，而後者，是不被允許存在的。

至於林家的其餘成員，在瞧見川芎面色蒼白地被拎進房間後，則是享用起川芎買回來的飲料和薔蜜帶來的點心，窩在客廳裡看起電視。

就連約翰也三不五時地和藍采和交換「魔法少女☆莉莉安」的心得，不過他總要重複個好幾次，才能順利地彰顯自己的存在感。

時間靜靜地流逝。

和阿蘿一起努力研究莉莉安新招式該怎麼擺姿勢的莓花也開始打起呵欠。她揉揉眼睛，睡意逐漸襲上，她的午覺時間到了。

乖巧地和藍采和等人道過午安，她抱著自己的小熊娃娃上了樓梯，回到房間休息。

客廳裡剩下藍采和、阿蘿，以及約翰。

關掉電視，藍采和自沙發上站起，伸伸懶腰，重新繫上圍裙和頭巾，決定繼續進行未完的掃除工作。

自詡爲藍采和最佳夥伴的阿蘿，當然也義不容辭地加入。爲了能夠更加鼓舞夥伴士氣，它還穿著圍裙，擺出幾個撩人的姿勢，只是正壓著膝蓋、雙腿外八字併攏，讓電風扇吹起圍裙的時候，就被藍采和一腳踩了過去。

好不容易鬼針不在家，對他心存陰影的約翰不願放過這個可以在地下室外露面的機會。他自告奮勇地抓起一條抹布，憑藉著幽靈能夠隨意浮升的優勢，攬下了擦拭玻璃窗的工作。

過不久，擦完其他家具的藍采和也一塊擦起玻璃，不過他有時會忘記約翰的存在，將他連玻璃窗一併擦下去。

午後的林家是靜謐祥和的。

雖然說，偶爾抬起頭向上望，會發現林家長男房間門縫底下，飄出了怨念無比的黑氣。

時間繼續流逝，窗外的陽光從金黃變成橙紅。

下午五點鐘，莓花的房門打開了。

有著柔軟鬈髮、大眼睛、蘋果臉頰的小女孩，一手揉著猶帶睡意的眼睛，一手拖著名爲「漢妮拔」的小熊娃娃下樓。

顯然尚未完全清醒，莓花將藍朵和當成了自己的哥哥，爬上他的膝蓋，窩進他的懷抱裡。直到「魔法少女☆莉莉安」的片頭曲響起，她才恢復一點清醒，察覺到哥哥的懷抱怎麼和平常不一樣。

稚氣的小臉仰上再仰上，圓亮的眸子納入一張偏蒼白的少年面孔。

一、二、三——

莓花的小臉蛋炸成通紅，包括脖子和耳朵都染上鮮艷的紅色，大腦徹底失去運轉功效。

偏偏造成如此情況的罪魁禍首依舊遲鈍到什麼也沒發覺，反而笑笑地將她抱著，眼睛瞇得像彎彎弦月，陪她一起看最新一集「魔法少女☆莉莉安」。

莓花第一次沒辦法專心看電視裡在演些什麼。

阿蘿抓起掃把當魔杖，學電視上的莉莉安一起擺出招牌姿勢。

約翰……對不起，約翰他又不小心被人遺忘了。

五點半，「魔法少女☆莉莉安」播完了片尾曲，約翰飄回地下室休息，川芎的房門在下一秒打開了。

川芎看起來像是被狠狠地壓榨過，雙眼無神，像抹遊魂搖搖晃晃地送薔蜜下樓。或許是他的精神真的受到莫大摧殘，竟然沒注意到莓花是坐在藍朵和的懷抱中。

換作平時，這名有著嚴重戀妹情結的男人鐵定是想也不想，一記兄長的憤怒之拳就先招呼過去。

看見薔蜜和川芎下樓，客廳裡的二人加一蘿蔔紛紛把視線投向他們。莓花更是跳下藍采和的膝蓋，抱著漢妮拔，啪噠啪噠地跑至薔蜜面前。

「薔蜜姊姊，妳要回去了嗎？葛格有沒有乖乖的？」

「啊，放心，川芎同學剛剛很聽話。」薔蜜面帶微笑地蹲下，在說著這話的時候，還不忘回頭望了一眼神情憔悴的友人。

「是是是，慢走不送。」川芎連翻白眼的力氣也沒有了，有氣無力地擺擺手，準備送走將自己壓榨得徹徹底底的無情友人，不過他還是不忘補上一句，「回去的路上小心一點。」

「我還得再去羊子家一趟。」薔蜜站在玄關，她特意放輕音量，不讓莓花等人聽到，「看看她的情況究竟是怎麼樣了。」

「怎麼了？」川芎面色跟著微凜，他記得羊子是請了病假，「難道說羊子生了什麼嚴重的大病……藍采和，別在那豎起耳朵偷聽！去廚房看晚餐有什麼可以先準備的！」

察覺到少年瞄向這一邊，川芎語氣驟變，他吊高眼睛，毫不客氣地瞪了一眼。

偷聽被捉到的藍采和刮刮臉頰，露出一抹無辜笑容。

川芎早就不吃他這一套，從剛認識的時候他就明白，藍采和根本不若表面上的無害。他微瞇眼角，又惡狠狠地瞪了一眼過去，總算將人趕到廚房。

「你和藍小弟的感情越來越好了哪，川芎同學。」薔蜜看著這一幕做出結論。

「誰跟那小鬼感情好了？我別被他氣死還差不多。」

川芎這次是直接翻了一個白眼，以表達對這個莫須有結論的抗議。

「真是的，這種小鬼竟然會是傳說裡的八仙？根本是讓人對神仙產生幻滅的嘛。」

最起碼在這之前，川芎想都沒想過，藍采和會是一名外表蒼白瘦弱，實則擁有驚人怪力的少年。而且只要一聽到有人批評自己沒有男子氣概，個性瞬間就會進入暴走狀態，還附帶髒話滿天飆的效果。

「不過小瓊沒有讓你幻滅，不是嗎？」

薔蜜推了下眼鏡，腦中想起日前遇上的高大身影。她原本考慮要不要將自己遇見另一名八仙的事說出，但思及對方希望她能先保密，便還是作罷。

「完全沒有。」

川芎斬釘截鐵地說出來，隨後他發現自己似乎回答得太快，他咳了咳，像要掩飾什麼般將話題轉回。

「總、總之，先別提小瓊……薔蜜，羊子她現在的情況到底是？」

「羊子她今天一樣請假沒上班。」薔蜜冷靜地說，「她可能是像報紙上說的那樣，得了會昏迷不醒的不明病症。事實上，這是她昏迷的第三天了。」

川芎太過震驚，一時間竟不知該說什麼。他沒想過報紙上的新聞有一天會發生在身邊，而且還是在自己認識的人身上。

「那，有沒有送醫院檢查？」

「送了，但是也查不出任何原因，就只是睡著而已。」

看見川芎緊抿著唇，眼裡有著憂心，薔蜜輕拍一下他的手臂。她的聲音總是冷靜理智，並帶給人力量。

「別擔心，川芎，不會有事的，你這陣子也多留意小莓花的安全。」

「妳自己也是，路上小心點，有什麼事就打電話給我。」川芎說。

薔蜜點點頭，她穿好鞋，步出林家大門。

川芎站在玄關目送薔蜜的背影，直到那抹纖細的身影消失在視野內，他才吐出一口氣，關門，上鎖。

卻沒料到就在川芎欲折返客廳之際，門鈴聲響起了。

「哥哥，又有誰來了嗎？」

聽到門鈴聲，原本在廚房準備碗筷及物色晚餐材料的藍采和，好奇地探出頭來。在他的下方，一塊在廚房幫忙的莓花和阿蘿也跟著探出了頭。

三雙眼睛先是望望川芎，再有志一同地看向大門。

門鈴聲停頓一會兒，接著再度響起。

川芎像是一時還無法回神，他盯著大門，但手卻遲遲沒有動作。

「哥哥？」藍采和擦了擦手，從廚房裡走出來，不過有抹白影比他更快地竄至前面，搶先一步地奔向大門。

「俺俺俺！就讓俺來負責替國家服務！替人民服務吧！」阿蘿以異常靈活的旋轉小跳步，一馬當先地衝至大門。

由於它的速度太快也太突然，等到阿蘿衝到玄關時，藍采和才猛然意識到阿蘿這模樣是不能隨便給人看到的，否則一定會被當成未知生命體，被送去解剖，最後風乾做成蘿蔔乾。

「等等！阿蘿！」藍采和大叫，他著急地加快步伐。

只可惜阿蘿已經跳起來，轉動門把，將大門拉開一條縫隙。

「嗨嗨！歡迎來到林家！客人有什麼需要俺替你服服服服——」

但，更驚人的事發生了，興高采烈的阿蘿在看清門外是誰的下一秒，原本高亢的招呼詞硬生生地跳針了。它的聲音出現極爲劇烈的顫抖，接著突然爆出一聲尖叫，隨即火速甩上門，就像門外有著多麼恐怖的東西一樣。

川芎和藍采和根本什麼也沒看見，他們連門外站的是誰都不知道。

川芎一時無法回神，他瞪著連葉片都在抖動的阿蘿，很難想像竟然是它被人嚇到，而不是它嚇到人。

照理說，不管上門的是怎樣的人物，都不太可能會比一根有手有腳還有臉的人面蘿蔔，還要更教人大吃一驚吧？

「阿蘿，怎麼了？」身爲阿蘿主人的藍采和顯然也沒料到它會如此驚恐，他愣了一下，不過沒忘記要替外頭的客人開門。

在尖銳的門鈴聲第三度響起時，蒼白細瘦的手指已然握上門把。

「夥伴不要啊！」阿蘿慘叫，「開了你會後悔的！」

來不及了，藍采和已經順勢轉開門把，即使聽見阿蘿的警告，可門終究拉出縫隙了。

門外佇立的，是一抹背著光的身影。

無暇細想，打開門的藍采和反射性露出微笑，決定如果被人質問起阿蘿的存在，就直接裝傻到底。

「你好，請問……！」

這一次，藍采和的招呼語比阿蘿還要短暫。才說了四個字，剩下的就全數化爲一道抽氣聲，像是商標般的純良笑容更是破天荒地凝固。

接下來，川芎就見到方才發生過一回的場景，再次在他眼前上演。

藍采和抽完氣後，用最快的速度關上門，力道大得連整棟屋子都像要隨之震動。接著，彷彿那門把是有多燙人，藍采和飛快地鬆開手，跳回川芎身後。

而川芎到現在，還是沒看清門外站的人究竟是誰。

「阿、阿蘿……」

「夥、夥伴……」

少年和人面蘿蔔皆面露驚恐，只差沒抱在一起瑟瑟發抖。

都這種時候了，川芎再不回過神來，就只能說他眞的是遲鈍得太過分。不過幸好，他還沒有遲鈍到那種地步。

「靠……北邊走！」意識到還有莓花在場，川芎及時將髒話改成比較沒有殺傷力的字詞。他吊高眉毛，一雙眼睛凶惡地瞪向藍采和及阿蘿，「你們兩個！就這樣當著客人的面，連甩人家兩次門？」

「可可可是，哥哥……」本就蒼白的藍采和，現在看起來像是隨時會暈倒。

「誰管你可是不可是，等等兩個都給我去面壁思過！眞是夠了，你們兩個的表情簡直和見鬼差不多。」川芎陰沉著臉，沒好氣地罵了藍采和他們一頓。

藍采和對這句話就有意見了，他當初見到約翰時，可沒像現在這樣大驚失色過。他露出抗議的表情，不過直接被川芎無視。

將一人一蘿蔔扔在一旁，川芎走到門前，腦中順便搜括起待會兒要用的道歉語。不論上門的是誰，當著對方的面連甩兩次門，著實太過失禮。

莓花也被挑動了好奇心，她踩著小熊拖鞋，啪噠啪噠地追上川芎，雙手攬抱住她的小熊。她躲在川芎身後，等著他開門，好看清楚來者是誰。

川芎打開了門。

連續被賞了兩次閉門羹的客人沒有就此憤怒離去，依舊站在門外。

並不是什麼可怕人物。

事實上，川芎還呆愣了一下，因爲他和外頭身形高大的男人在稍早前才打過照面——在他們巷子口的便利商店。

「哎？」莓花從川芎身後探出頭，一雙圓圓的大眼睛朝上再朝上望，她的脖子仰得好高，細聲細氣地開口問了，「高高的叔叔，你是誰呀？」

「敝姓曹。不好意思，打擾了。」

本名爲曹景休，但別稱「曹國舅」更廣爲人知的男人，態度有禮地低下頭，接著遞上一個用大紅袋子裝的禮盒。

「這是一點見面禮，還希望你們能收下。」

林川芎被動地接過，再被動地低下頭，然後一片空白的腦子終於浮上一個念頭——啊，這還是他第一次從仙人那邊收到蛋捲禮盒，而且還是抹茶口味的。

不管怎樣，事情的發展似乎到了有些莫名其妙的地步。

這一廂，川芎猶盯著手中禮盒發愣；另一廂，客人已自動走進，而且那狹長偏於淩厲的雙眼，還不忘在第一時間瞥向玄關的一人一蘿蔔，被盯上的後者們一併打了哆嗦。

然後，曹景休面無表情、語氣嚴厲地問了：

「剛剛甩我門的，是誰？」

「是他！」

「是它！」

乍聽之下如出一轍，可實際上卻是天差地別的答案，同時自藍釆和與阿蘿口中發出，雙方甚至還舉起手指，互指著對方。

脫口喊出兩個字之後，藍釆和發現自己的植物竟也指著自己，墨色的眼眸大睜。

「阿蘿，你這沒義氣的！你怎麼可以指著我？」

「可是夥伴，曹景休大人生氣起來，俺也會怕啊……」

看著陷入內鬨的少年和人面蘿蔔，曹景休乾脆地做出決斷，他一把拎住藍釆和的衣領。

被拎住的少年大驚，「等一下，景休！爲什麼是抓我？阿蘿它明明也有甩你門呀！你不能因爲它是一根有腳毛的蘿蔔就厚此薄彼！」

「管教它是你這個主人的責任，不過在此之前，你得先被我管教一頓。」曹景休無動於衷地說，他轉過頭看向似乎還跟不上發展的川芎，「不好意思，林先生，可以先麻煩你借我一個房間嗎？」

「啊，啊……小鬼的房間在上樓後右邊最底端。」川芎下意識回答，並覺得面前的男人雖然缺乏表情，但言行舉止都非常地有禮貌。

曹景休又朝川芎點點頭，像是在感謝他的告知。

行動受到限制的藍釆和原本還想掙扎抗議，然而在同伴一記俯視的嚴峻瞪視下，立即駭得噤聲。

「所以說……」川芎還是第一次瞧見有人能將藍釆和剋得死死的，直到那對老鷹捉小雞似的身影消失在視線範圍，他才將剩餘的話吐出，「那位曹國舅……不對，那位曹景休和藍采和是什麼關係啊？」

「放心好了，川芎大人，絕對不是什麼一言難盡或愛恨情仇的關係。」逃過一劫的阿蘿不再面無血色，它露骨地呼出一大口氣，拍拍胸膛，像在慶幸著自己的劫後餘生。

「總之，曹景休大人就好比是夥伴的監護人，要說是愛操心又愛嘮叨的老爸也行唷。」

川芎頓時明白，曹景休當時在便利商店裡，對那群婆婆媽媽們說的話是什麼意思——原來藍采和就是他口中「要照顧的孩子」。

「附帶一提，那位老爸可是會打小孩屁股的呢。」阿蘿踮起腳尖，雙手舉高，決定還是用華麗的七十二圈抬腿旋轉，來慶祝自己逃過一場管教地獄。

「咦？咦咦咦？那、那要不要去救小藍葛格呀……」曾經因爲惡作劇也被爸爸打過屁股的莓花，反射性地捂著屁股，小臉上滿是緊張。

「既然是在別人家，曹景休大人應該不至於打夥伴屁股的啦，不過說教大概是跑不掉一小時是一般紀錄，這次可能會更久也說不定。」

阿蘿忽然停下它的抬腿旋轉，滿臉嚴肅地望著川芎。

「所以，川芎大人，這時候咱們要不要先叫個外送？」

川芎覺得，這或許是個不錯的主意。

拾陸 被鎖定的目標

「叮」的一聲，感應到有人接近，便利商店的自動門向兩側滑開。店內湧出的冷氣驅散了盤踞在門前的熱意，一大一小牽著手，一塊踏進超商裡，將午後的炙熱陽光遺留在外。

她將這一幕靜靜地收納眼裡。

她原本只是剛好從這裡經過，並不打算在這逗留，或是徘徊什麼的，卻沒想到會剛好瞧見那一大一小的身影。

男人與小女孩。

她不知道他們是誰，也不打算知道，那一點意義也沒有。對她而言，那名個頭嬌小的小女孩足夠當她的收藏品，才是最重要的。

雖然只是短短一瞥，可是在無比明亮的陽光下，她還是看得一清二楚。顏色偏淺的柔軟鬈髮，大大的眼睛，粉嫩的蘋果臉頰，看起來年齡尚幼的小女孩是如此可愛。

可愛到，想把她加進自己的收藏中。

如果能夠加上那名孩子，她的收藏品數量就會成爲四了。本來可以達到五的，她遺憾地想起前幾日發生的事，那時候她已經做好一切準備，只差一步，便能將相中的目標納作自己的收藏。

她當時的目標是一名美麗冷靜的女性，走路姿態筆挺，即便瞧見了自己的部分影子，卻沒有驚慌失措地尖叫，最多是眼眸內流露一絲緊張。

她本來可以成功的，如果不是那名陌生男人的出現。

那名男人有種說不上來的危險，聽見對方開口的瞬間，她的腦內就響起了警告。而她的影子，更是受到壓迫地全數退回來，不敢再向前一步。

這很奇怪，她無法想透這件事。明明她對那名男人毫無記憶，可是腦海中卻反射性地浮現了不能觸犯那名男人的警訊。

為什麼不能觸犯？因為那名男人發怒很可怕。

為什麼會令人覺得可怕？不明白，不知道，無法理解。

中斷她思緒的，是再次響起的清亮聲響，「叮咚」一聲。

便利商店的自動門再次向兩側滑開，有人自店內走了出來。

顏色偏淺的柔軟鬈髮、大大的眼睛、粉嫩的蘋果臉頰，是剛剛進去的小女孩。

小女孩身邊並沒有看到方才男人的身影，也許對方還在挑選東西，也許是小女孩耐不住性子在裡邊等，先跑了出來。也許還有其他原因，但不論答案是什麼，那抹小小的人影現在落了單，卻是真真切切的。

附近沒人，是個好機會，她向來不願錯放好機會。

她從牆邊陰影裡現出身形，首先是腳、手，再來是全部身體。她可以聽見自己走路時，裙襬在地面摩擦出的細微沙沙聲，她一步步地走著，映入眼中的嬌小人影也跟著越來越近。

「咦？」小女孩發現她的存在，一雙大大的眼睛因爲驚訝而變得更圓更大了，「大姊姊，有什麼事嗎？大姊姊？」

小女孩微歪著頭，像是對她的接近感到困惑，困惑裡則又帶了一絲天眞無邪。

她靜靜地看著小女孩，這麼近的距離下，不論是那頭顏色偏淺的鬈髮，還是那雙正仰視自己的黑亮大眼睛，抑或是透出粉嫩色彩的臉頰，果然都相當可愛。

她喜歡漂亮的東西、可愛的東西，她想要將她們變成自己的收藏品。

「啊，難道大姊姊是迷路了嗎？」小女孩忽然眼睛發亮地一擊掌，稚氣的小臉漾起了嬌憨純眞的笑，「那個啊、那個啊，如果迷路的話，可以問葛格或是阿景叔叔喔！」

陽光下，那張天眞無邪的笑臉就像是在閃閃發光。

小女孩完全沒有注意到，自己腳下有什麼在無聲接近。

她伸出手，只要再一些些的距離，她就能碰觸到小女孩的臉龐了；同時，她腳下的黑影也即將成功侵入到小女孩的影子裡。

形如荊棘的黑影伸展它彎曲帶刺的枝條，安靜謹愼地逼近，只剩下三寸、兩寸、一寸——

就在下個刹那間。

又是「叮咚」一聲，男人自便利商店走了出來，伴隨著的還有一記呼喊聲。

「莓花，我們要回家了喔！」

「啊，葛格！」小女孩一轉頭，反射性地跑向他，「葛格，我跟你說，這個大姊姊好像是迷路了……咦？大姊姊呢？奇怪，她剛剛明明在的呀……」

「什麼大姊姊？莓花妳遇到誰了嗎？」

「唔，就是一個頭髮金色、眼睛藍藍的漂亮大姊姊……眞的好奇怪喔，葛格，她剛剛明明還在莓花旁邊的……」

她看見小女孩東張西望，小臉上露出百思不解的表情。她看見男人也學著小女孩的動作，向左右張望一下，最後摸摸小女孩的頭髮。

「大概是有事先走了吧。莓花，我們也回去吧。再不回去的話，誰知道藍采和與那根蘿蔔會不會趁機給我捅什麼婁子出來。」

她靜靜地目送著那一大一小離去，不論是男人還是小女孩，都不會發覺到荊棘狀黑影的存在，它們已全數縮回，她的身影則是無聲無息地消融進牆邊的影子裡。

她知道自己不是人類，她記得她是「茉薇」，她喜歡漂亮的東西和可愛的東西。

男人和小女孩越走越遠，那抹嬌小的身影在陽光下看起來依舊是閃閃發亮。她眞的好喜歡，所以、所以──

她決定要佔爲己有了。

明亮的陽光下，無人經過的街道上，誰也不會看見牆邊的陰影內，突然平空出現一些色澤艷麗的花瓣。花瓣很快在無風的半空中轉了一個旋，一抹高挑且身形姣好的人影眨眼間佇立在花瓣方才出現的位置。

金髮藍眸的女子不發一言地注視前方，那是男人和小女孩離去的方向。

下一秒，如花瓣艷麗鮮紅的嘴唇，微微地張啓了。

「藍采和……嗎？」

女子喃喃地吐出一個適才聽聞的人名，腦海中瞬間好像掠過了什麼，又好像什麼也沒有浮上。

最後，女子就像是無意識地伸手撫上後頸，白皙的手指插進金色髮絲裡，指尖輕輕地碰觸頸後的一塊皮膚。

在那上面，有一隻如同刺青的淡青色蝴蝶正安安靜靜地貼伏。

就在指尖碰觸到蝴蝶的瞬間，淡青色的蝴蝶加深了色澤，變成濃烈的艷青色。

腦海內，什麼畫面都不曾浮上。

女子閉上眼，再度消抹自己的身影。她不知道「藍采和」是誰，她的記憶裡從來就沒有「藍采和」的存在。

一盞燈暗下，兩盞燈暗下，三盞燈暗下……隨著時間越來越晚，豐陽市的中心地帶越來越多住戶的燈暗下了。

於是，只剩下矗立在路邊的路燈在靜靜地發亮，在萬籟俱寂的夜晚中散發出水銀色澤的光芒，和夜幕上稀少的星子相互映襯。

深夜終於籠罩了這座城市各處。

在朝陽路上，除了數盞路燈還在發亮外，尚有立於巷口的二十四小時便利商店透出通明燈光。

路上已經看不到什麼人了，偶爾會有幾輛車經過，或是一、兩隻野狗在四周兜著圈，也許是在尋找食物。

一抹高挑人影佇立在朝陽路的另一側。不是從轉角走進來的，而是突然平空佇立在那，那抹人影簡直就像是一開始便靜靜地存在。

在水銀色路燈照耀下，可以清晰地辨識出那是一名身材姣好的女性。擁有一頭華麗的金色長鬈髮，包括那堪稱「奢華」的容姿，也被燈光勾勒得一清二楚。

假使這時有人經過，一定會被那奪目的美貌吸走注意力，甚至不由自主地放慢腳步，只爲能讓目光多停留一會兒。

不過在這樣寂闇的夜裡，朝陽路上除了女子，便再無其他人跡。

女子一身色彩艷麗的紅色系衣裙，裙身弧度優美，令人想起盛綻的花朵。然而明明是如此熱情搶眼的顏色，凝聚在那雙湛藍眼底的，卻是一股化不開的冰冷。彷彿看著看著，就會教人覺得有寒氣自背後凍上。

接著，一直靜止不動的雙腳，開始向前移動了。

女子踏出第一步，再來是第二步、第三步。她走路速度不快，甚至可以稱得上緩慢，但姿態有種獨特的優雅與神祕感。

女子一步一步地向前走著，她的目標一開始就已決定。而隨著女子的每一步走動，她身後的影子亦一點一滴地出現了改變。

她的影子原本被燈光映得細長，但逐漸地，柏油路面上的人形黑影越變越短，好像有隻看不見的手像收線般將它收了回來。

不一會兒，從女子腳下延伸出去的黑影就不再是細長的人形，取而代之的是一團龐大、不規則的形狀。就像是遭到無形力量捏塑，黑影邊緣不斷突出凹陷、突出凹陷。

乍看之下，女子的影子宛若是某種活物在蠕動。

女子緩慢、優雅地向前行走。

當她走到了朝陽路的中間路段時，趴在牆下的一隻野狗就像是感覺到有人接近。牠倏地睜開眼，貼伏著地面的身體更是在同一時間猛然立起。牠全身繃得緊緊的，禿了毛的尾巴一併豎起，那分明就是種警戒姿態。

野狗咧著嘴，露出尖銳的牙齒，從喉嚨間發出了低沉的咆哮。

下一秒，野狗大聲地吠叫。

「汪汪汪！汪汪汪！汪汪汪汪！」

在萬籟俱寂的深夜裡，野狗突如其來的吠叫格外響亮。

女子停下腳步，居高臨下地俯望著竄至她跟前、對她不住吠叫的四腳生物，那雙湛藍的美眸內還是什麼感情也沒有。

驀然間，野狗高亢的吠叫轉成了一聲透露出強烈畏怯的嗚咽聲，就連眼中也流露出一絲恐懼，豎立起的尾巴垂下來，夾在腿間。

在月下，在路燈的光芒下，在女子不動的身影後，是一團龐大而張牙舞爪的異形黑影。黑影已不再呈現重複突起凹陷的動作，它分成許多彎彎曲曲的枝條，上頭還布著尖利小刺，宛若一大片糾結的漆黑荊棘盤踞在女子腳下。

迅雷不及掩耳間，那些荊棘狀的黑影有了動作。它們飛快竄出，那隻野狗根本來不及逃跑，牠只發出一聲短促的悲鳴，黑影就已逼至牠的身下，纏繞上牠的四肢。

隨即，野狗閉上雙眼，牠就像是被驟然抽空力氣，身體失去支撐地趴在地面。於是，那些纏繞在牠身上的荊棘狀黑影又無聲無息地退開來，回歸到女子腳下。

沒有多看那隻一動也不動的野狗，女子重新邁出腳步。

被拋在後方的野狗趴伏在地，一點動靜也沒有，不過仔細一看，就能發現牠的身體正微微地一起一伏，那是牠仍在呼吸的證明。如果再靠近一點，仔細聆聽，還會聽到牠呼嚕的低音響——這隻野狗是陷入沉睡了。

張牙舞爪的黑影一路隨著女子的前進悄然滑動，既安靜又不祥。

當青銅色大門隨著標明「13」的門牌進入眼中的時候，女子終於站定腳步，她佇立不動的姿態就像一朵盛綻的花。

擁有青銅色大門的兩層樓建築物，和附近住家相同，從窗口透出的皆是一片黑暗，顯示著屋裡的人都睡了。

女子沒有伸手轉動大門門把，她只是靜靜地在門前站立一會兒。就在下一刻間，她的手指尖端忽然有一片片花瓣飄下。

不，不僅僅是單純的花瓣飄下而已。

倘若有人親眼目睹這一光景，只怕會驚駭至極。

因為伴隨著花瓣的飄下，女子的身體也在逐一消失。手指、手腕、手臂……彷彿女子的身體成了花瓣，逐一崩解。

門前空地的花瓣越積越多，相對地，女子的軀體由下至上，也一點一滴地消失。

幾個眨眼時間，青銅色大門前已不見女子身影，取而代之的是遍地嬌豔花瓣，以及形如荊棘的大片黑影。

花瓣在下一刻全數沒入黑影之中，黑影開始移動。

在星月稀微的深夜裡，如同漆黑荊棘的黑影無聲無息地自門縫下滑入了林家大宅。

屋子裡安安靜靜，連絲人聲也沒有，唯有二樓走廊的壁燈散發出淡黃色的光芒，替遭受夜色包圍的客廳添加一絲微弱光明。

藉著這絲微弱的光，可以隱約瞧見大門的門縫下有什麼靜悄悄地滲進來了。先是一小截，隨著前端的前進，有更多部分滲入門內。

那是一大片漆黑影子，就只是薄薄一層、貼伏在地面的影子。奇異的是，根本看不見是什麼東西在燈光照耀下，才有辦法投映出這樣的影子。彷彿它一直以來獨立存在，並非由任何物體衍生出來。

黑影的外形極爲詭異，像是由許多彎彎細細的枝條糾結在一塊，枝條上還散布著尖利小刺，乍看之下，幾乎要令人誤以爲黑影是黑色荊棘的聚合體。

而空無一人的客廳內，不會有誰發現這古怪黑影的存在。

進入林家大宅的黑影沒有停下來，不算快也不算慢地來到客廳中央。被三方走廊環繞於中的客廳，同樣也未曾引起黑影的逗留。

似乎感覺到自己此行的目標並不在一樓，黑影毫不猶豫地鎖定通往二樓的樓梯。黑影貼著梯面，一級一級地爬上去，又或者說，更像是一種向上的滑行。

越接近二樓，光線也越加明亮。雖然實際上，那依舊只能算是「微弱」的範圍，但已經能將黑影的全貌勾勒得一清二楚。

來到二樓走廊的漆黑影子，外形不僅僅是張牙舞爪，更透著一種不祥的感覺。

「ㄇ」字形的走廊上，房間的門是緊閉的，門縫下也沒有絲毫光線外溢出來，顯示著門後不是無人，就是房間的主人已陷入睡眠。

黑影靜靜地貼伏在木頭製的地板上，它停止移動。可就在下一秒，那形如荊棘的黑影驀然竄生出和房間數相同的枝條。

那些彎彎曲曲、上頭還分布著小刺的枝條，同時間朝各扇房門竄去。它們速度相當快，一下子就滑進門縫下。

用不了多久時間，那些竄出的荊棘狀黑影又全數收回至本體。

黑影毫不猶豫，直接向右側方向前進，來到一扇掛有小熊造型木牌的房門前，木牌上刻著兩個字——莓花。

黑影無聲滑入門縫下，當它順利進入房間之後，一下子就望見此行的目標。

房間裡其實是有點燈的，但可能壁燈光芒太弱，只夠籠罩床頭處，無法外溢至門縫外。

散發鵝黃光芒的壁燈底下，房內的床鋪上，有一名個頭嬌小的小女孩正抱著一隻小熊，側著身，柔軟的鬈髮散落至頰邊，雙眼緊閉地沉沉熟睡，一點也沒有發覺自己的房間遭到什麼樣的東西入侵了。

黑影全體此刻暴露在燈光下，緊接著，那片形如荊棘的黑影突然又有了變化。一瓣、兩瓣、三瓣……有不少花瓣從黑影下方浮上，彷彿那不是影子，而是一灘黑水。

花瓣色澤鮮紅嬌艷，甚至替房內帶來一絲淡淡香氣。那些艷紅的花瓣忽然無端地打了一個旋，飄飛至半空中。

眨眼之間，女子身形再次顯現出來，蔚藍的眼眸裡納入小女孩的身影。

她朝前踏出一步，再踏出一步，身後的黑影也跟著無聲移動。

陰影落至小女孩香甜的睡臉上，女子就站在床頭邊。

小女孩渾然不覺異樣地熟睡著。

漆黑的荊棘狀黑影從四面八方爬上床鋪，它們無聲地逼近小女孩。

女子終於慢慢地俯下身，蔚藍的眼裡是一片冰冷。

拾柒 荊棘之影

阿蘿揉揉眼睛，坐起了身體，忽然覺得口渴想喝水。

水……水……腦海裡全讓這個字侵佔，阿蘿掀開它的小棉被，爬出充當床鋪的竹籃子。

但可能是睡迷糊了，也可能是大半意識還留在夢境之國尚未贖回——它才剛和夢境國的國王進行一場賭博——阿蘿在爬出籃子的時候不小心重心不穩，失足跌了下去，不偏不倚地剛好呈大字形，砸在房間主人的臉上。

藍采和連眼睛都沒張開，只是下意識地伸出手，往自己臉上摸索，然後一把抓住趴在他臉上的人面蘿蔔，狠狠朝一個方向胡亂砸去。

感覺到臉部的壓迫感消失，他翻了一個身，繼續他終於變得又高又壯的美好夢境。

被狠狠扔出去的阿蘿撞到門板，發出「啪噠」一聲後，才貼著門掉落下來。它沒有發出任何悲鳴或是痛呼，也沒有因此睡意全消，也許是比起平日的呼巴掌或是被踩至腳底下，這對阿蘿來說一點也不算什麼。

阿蘿貼著門板坐在地上，它的腦袋開始一點一點地向下垂，連帶著頭頂上的綠色葉片也跟著晃動，垂呀垂地，那顆白色的腦袋猛然間一個彈震起來。

阿蘿晃晃腦袋，它迷迷糊糊地望了望四周，昏暗的房間內只看得見大概輪廓。它揉著眼睛站起來，想起自己是要去喝水。

雙眼裡仍然有著濃厚的睡意，有手有腳還有臉的人面蘿蔔跳起來，將門把順利扭開，接著搖搖晃晃地走出房外。

與房內的昏暗不同，走廊上有壁燈照明，淡黃燈光映著木地板，更增添了一絲溫暖感。不過阿蘿現在的注意力全放在「想喝水」這個念頭上，它拖著有點像是喝醉酒的不穩腳步在走廊上走著。

在阿蘿的腦海裡，既然想要喝水，就得去找有水的地方。所以它來到一扇半掩門前，將門推了開來，然後踏進去。

再然後，這根有手有腳還有臉的人面蘿蔔爬上馬桶，站在馬桶的座墊上，雙手伸高，儼然要擺出一個跳水姿勢——

「不對……這裡不是廚房……」

阿蘿似乎終於驚醒了，它東張西望，再往自己腳下瞧，盯著馬桶裡的水好半晌，才意識到它待的地方是廁所。

阿蘿手腳並用地爬下馬桶，它敲敲運轉得不是很順暢的腦袋，再次確認自己要去的地方是廚房後，拖著搖搖晃晃的腳步離開了廁所。

安靜無聲的走廊上，就只有一根頭頂葉片的人面蘿蔔迷迷糊糊地悠晃著。

阿蘿在走廊上像遊魂似地晃過來、晃過去，忽地它站定腳步，仰起頭，望著掛有小熊門牌的房間，它點點頭，心想這一定就是廚房沒錯。

沒有遲疑，阿蘿再次跳起，推門而入。

然後，它僵立在門口。

這瞬間，那雙細小眼睛裡的睡意消失得一乾二淨，並且瞪得又大又圓。

阿蘿的一手還搭在門邊，像是無法相信自己究竟看到了什麼。

房間裡，床頭旁，站著一名不屬於這間大宅寄宿者的女子。

女子擁有一頭華麗的金色長鬈髮，壁燈輝映下的容顏用「奢華」也不足以形容。這名艷美無比的女子似乎也沒有預料到房門竟會無預警開啓，一時停下了動作，怔立在原地。

阿蘿眨眨眼睛，再眨眨眼睛，眼前的景象還是沒有任何改變，這證明它不是在作夢。它是眞的看見一名金髮藍眸的女子站立在莓花床頭旁，身子微傾，手撫著對方的臉頰。

而莓花正被數條形如荊棘的黑影捲住了手腳，提至半空中。

莓花雙眼緊閉，她的嘴巴微微張開著，在她的嘴外，正浮著一顆桃紅色光球。

阿蘿這下子完全被嚇醒了，它彈跳起來，指著金髮女子尖叫出聲。

「茉茉茉茉茉茉薇！」

尖叫聲響徹整棟屋宅。

屋內其餘人都被驚醒了，但金髮女子沒想到的是，門口的那根人面蘿蔔除了指著她尖叫出聲，更喊出了她的名字。

她認識這根蘿蔔嗎？第一秒，這個念頭掠過了女子腦海。第二秒，她將目光徹底掃過那根有手有腳有臉、還長著腳毛的人面蘿蔔。第三秒，女子收回手，連帶地那些纏住莓花手腳的黑影也跟著縮了回來。

莓花跌回床鋪，桃紅色的光球滑入她嘴內，但她的雙眸仍然緊閉。

女子用手捂著唇角，美麗的眼內閃過嫌惡，「眞不敢相信，有這種醜陋的東西。」

「醜、醜陋？開什麼玩笑！俺可是數一數二的英俊蘿蔔啊！看看這葉子，看看這腳毛，分明就是具備著勇猛到不行的男子氣概！」

阿蘿氣急敗壞地大叫，但旋即又反應過來還有更重要的事。

「不對不對！茉薇妳爲什麼會在小姑娘的房間裡？而且俺的雷達……嗚喔喔喔，天殺的它又鬆脫了——噗！」

阿蘿的尖叫剎那後被迫中斷，因爲它被人一腳踩得扁扁的了。

「莓花！」

率先衝進來的是藍采和，渾然不知自己將自家蘿蔔踩成蘿蔔乾的他，一踏入房內，瞧清房內人影之際，不敢置信地瞪大眼，臉上淨是錯愕。

「茉薇？」

他才剛失聲喊出這個名字，門外又是兩抹人影趕到。

「莓花！」

「小莓花！茉……茉薇？」

趕來的人分別是川芎與何瓊，後者在望見房內的另一抹身影時，不禁愕然地喊了出來。

女子眼眸又回復成毫無波動的冷然，她知道自己今天的行動宣告失敗。在門前三人再喊出任何話之前，她飛快地推開窗，姣好的身形轉瞬間散成花瓣，融入地面上的黑影裡。

下一瞬，黑影如離弦之箭，迅雷不及掩耳地竄至窗外，轉眼便消失在夜色之中。

她逃逸的動作驚回藍采和的神智，他衝向大開的窗前，握住自己的乙太之卡，「小瓊，妳負責保護好哥哥和莓花！吾之名爲藍采和，現在要求解除乙殼封印！應許・承認！」

水藍色的光華充斥房間內，短短一瞬又消失無蹤。一身水藍錦衣的藍髮少年衝至窗前，沒有遲疑地躍出窗外，追著黑影的去向。

回復成眞身的藍采和並不像普通人會摔落至地，他以異常的輕巧和快速踩在地面上，不多停留一秒。他追出庭院外，路上卻是空空蕩蕩，連抹人影也沒有瞧見，更別說那形狀如同漆黑荊棘的影子了。

藍采和咬住下唇，他猶不死心，低聲唸出一個「疾」字，躍至圍牆上，在狹窄的牆頭上奔跑。他奔跑速度明明不是很快，可才不過一、兩個眨眼間，他已佇立在路口的圍牆上。

不論是縱向或橫向的道路上，依舊什麼也沒有，女子徹底消失。

藍髮藍眸的少年怔怔地站在牆頭，隨即他察覺到遠處有車輛接近，他連忙躍高身形，轉而落腳在更爲高聳的屋頂上。

那是一輛黑白相間的警車，車頂閃爍著紅藍光芒。

警車緩緩地自朝陽路行駛而過，坐在車內的員警不曾發覺到，一抹身影竟是晃也不晃地踩立在高高的屋頂上。

而即使站在高處，放眼望去，藍采和依然沒看見他亟欲尋找的女子。

「茉薇，爲什麼妳……」藍采和喃喃說道，他閉了下眼，當他再次睜開時，已待在林家大宅的屋頂上，下方是透出燈光的莓花房間。

擁有少年外貌的仙人沒有立刻下去，他雙手舉起，在胸前快速結了幾個奇特手印。接著他朝虛空一抓取，就在五指收緊時，他指間抓握著數條銀白和水藍交織的光絲。

另一端沒有受到束縛的光絲在夜空中飄舞，有種奇異的美麗。

藍采和就像是揮舞鞭子般地揮動光絲，他的手腕一使勁，數條光絲立刻在夜間甩出一道弧度。同時間，沒受到束縛的另一端，迅猛地延長再延長。

他鬆開手指，所有光絲頓時交錯在林家屋宅四周。

像張細密的網子，將之緊密地包圍住。

一般人類看不見的防護結界頓時完成了。

架設好結界後，藍采和袍袖一揮，身影隨即自屋頂上消失，轉而出現在莓花的房間裡。

「小藍！」何瓊是最先發現到藍采和的人。

瞧見少年朝她搖搖頭，同樣也恢復眞身姿態的少女刮刮臉頰，嘆口氣，粉紅的髮色和眼色染上漆黑，眉間的五瓣菱紋亦消失不見。

「沒追到，是嗎？」

何瓊望了也回復乙殼的同伴一眼，接著又轉頭看向正從川芎懷裡坐起，揉著眼睛，一臉迷迷糊糊，儼然不知道發生什麼事的莓花。

「爲什麼茉薇會出現在莓花房裡呢？」

「在弄清楚那個女人爲什麼會出現在我家莓花的房裡之前，」一道不悅、明顯強忍怒氣的男聲插入，「我比較想知道『茉薇』究竟是誰？你最好解、釋、清、楚了，藍采和。」

川芎眼神陰沉，臉色更是黑得嚇人。

藍采和不禁後退一步，「那個啊，你知道的，哥哥……茉薇她其實就是……」

「茉薇？就是？」莓花眨巴著眼睛，完全跟不上事態發展。

「就是啥啊？」川芎眉毛吊高，口氣越發凶惡，即使他的心裡已經隱約有底。

「就是采和的花。」

終於有人回答了這個問題。

只是，那聲音並不是出自藍采和，那道低沉的嗓音更不可能屬於何瓊或莓花。當然，也不會是阿蘿的——那根可憐的人面蘿蔔至今還扁平地黏在地板上，無人發現。

既然這聲音不是在場人擁有，那麼……川芎等人頓時轉向窗邊，也就是聲音的來源處。

這一看——

「靠、靠杯啦！景休你是啥時候……好痛！」藍采和的驚叫馬上又因為施加在臉頰兩端的力道，轉變成一聲痛呼。

「我說過多少次了，不是叫你別把髒話當語助詞嗎？剛剛罵髒話的就是這張嘴嗎？」黑髮黑眸的高大男人一臉嚴峻，雙手則是不客氣地拉扯藍采和的臉頰，待對方的雙頰都泛紅之後，他才鬆開手，轉頭看向林家兄妹。

「不好意思，這麼晚的時間來拜訪，倘若造成困擾，還請見諒。」

還是一身便利商店制服的曹景休低頭致歉。

川芎抱著猶然搞不清楚狀況的妹妹，看著有禮到一板一眼的曹景休。他覺得在這之前，他比較想知道的是——拜訪就拜訪，為什麼非得挑他妹妹房間的窗戶當入口啊！

走廊大燈被打開，接著客廳燈光亮起。一下子，林家大宅就從黑漆漆變成了燈火通明。

經過剛才的那場突發事故後，川芎等人也被擾弄得沒有睡意了，再加上曹景休的突然來訪，於是一群人乾脆移到客廳，商討今夜發生的事。當然，年齡尚幼的莓花則是留在房間，盡著乖小孩的責任，那就是乖乖睡覺。

以長桌為圓心，四周的長沙發及單人沙發，被三男一女外加一根被踩扁的蘿蔔佔領。

「好了，藍采和，你現在就說清楚是怎麼回事。」川芎一開口就切入主題，完全不給藍采和閃避的餘地。怕自己音量過大吵到二樓的莓花，他還努力克制著，不過聲音還是不可避免地流露出濃濃的不悅。

川芎會不高興也是正常的，畢竟不會有誰樂意見到自己寶貝妹妹的房間內，在大半夜出現一名非人類女子。

藍采和刮刮臉頰，露出了有點爲難的笑。

「哥哥，茉薇確實是我的花，但……」說到一半，藍采和的話就停了下來。不是他不願再繼續說下去，而是連他自己也無法明白，今夜究竟是怎麼回事。

爲什麼茉薇會出現在林家？爲什麼會出現在莓花的房間？爲什麼又什麼也不說地直接離開？這些，藍采和都沒辦法解釋。

「茉薇有些不對勁。」開口的人是曹景休，他表情嚴肅，「采和，你和你的植物是不是發生了什麼事？」

「怎麼可能會發生什麼事？」

藍采和反射性回答，可隨即地，他又輕蹙起眉頭，他想起鬼針當初的那番逼問。但他接著又搖搖頭，他根本對鬼針所說的那些事沒印象。

「啊啊，不可能會發生什麼事的……景休，爲什麼要這麼問？」

曹景休直盯著他，「因爲我曾遇上茉薇一次，前幾天的時候。她似乎是想對你們的朋友做什麼事，我指的是常來這裡的張小姐。」

張小姐？誰？起初川芎等人還反應不過來，但「常來這裡」的提示又立刻讓他們聯想到一個人名。

薔蜜！

「不可能！」藍采和站起來，控制不住地大叫出聲，不過馬上又驚覺到自己音量太大，捂住嘴巴，坐了下來，他對著曹景休搖頭，「不可能的，你明明也知道的，景休。茉薇絕不會無故對人出手，她是性子那般好的一位姑娘呀。」

「所以，我才說『有些』不對勁。」曹景休平靜回答。

「俺……俺也覺得茉薇不對勁……」

有道虛弱聲音插入，尚未從扁平回復正常的阿蘿，顫顫地舉起同樣被踩扁的小短手。

「夥伴、夥伴，茉薇見著俺，竟然說……竟然說『這麼醜陋的東西』！俺哪裡醜了？俺明明就是票選第一名的美蘿蔔呀！」

自信心受到打擊的人面蘿蔔捂臉噴淚。

「唔哇，這的確不像是茉薇。」何瓊說，「就算心裡這麼想，依茉薇的性子也不可能會當面說出來，這種事只有鬼針那傢伙才會做呢。」

阿蘿哭得更傷心了。

「不管怎樣，一定是有什麼誤會。」抓過身邊的抱枕，一把將阿蘿壓在底下，阻絕它的哭聲，藍采和環視面前眾人，「景休、小瓊，我想麻煩你們一件事，我想盡快找到茉薇。」

「也就是要我們幫忙尋找茉薇的下落嗎？」何瓊露出了笑，她的左手就像是變戲法，手腕一翻，一頂墨綠色高禮帽平空出現，被她戴上，「當然沒問題啦。」

「是同伴就別說什麼麻煩不麻煩的。」曹景休也站起來，他伸手揉揉藍采和的髮，表情嚴肅，但又有一絲溫和，「越快找到越好，對吧？」

「等……等等！你們該不會是現在要出門找吧？」注意到三名仙人的動作，川芎大吃一驚，「大半夜的？」

「我明天中午值班，所以無所謂。」曹景休說。

「唔，我本來就沒上班，當然也沒關係。」何瓊輕晃了下長髮。

「哎，就拜託哥哥明天放我假囉。」藍采和露齒一笑。

川芎瞪著那張笑臉，末了，他嘆口氣，揮揮手，表示隨便藍采和了。

「等等等等！還有俺！」阿蘿從抱枕下掙扎爬出，它使勁地挺起胸膛，「小藍夥伴要去，俺怎麼可能不去呢？噢，再等俺一下……真的一下就好！」

話才剛說完，阿蘿就一溜煙地衝到浴室裡，也不知道是要做什麼。

一會兒後，阿蘿提著一桶水跑出來，它將裝了一半水的橘色水桶放在地上，接著跳進去，讓身體泡在裡面。

川芎越來越不能理解，這根蘿蔔到底是想幹什麼了。

大約十秒過去，阿蘿從水桶裡跳出來。

「鏘鏘！俺準備好了！夥伴，咱們可以隨時準備出發啦！」如此大聲宣布的阿蘿，身體已經從扁平回復成原來的圓胖，簡直比海綿吸水膨脹還要快。

川芎已經連吐槽都懶了。

只是，雖然有三名仙人聯手搜尋豐陽市，但豐陽市畢竟不小，假使茉薇眞有心躲藏，要找出來也不是一件簡單的事。

最後尋找了一整夜，直至天色大亮，三名仙人終究是無功而返。

回到林家，藍采和直接把自己扔到沙發上，他的臉埋著，腦袋裡的思緒像是打了結，不知該從何解起。

同樣徹夜未眠、等候他們歸來的川芎則沒多問什麼，只是準備了一壺溫茶外加一些麵包，然後才回到自己房裡。

「下午我再替你找找吧，小藍，你別擔心。」何瓊摸摸同伴的腦袋，「我會問問看附近的小貓咪。」

「我也會幫你留意。」曹景休只坐一會兒又站起，他打算回去自己租的公寓休息，「采和、小瓊，你們先好好睡一覺，別太折騰自己的乙殼身體。」

「知道了，愛操心的保父。」藍采和抬起頭，眉眼彎成漂亮的弧度，他的眼裡有笑，接著重新撐起身體，「我送你吧，景休。」

「不用。」曹景休搖頭拒絕。

當他站在玄關穿鞋的時候，忽然想起了什麼，望向藍采和，「我會去當初見到茉薇的地方巡視一下，也許她會再次出現曾待過的地方也不一定。」

「曾待過的地方……」藍采和整個人坐了起來，這話似乎觸動他的記憶，「嘿，阿蘿，你記不記得我們曾經在……靠！不，我是說靠邊走……可惡，你竟然睡死了，怪不得剛剛一直沒聽見你的聲音。」

藍采和戳戳不知何時已呼呼大睡的人面蘿蔔，卻也不是眞的要把它弄醒，否則早就直接掐住，或是一腳踩下去了。

戳完睡得不醒人事的阿蘿，藍采和對兩名同伴說出他想到的事。

「我曾經在流浪者基地，就是薔蜜姊工作的公司，感應到我植物的氣息，或許那氣息就是茉薇的？如果眞的是她，那麼她可能……不，不太可能。」

他驀地放輕聲音，像是否定般地搖搖頭。

「茉薇不太可能會再出現的，因爲鬼針在那邊。他們兩人不對盤，幾乎到了水火不容的地步……而且明天是假日，薔蜜姊也不會在那的。」

拾捌 辦公室驚魂

明明是假日，但是位在某棟商業大樓七樓的流浪者基地，今天卻是亮著燈，和窗外的漆黑成了反比。在這種非上班的時間，還有三抹人影待在辦公室。

時鐘上的時針不知不覺中已經越過了「八」。

因爲只有三個人，平常總顯得有些擁擠的空間頓時寬敞不少。不過對於在假日加班的小說部成員來說，這完全不在他們注意的範圍內。

薔蜜坐在座位上，電腦螢幕發出的光芒將她的側臉勾勒得有種精緻的美感。鏡片後的眼眸專注盯視著螢幕上的聊天視窗，直到對方傳來一個肯定的答覆。

薔蜜輕呼一口氣，她移動滑鼠，將視窗關閉，登出LINE，再點向關機鍵。她回過頭，朝另外兩名同事交代自己的進度。

「我這裡沒問題了。」給人精明冷靜印象的她推推眼鏡，「我已經請羊子手上的作者們暫時先將稿子寄到我這邊來。」

「我這裡也沒問題了，畫家的封面由我幫忙代收。」坐在另一個螢幕前的阿魔抬起頭，比出ＯＫ的手勢。由於身旁都是同事，她也恢復原來的嗓音，不再是催稿模式的嬌嗲勾人。

「妳們沒問題，我有問題……」

第三位小說部成員發出有如瀕死般的呻吟，三人中唯一的男性，林輩，一臉悲憤之色。

「羊子病假不知道哪時能來上班，我們一起幫她分擔工作也就算了……但是但是，為什麼她的一校稿和二校稿都是由我來做！我明明手上就有八本小說的量了，但妳們卻只要收稿和收圖就好！要老子過勞死也不是這樣吧！」

幸好這時候公司沒有其他人，樓上樓下的公司也都放假休息，不會有人來抗議林輩的高分貝音量。

林輩的心裡眞是一個怨啊，一校和二校扔給他就算了，偏偏羊子的書有一堆都是這星期內要送印，他的兩名同事是眞的想要他過勞死嗎？

面對林輩的不滿，薔蜜只是將椅子調轉了方向，正面對他。

「林輩。」薔蜜的聲音很冷靜，沒有太多起伏，而她的眼神甚至是冷酷的，「因為手上作者天窗，結果完全無事可做的人是誰？」

「……是我。」林輩立刻沒了氣勢，他像是被霜打過的茄子，有氣無力地招認。

「還有任何想申訴的嗎？」薔蜜又問。

「不，拜託請讓我做吧，羊子的一校稿和二校稿請務必讓我來做！」林輩一反之前要死不活的樣子，他挺起背脊，正襟危坐。

「加油啊，林輩，我會寄一打蠻牛給你的。」阿魔拍拍林輩的肩膀，表現出僅有的一點同事愛，「還是要我半夜打電話替你打氣？」

「去死啦，老子才不想半夜接妳電話。」

林葦白了阿魔一眼，順便在心中偷偷豎起中指，他還不至於敢明目張膽地在薔蜜面前做，他對「廁所式溝通」敬謝不敏。

「我去泡杯咖啡，反正免費的咖啡不泡白不泡。」

「啊，我也要一杯。」阿魔再自然不過地舉起手，「奶油球一個半，糖記得幫我加多一點。」

「靠，要喝不會自己泡……」林葦嘀咕著，卻也沒拒絕。他將視線轉向他們小說部之首，像是在詢問對方要不要也來一杯。

薔蜜搖搖手，她不習慣在夜間喝含咖啡因的飲料。

將唯一的男性使喚去泡咖啡後，阿魔也關掉自己的電腦，她滑動著附有滾輪的椅子，來到薔蜜桌旁。

「莎莎姊，之前就想問妳了，這植物是去哪邊買的？」她看著螢幕邊的盆栽，覺得鬼針草弄成這樣也挺可愛的，「我也想買一盆來放我桌子上呢。」

說著，阿魔忍不住伸出手，想碰觸一下那株小巧可愛的鬼針草。它沒有開花，反而是種子結成了好幾顆尖狀小球，在視覺上相當吸引目光。

「等一下，阿魔。」薔蜜出聲想制止阿魔碰觸盆栽的舉動。畢竟鬼針雖然沉睡著，但誰也不知道這一摸，會不會惹得這株性子乖戾的植物甦醒，並且化出人形？

與此同時，鼻尖前忽然掠過一抹濃郁甜美的香氣。

等到薔蜜察覺到不對勁時已經來不及。她的四肢立即喪失了力氣，腦袋暈眩，眼前是一片開始扭曲的景致，而她的身邊，阿魔已然癱軟在地。

阿魔倒在地上，雙眼緊閉，似乎陷入了昏迷。

「阿魔……」薔蜜想要大喊同事的名字，但發出的聲音卻異常虛弱，聽不眞切，連她自己也不確定是否眞的有喊出來。

婉轉低柔的女聲依舊在喃唱《茉莉花》。

薔蜜的眼皮快要撐不住地闔上，她不願意就此失去意識，可心中卻不停有個聲音在軟聲誘哄，誘哄著只要睡了就能感到輕鬆。

憑靠最後的意志，薔蜜在身子滑下的同時，奮力抓住椅子上的包包，從裡面拿出手機。在變得模糊的視野中，她勉強辨認出通訊錄的位置，點進去一按。

然後，她再也支撐不住地昏了過去。

手機螢幕上，正在閃動著「川芎」兩字。

而在辦公室的牆壁上，形如荊棘的漆黑影子正張牙舞爪地攀附在上頭。

林輩一走出茶水間，見到的就是這幅景象。

辦公室的燈光依舊大亮，薔蜜和阿魔卻昏倒在地，鋪有淺灰地毯的地板上，還飄著數片花瓣。而在他正前方的牆壁上，如同荊棘狀的黑影已侵佔大片範圍。

林輩的眼睛因爲震驚而睜得老大，他手上端的兩杯咖啡也因爲這嚇人的一幕，駭得自雙手中脫落、砸在地上，濺了一地的碎片和咖啡。

濃烈的咖啡香和不知何時充斥滿室的甜美香氣混雜在一塊，反倒成了一股怪異的氣味。

但林輩現在可沒心情去管味道，他張嘴，呆然地看著出現在牆壁上的詭異黑影。他的雙腳就像生了根，一時竟無法動彈。

是驀然響起的呼喊聲驚回林輩的神智。

「薔蜜？薔蜜，怎麼了？薔蜜？」

那聲音……是川芎的！林輩幾乎要跳起來，他一下子就發現薔蜜手邊的手機。顧不得地上的一片狼藉，他三步併作兩步地衝上前，手忙腳亂地將手機撿起。

可是，也不知是否太緊張，林輩撿起手機的同時，竟錯手按下了切斷通話的紅色按鍵。

「喂，川芎，我是林輩！我們這裡……喂喂喂，幹！」林輩喊了半天，才發覺通話早已斷線，他氣得脫口罵出髒話。他本來還想再次撥打，然而牆壁上的荊棘狀黑影卻顯然不肯給他機會。

壁上的黑影開始動了。

優美婉約的女聲在偌大的辦公室裡輕哼著歌。

「好一朵美麗的茉莉花，好一朵美麗的茉莉花……」

起初，林翟還以爲是薔蜜的手機又響起，他連忙低下頭，手機螢幕上卻是一片黑，並沒有任何人打電話過來。

「不是我跟莎莎姊的，當然就是你的嘛！你的手機鈴聲怎麼會用《茉莉花》啊？」

阿魔稍早前喊的話，再次在林翟腦中浮現。

茉莉花？

茉莉花！

難不成阿魔她們剛剛聽到的，就是這個？

「芬芳美麗滿枝枒，又香又白人人誇……」

彷彿未察林翟青白交錯的臉色，那道低柔的女性嗓音依舊自顧自地哼唱著。而那些荊棘狀的黑影就像受到歌聲驅使，無聲地爬下壁面、滑過桌面，然後繼續朝林翟一路逼近。

如同活物般的黑影眼看就要逼至林翟腳下。

林翟發出慘叫，總算記得自己這時候應該逃跑。他沒有忘記帶上薔蜜的手機，驚恐無比地朝這間辦公室的唯一出口衝去。

會發出嘎吱聲的玻璃門扇卻在林翟即將到抵達的剎那間，猛地自左右兩側關上。於是，可供數人通過的通道瞬間閉闔起來，將裡外隔成了兩個世界。

任憑林翟再怎麼拉動門把，或是再如何推擠門扇，貼有「流浪者基地」五個大字的玻璃大門說不動就是不動。

「幹！這種鳥劇情不是應該只在三流恐怖電影中出現嗎……」林輩冷汗涔涔，隨即又像是想起什麼，猛然回過身。

林輩的表情除了扭曲，還眞找不出其他字彙來形容。

黑影不發出一絲聲響地貼伏在地板上，像是蓄勢待發的猛獸，而林輩顯然就是那被盯上的可憐獵物。

身後無路，情急之下，林輩只好抓過離自己最近的椅子，使勁朝黑影砸去。

林輩不敢奢望椅子能對黑影造成什麼傷害，畢竟又有什麼東西能夠眞正傷到影子呢？

椅子在地板上砸出了稱得上劇烈的聲響，黑影像是受到驚嚇，反射性縮回數條荊棘狀的部分。但那也僅僅是一瞬間。

發覺林輩已趁機爬上桌子並從另一端跳下，黑影停頓了下，改變方向，飛快追上。

林輩當然也察覺到了，他幾乎是尖叫著逃跑。

在沒得選擇的情況下，林輩只能衝進最裡側的廁所。他氣喘吁吁，頸後和背後早已讓冷汗浸濕一片。他一雙眼急急掃過空間不算大的廁所，當然他沒有將牆上的窗戶列入逃生選項，他可沒有自信能從七樓躍下還不重傷。

林輩最後選擇了最靠牆的一個隔間，他慌張地將門鎖上，再用半蹲的姿勢蹲在坐式馬桶上，就怕自己的雙腳會讓人從門縫看到。

可以聽見歌聲越來越靠近廁所。

但或許是篤定獵物絕不可能逃脫，歌聲的接近是緩慢的。

林輩看不見外頭情況，也不敢將門開出一條縫隙。他手指有些發抖地點開手機的通話記錄，然後在裡面找到川芎的手機號碼。

對方接起手機的速度比林輩想像的還要快。

「喂，薔蜜！妳剛剛是……」川芎的聲音清晰地傳來。

林輩沒有讓川芎說完整句話，他按捺不住心中的驚慌，拉高了聲音。

「川芎，我是林輩！我們這裡出事了！莎莎姊和阿魔都昏倒了，有歌聲跟奇怪的黑影……幹！老子不會解釋！總之你快來流浪者基……」

「基」之後突然沒了聲音。

林輩發現頭頂上的日光燈忽然變暗不少，他維持蹲在馬桶上的姿勢，緊緊地抓著手機，手心滲出大量冷汗，他慢慢地抬起頭，直到他的雙眼可以完全瞧見天花板。

日光燈並沒有壞。

林輩的眼睛瞪得大大的，他的嘴巴也張得大大的。

荊棘狀的大片黑影正從門板上方的空間探進來，居高臨下地，像在俯視下方的林輩。

林輩只來得及發出一聲尖叫，他的眼中倒映出黑影俯衝而下的光景。

下一刻，小小的空間內，只剩下川芎的聲音響起。

「林輩？怎麼了，林輩？喂！林輩！」

「林輩！」

川芎對著手機的另一端大叫。但無論他怎麼喊，回應他的都是死寂般的靜默。

吊扇在天花板上轉動，發出細微的嗡嗡聲，就像是在呼應手機裡的安靜。

川芎握緊手機，他的臉色轉成鐵青。

事實上，川芎接到第一通無聲電話是在快八點半的時候，手機螢幕上顯示出薔蜜的名字。只是按下通話鍵不久，另一端就主動地切斷通話，連聲回應也沒有。

原本川芎還以爲是薔蜜不小心按到自己的號碼，才會說也不說地掛掉。可是在五分鐘之後，他的手機又響起了，同樣還是顯示薔蜜的名字。

川芎沒有想到，打來的人會是林輩，更沒想到的是，他是用著驚慌失措的語氣，喊出令人不敢相信的事。

薔蜜和阿魔在公司昏倒了。

出現了奇怪的黑影和歌聲。

然後，就連林輩也無預警地斷了通訊。

「哥哥？」下午和阿蘿跑去外邊搜尋未果，正趴在沙發上休息的藍采和抬起頭，他也聽見手機裡傳來了林輩的那聲尖叫。

不僅僅是藍采和，應該說，待在客廳中的所有人都聽見了。

莓花緊緊抱著咖啡色小熊，大大的眼睛裡有著驚慌，但更多的是擔憂。

阿蘿在聽聞那聲尖叫之後，突然跳下沙發，拔腿朝二樓衝去。

留在客廳裡的少年和小女孩，全都注視著川芎。

川芎瞪著已沒有聲音的手機一會兒，低咒一聲，由自己掛掉了這場已沒通訊人的電話。

「該死的，那邊到底是出了什麼事！」他一邊罵，一邊抓起沙發上的外套穿上，撈起桌上的鑰匙，大步衝向玄關，「莓花，妳和藍采和乖乖待在家裡，哥哥出去一趟，記得不能隨便亂跑，有事就打手機給……」

話說到一半，穿鞋也穿到一半的川芎忽然頓住句子，他身邊多了道人影，有人也正坐在玄關穿起了鞋子。

川芎神情不悅，凶惡的目光瞪向應該要留在家裡陪莓花的藍采和。

像是未覺身旁之人的瞪視，藍采和很快穿好鞋，站了起來。

「哥哥，你還沒好嗎？不是要快點趕過去？」藍采和問。

「你在搞什麼鬼？要趕過去的人是我才對，你給我乖乖地留在家裡！」川芎直接搥了藍采和的腦袋一記。

「痛痛痛……」藍采和捂著腦袋哀叫，那模樣看起來倒有些可憐兮兮，「可是，哥哥，那應該不是什麼正常的東西在作怪……我去的話，多少能幫得上忙啊。」

說老實話，川芎也覺得出現在流浪者基地裡的，有極大可能是非人類。帶著身為八仙之一的藍采和確實比較保險，但他又無法讓寶貝妹妹獨自留在家裡；可若帶她一同前往，又怕會遭遇什麼危險。

川芎頓時陷入了兩難。

「葛格，莓花會一個人乖乖待在家裡，不會亂跑。」莓花踩著小熊拖鞋，啪噠啪噠地跑過來。

「要是川芎大人擔心的話，還有俺可以保護小姑娘啊！」從二樓跑下來的阿蘿擠到玄關前，它將竹籃交給藍采和，「小藍夥伴，這是你的法寶，乙太之卡有記得帶在身上吧？」

「啊。」藍采和摸了摸口袋，確定東西還在裡面，「放心好了，這次絕不會像上次那樣。」

藍采和口中的「上次」，指的就是鬼針大鬧林家那時。緊急之刻，能夠解除乙殼限制的乙太之卡卻被藍采和遺忘在籃子裡，因此衍生出更多風波。

有了上次的教訓，現在的藍采和再也不敢將那張外形是國民身分證的卡片亂扔，隨時帶在身上。畢竟要是沒解除乙殼的限制，就算他身為仙人，也和尋常人類沒什麼兩樣。

瞧見川芎臉上仍有猶豫，阿蘿更加地挺起胸膛，「你就放一百八十個心吧，川芎大人。先別說這屋子已經有小藍夥伴的結界在保護，俺也絕對是說到做到，絕對不會讓小姑娘少一根寒毛的！俺可是擁有搶救人質一級證照的專業蘿蔔啊！」

……那是什麼證照啊？應該說，我家莓花哪時成為人質須要搶救了？川芎在心裡默默吐槽。

「不然，再加上我一起保護小妹妹，你們覺得怎樣？」一道男人的聲音說。

突如其來的聲音嚇了川芎等人一跳，他們連忙轉頭望去。

「靠……靠邊走啦。」藍采和好不容易才將脫口而出的髒話轉了一個彎，「大叔，你是什麼時候站在阿蘿前面的啊？」

原來開口的人，是林家房客之一的中年幽靈，只是因爲存在感眞的太薄弱，所以在他說話之前，沒人發現他就站在阿蘿前面。

「我我我……我從一開始就在的啊……」穿著花襯衫的中年幽靈一臉受傷，他看起來就像是要哭出來了，「就在林川芎接起手機的時候……」

有嗎，哥哥？藍采和用眼神無聲詢問。

見鬼，我根本就沒注意到。川芎用眼神無聲回答。

不過，現在並不是去在意中年幽靈會不會因此心靈受創的時候。衡量了下情況，川芎最後決定將莓花交給一根人面蘿蔔和一名幽靈大叔保護。

雖然還是有點不放心，但薔蜜他們的狀況也同樣令人擔憂。

匆匆交代幾句，再用力抱了下莓花，川芎這才拉著藍采和趕往流浪者基地所在的大樓。

拾玖 編輯部的薔薇花

夜間的大樓，總是給人一種更加壓迫的感覺。

高聳的建築物在夜色籠罩下，彷彿是個正在靜靜閉目休眠的大活物。

川芎和藍采和站在大樓外，仰頭向上望去。這棟商業大樓入夜時分大部分樓層都不會透出燈光。

一整排幾乎都暗著的窗戶中，幾扇透出燈光的窗戶便格外顯眼了，從下往上數，還能知道那是屬於七樓的窗戶。

而七樓，同時也是「流浪者基地」的所在位置。

從大樓外觀看，很難看出裡面究竟發生什麼事，抑或是有什麼異樣。所以川芎和藍采和對望一眼，立即衝進大樓內。

櫃台後的管理員還記得他們，因此在川芎扔下一句「出版社有事找我」後，就直接讓兩人通過，渾然不覺有哪裡不對勁。

光看管理員的模樣，川芎就猜得出來，對方一定不知道七樓發生了什麼。

換句話說，那「東西」可能還留在七樓，也可能早已從他處離去。

「等等，我們從樓梯。」一把抓住藍采和欲按向電梯鍵的手，川芎拽著人直接跑進安全門。

「咦？可是在七樓呢，哥哥。」藍采和吃了一驚。

「閉嘴，電梯最容易在緊急時候故障，恐怖電影都是這樣演的！」

雖然現在並不是什麼電影情節，但之前在自家地下室都能被幽靈追了，川芎寧願處處小心謹慎點。

「而且才七樓而已，這時就該展現你的男子氣概出來！難道你的男子氣概只是裝飾……該死的，藍采和！你別把別人的樓梯扶手拆一截下來！」

最後面幾句，川芎是用氣聲氣急敗壞地嚷著，就怕樓梯間回音太大，讓樓下的管理員發覺到騷動趕來關切，進而發現藍采和竟像是扭麻花條一樣，將一截樓梯扶手扭了下來。

「哎，我只是想讓哥哥知道一下，我的男子氣概絕不是什麼他媽的裝飾品呢。」手裡抓著一截金屬扶手，膚色偏蒼白的少年瞇起彎彎如弦月的眼，異常純真地笑著。

「……行了，我知道了，你的男子氣概根本是多到滿溢出來了。」川芎瞪了藍采和一眼，語氣聽起來絲毫不像在認真讚美。

不過被瞪的藍采和卻是一點也不在意，他喜孜孜地笑了起來，本就秀淨的眉眼變得格外柔軟。看樣子，他很喜歡川芎的這份讚美詞。

可以說，川芎是越來越懂得這名年輕仙人的性子，輕易安撫完對方後，他跨出腳步，大步朝七樓奔去。

將被自己扭下的樓梯扶手塞到牆邊，藍采和也立刻尾隨於後。

七樓的距離說長不長，說短也不算短，快速奔跑的情況下，還是能讓人氣喘吁吁。

川芎就是跑到氣喘吁吁的那一個。

好不容易到達目的地，川芎踩上最後一階，抓住安全門上的把手，彎著腰，忍不住大口大口地喘氣。剛剛的一番激烈運動，讓他覺得自己的肺像是正被火焚燒，熱得快要爆炸了。

而從眼角餘光望過去，落後他一步的藍采和也追了上來。

外表給人弱不禁風感的少年，卻是連大氣也沒喘一個，最多是呼吸比平常急促一些。由此看來，他的體力和他的外表呈現了極大的反差。

不只是外表和體力呈反差，還有那一發起飆來等級和暴風沒什麼兩樣的性子……川芎一邊努力調整呼吸，一邊想著。藍采和估計是他見過外在和內在差最多的人了。

——不過，也不讓人討厭就是。

「哥哥，你還好嗎？」不知道川芎此刻所想，藍采和有絲擔心地問。

「還輪不到你這小鬼來擔心。」川芎的呼吸比方才緩和許多，他直起背脊道，「我們走吧！」

擔憂薔蜜等人的安危，川芎不再浪費時間，拔腿就朝流浪者基地的辦公室衝去。

只是，不論川芎或藍采和都沒想到，他們的步伐會在數秒後被迫停下。

嚴格來說，並不是出現了什麼阻擋兩人的去路，不讓他們踏進辦公室。

事實上，流浪者基地的玻璃門大大地敞開，就像是在歡迎任何人進入。

然而他們兩人卻有志一同地停下，並露出複雜又微妙的表情。

他們沉默半晌，然後，藍采和再認眞不過地率先開口。

「太好了，哥哥。」藍采和拍拍川芎的肩膀，後者的眉毛此刻像是打了好幾個結，「幸好小莓花沒跟來呢，否則讓她看到這種公然猥褻物，我怕會影響到她的心靈發展哪。」

就在敞開的玻璃門前，倒著一名川芎和藍采和都認識的年輕男性。

那是林輩。

半裸，嘴巴貼上膠帶，而且還被人用繩子綁成龜甲縛的編輯，林輩。

當膠帶被人一把扯下時，林輩痛得倒抽一口氣，一張臉更是隨之扭曲。

不過他還來不及發出任何咒罵，就感覺到原先被束縛的四肢一鬆，隨即有件外套劈頭罩下。

膠帶和繩子都是藍采和弄開的，尤其是繩子，是他直接徒手扯斷；至於外套，則是川芎隨便從一張椅子上抓來的。

「你先把外套穿上，不然讓人撞見了，還以爲你有什麼特殊嗜好。」川芎皺著眉說，「我可不想讓我也被牽連誤會。」

「開玩笑，老子要玩也是找一個火辣辣的超級大美女。」林輩朝川芎豎起一記中指，他的聲音聽起來有些啞，這可能跟他之前一直在尖叫有關。

辦公室裡的燈還亮著，川芎等人毫無困難地進入其中。沒有不明的存在，沒有異常的景象，三排座位整齊排列，七樓相當安靜，唯一能聽見的就只有他們幾人的談話聲。

幫忙將林蜚從龜甲縛中解脫出來後，顧不得先詢問究竟發生什麼事，川芎和藍采和在望見昏倒於地的兩抹身影後，立刻朝她們奔去。

是阿魔和薔蜜！

兩名女性雙眼緊閉、呼吸平穩，但無論怎麼叫，或是怎麼搖晃，她們連點反應都沒有。

「薔蜜！張薔蜜！」川芎撐起友人，不死心地又喊了幾次，「妳最愛的大叔出現了，薔蜜！」

薔蜜還是一動也不動，就連眼睫毛也沒眨動一下。

「可惡！」川芎恨恨地罵了一聲，緊接著，他忽然想起藍采和明明將鬼針交給薔蜜作爲防身用了，可是擺在薔蜜桌上的鬼針草盆栽至今卻是毫無動靜。

正當川芎打算質問藍采和怎麼一回事之際，他又驀然發現到，藍采和似乎自地上撿起什麼，視線無比專注，包括唇畔的微笑亦微微地隱沒。

「藍采和，那是……」川芎瞧見那物體是一片豔紅色的花瓣，腦海中瞬間有什麼被觸動，只是他的問句才吐出一半，就被驟然響起的異樣聲打斷。

「什、什麼？」已經飽受驚嚇的林蜚頓時嚇得跳起來。

那聲音難以形容，川芎甚至說不出有什麼聲響跟它類似，只覺得異常沉悶，異常地教人心生不安。

藍采和卻是臉色一變，他捏緊了在薔蜜身旁發現的花瓣，急忙四處尋找聲音來源。下一秒，他動作迅速地朝窗戶衝去。

那聲音正是從窗外傳進來的。

川芎和林輩見狀，也趕緊衝至窗邊，然後這兩名男人全被眼前的畫面駭得不禁張大了嘴。

饒是已經見識過諸多超現實事物的川芎，也掩飾不住錯愕之色。

大樓外，竟然自地面竄起無數粗壯異常的荊棘。它們交叉纏繞，飛快地向上再向上，不到幾個眨眼時間，便已將整棟大樓團團包圍住。

從七樓窗口望出去，如今只能瞧見一片長著尖刺的暗綠色，荊棘將景物全隔絕在外了。

原本普通的商業大樓，霎時成爲一座荊棘之塔。

藍采和是三人當中反應最快的一位。

「鬼針！」他發出一聲略尖的叫喊，「立刻把大樓外和一樓內的空間扭曲！」

幾乎話聲方落，擺在薔蜜桌上的鬼針草盆栽就發生變化。

那變化快得連林輩都來不及眨上一次眼，等到他反應過來，桌上的盆栽早已化成一股黑霧，鑽入地板下，消失得不見蹤影。

藍采和的聲音突然在林翡耳邊響起。

「對不起了，林翡先生。」

對不起什麼？林翡心裡剛閃過這個念頭，頓覺頸側傳來一股疼痛，接著眼前一黑，意識宣告中斷。

「我是不得已才這樣做的，你要相信我哪，哥哥。」一掌擊昏林翡的藍采和認真說道：「畢竟這些事情還是不要讓其他人見到比較好。」

「所以，這跟你叫鬼針把空間扭曲有關嗎？」川芎倒是不在意林翡被弄暈一事，他直接挑了他想知道的重點問。

「你知道的嘛，哥哥，鬼針的能力是扭曲空間。我請他對外面跟一樓的空間動了手腳，這樣外面的人就會覺得這棟大樓和平常一樣，而一樓的管理員先生也不會感到不對勁。」藍采和刮刮臉頰，解釋道：「不過時間也沒辦法拖太久……啊，他回來了。」

川芎和藍采和前方空地驀然滲出一點黑色。那抹黑立即擴大，剎那間便已蔓延至整間辦公室，無論是牆壁或是地板，都被這片黑色侵佔。

而最初滲出黑點的位置，則是迅速隆起，一下子就塑形成一抹高瘦人影。下一瞬間，全然的漆黑褪去，其餘顏色刷上了這抹人影。

一名黑髮白膚、眼神陰冷的男人，就佇立在川芎他們面前。

「已經弄好了。」無視川芎的存在，鬼針看著藍采和說道，他的聲音還是一樣低沉、陰冷。

川芎不確定是不是自己的錯覺，鬼針的臉色好像比他初次見到時更蒼白許多。不過那雙細長眼眸裡的狠戾，倒是沒有因此減少半分。

「整棟大樓的範圍對鬼針來說，負荷太重了。」藍采和小聲說，沒讓鬼針聽見，自己植物的高傲性子他最了解。

川芎這才想起來，藍采和確實曾經提過，鬼針能扭曲的空間，正常來說只有他們家的大小，現在則是一口氣要負擔數倍以上。

「接下來的二十七分內就拜託你了，鬼針。」

藍采和露出溫和的微笑，墨黑的眼眸瞇起。

「不過在這之前，我有件事想先問問呢。為什麼薔蜜姊出事時，你沒有出手幫忙？」

「你忘記你說過的嗎？『雖然這傢伙還在睡，不過感覺到有什麼危險時，應該也是會醒過來的』。」鬼針一挑眉，傲慢地睨視回去，「是那女人有危險，又不是我有危險，我為什麼要醒來出手幫忙？」

不等藍采和回答，鬼針又瞥視一下窗外，那給人薄涼感覺的嘴唇泛出冷笑。

「茉薇那傢伙好像有點不對勁，你最好當心一點，藍采和。如果你不希望我不顧這棟大樓的空間，出手幫你，你就多注意自己的安全。有必要的話，直接拿你旁邊的人類來擋也無所謂。」

語畢，這名像是用蒼白和漆黑堆砌出來的男人，又崩化成一團黑霧，沒入地板下，侵佔牆壁和地板的黑色也一併被帶走。

「……藍采和。」沉默一會兒，川芎先開口了，「你家植物的個性眞不是普通差勁。」

「對不起，哥哥，我回去後一定會好好調教他的。」藍采和羞愧地說，連他都覺得自家植物的個性有夠差。

「行了，隨便你回去要對他怎樣。我現在只有一個問題問你，你給我老實回答。」川芎的雙眼緊盯著藍采和，一字一字地問道：「那個『茉薇』，和出現在我家莓花房間裡的茉薇，該不會是同一個人吧？」

「呃……」沒想到川芎直接就攻向問題重點，藍采和猶豫一下，才小小聲地回答。

「你知道的，哥哥……呃，就是她沒錯啦。」

靜謐在藍采和與川芎之間，瀰漫了大約幾秒鐘的時間。

瞄見川芎緊抿著唇，腰側的雙手捏成拳狀，肩膀似乎還微微地顫抖，心知事情不妙的藍采和退了一步、兩步、三步。

就在他心驚膽跳地準備踏出第四步，就見川芎抬起頭，自唇縫間擠出陰惻惻的聲音。

「藍、采、和，弄了半天……」

下一秒，那聲音拔高成如雷大吼，朝著藍采和當頭劈下。

「結果那些發生在豐陽市的不明昏迷事件還是跟你有關嘛混帳！你這做主人的到底在搞什麼？沒事幹嘛放著你的植物在外惹事生非！」

「嗚啊啊，哥哥你別生氣啦……」藍采和縮著肩膀，哭喪著臉，「我真的不知道爲什麼茉薇會對一般人類出手，那根本就不像是她會做的事啊……」

「藍采和，你老實說，你是不是像鬼針說過的，對你的植物做了什麼令人髮指的事？」川芎抓著藍采和的肩膀，語氣凶惡地問。

雖然一開始他也覺得鬼針的指控不過是胡言亂語，可是在發生一連串事情之後，他忍不住都要懷疑起來。

藍采和先是一怔，隨即差點跳起來。

「等等、等等！我根本就什麼事也沒做啊！明明是他們……哥哥小心！」

藍采和忽然掠過一抹緊張之色，在川芎還沒有反應過來的時候，已捉住他的手臂，使勁地將他朝旁邊一拉。

川芎只覺得自己的手險些要被拉得脫臼。

「靠！藍采和你就不能稍微控制你的怪……見鬼了！那又是什麼玩意？」

原本的咒罵轉成一聲大叫，川芎望見原本什麼也沒有的壁面上，靠近天花板的角落，不知道什麼時候攀附著大片黑影。

那黑影的形狀，就像是長著刺的荊棘。

不給川芎思考的餘裕，又見一條黑影飛快竄出，目標明顯就是川芎和藍采和。

「茉薇妳快住手！」藍采和驚險躲至桌後，他連忙探出頭，朝牆上黑影大喊，「哥哥他不是什麼危險人物，別攻擊他！」

「喂喂！」跟著躲到後面的川芎緊緊皺起眉毛，「不要說得好像只有我是目標而已！」

「哎？可是茉薇的脾氣好，人也好，對我更是好。」藍采和眨了眨眼睛，那無辜的表情像是在反問「別傻了，哥哥，我怎麼可能會是目標嘛」。

這表情令川芎只想狠狠地捏住藍采和的臉，他沒眞的動手的原因，並不是他突然心軟，而是前方驀地飄下許多花瓣。

如同一場艷麗的花之雨。

色澤艷紅的花瓣不停飄下，一片一片地落至地面，並且堆疊再堆疊。

下一瞬間，那些花瓣就像被一陣無形氣流捲起，它們在半空飛快地打著旋。就在這旋動之間，一抹高挑姣好的身影隨之浮現。

當所有花瓣消失無蹤，出現在川芎他們眼前的，是一名美艷非凡的女性。

華麗的金色長鬈髮，稱得上是奢華的美貌，一雙湛藍眼睛如同最高級的寶石，凹凸有致的完美身材包裹在衣下。而這名女子此刻不言不語，僅是拿一雙美眸直直地注視川芎和藍采和，更令人覺得，她彷若是一尊精美的西洋人偶。

「她就是……茉薇嗎？」川芎愣怔一下，雖然上次曾見過，但現在他才眞正地將對方的容貌觀看詳細，「喂，藍采和，這一次是你的什麼植物？荊棘？」

「是薔薇花。」

藍采和對川芎說完後站了起來，他的上半身露在桌子外，向前方女性綻露出笑顏，淺淺的酒窩浮在頰邊，眉毛彎起。

「茉薇，妳怎麼會出現在這裡？還有妳上次究竟是……」

藍采和的微笑忽然凍住。

藍采和的眼裡充滿錯愕和難以相信。

因爲那名金髮藍眸的美艷女性竟面無表情地舉起手，纖白五指握住一條墨綠的荊棘。

接下來，荊棘居然淩空朝藍采和他們劈頭揮下。

「快閃開啊，笨蛋！」川芎一把扯住藍采和，將他猛力向下拉，避開堪稱驚險的一擊。

藍采和大腦一片空白，他記憶中的茉薇直爽、熱情奔放，怎麼都不可能像此刻般面無表情，更不用說出手攻擊自己。

「這就是你說的脾氣好、人也好，對你更是好？」川芎揚高眉毛，眼裡有強烈的質疑。

「靠杯，當然不是！」腦中的空白只是一瞬，藍采和很快又尋回思考能力，「不管怎樣，有件事我非常確定，哥哥。」

「什麼事？」

「先、逃、再、說。」

堅定地吐出四個字之後，他立即抓住川芎，在荊棘二度襲來之前，毫不猶豫地直衝流浪者基地的大門。

「等等！薔蜜他們呢？」川芎急忙拉住藍采和的手臂。

「放心好了，哥哥，薔蜜姊她們不會有危險。至於林輩先生，茉薇只喜歡漂亮可愛的女性。」藍采和又將川芎手臂一拉，隨即高聲呼喊，「鬼針，幫我扭曲七樓辦公室門口！」

就在川芎跟著藍采和跑出大門，鞋子踏至地板的一瞬間，身後的雙開式玻璃門已然消失不見，變成上方亮著綠色標誌的安全門矗立在那。

川芎微微地喘氣，他回頭看了下後方，接著再望向前方。雖然一樣是走廊，但這裡並不是他們原先待的七樓。

「我們跑到五樓了？」

川芎來過這棟大樓多次，多少記得其他公司的位置，因此一見右側廣告公司的招牌，便認出目前他們所在樓層。

「鬼針那傢伙個性差勁歸差勁，能力還真的挺方便的。」

「我也這麼覺得呢。」藍采和完全不否認「鬼針個性差勁」這件事，他也朝四周張望一下，確認茉薇並沒有追來的跡象，也許她還留在七樓，也許她追出後就到了另一個樓層。

他放鬆似地吐出一口氣，心裡同時也明白一件事，「雖然不知道是怎麼回事，但確實就像鬼針和景休說的……」

令，人類對我來說可一點也不重要。」

藍采和直接將最後一句話屏蔽掉，同時也決定回去後要將這自我中心的傢伙好好調教一頓，順便宣導川芎他們的重要性。

「藍采和？」

「不，沒事，哥哥，我們換從這邊！」

迅速地拉回神智，藍采和腳步一轉，改奔向電梯。

隨著上樓鍵被按下，上方面板的數字也快速跳動，一、二、三、四、五，「叮」的一聲，電梯門向兩側滑開。

身後的歌聲也越漸逼近。

沒有猶豫，藍采和立刻拉著川芎跑進電梯裡。荊棘狀的黑影已經竄過來，迅猛地便要襲上川芎尚未踏入的右腳。

眼看就要成功纏住的剎那，川芎右腳千鈞一髮地踏入電梯裡，電梯門也隨之完全閉闔。

明明身邊還殘留著電梯門關上時發出的「叮」一聲，然而眼前景象，卻全然不是狹窄的梯廂，而是向前延伸的走廊。

日光燈在頭頂上發亮著，牆壁上鑲著一個突出的立體數字，9。

是九樓。

川芎和藍采和成功脫離了五樓。

「接下來得靠我們自力救濟了，哥哥。」藍采和吐出一口氣，「鬼針那傢伙快分不出多餘的力氣來幫我們了。」

「所謂的自力救濟，就是找到某人不見的乙太之卡，讓某人變身吧？」川芎瞪了「某人」一眼。

「別這麼說嘛。」藍采和露出無辜的笑，「你知道的，哥哥，其實也不是……」

藍采和忽然中斷剩下的話語，他睜大著眼，對視上川芎。

川芎也是一臉驚訝，他看著藍采和，從對方眼中確認到，那不是幻聽。

他們兩人都聽見了第三人的聲音，不過卻不是茉薇低柔的嗓音，而是更爲熟悉，即便此刻含有擔心、卻依然嬌俏悅耳的——

「小藍、小藍，呼叫小藍！收到請回答。」

藍采和吃了一驚，他趕忙尋找聲音來源，卻沒想到聲音是從他褲子口袋裡透出的。

當一朵包著透明袋子的粉紅小花被拿出來時，那道清脆的少女嗓音頓時越發清晰地在川芎他們耳邊響起。

「我和阿景就在大樓外，小藍，我們要怎麼進去？」

川芎與藍采和幾乎是不敢置信地對望一眼，在彼此眼中瞧見欣喜，他們忍不住異口同聲地大叫：

「小瓊！」

貳拾 援兵到來

「小藍要我們前往七樓和他們會合，他會叫鬼針打開一條裂縫讓我們進去。」

聽完花朵另一端傳來的訊息，一身墨綠西裝的少女用銀鈴般的嗓音複述給身旁的男人。她手中抓著一頂墨綠高禮帽，一雙勾揚如貓兒眼的大大眼眸此刻正倒映出面前的大樓。

高聳的建築物在夜空下，看不出任何異樣。

這名少女便是八仙中的唯一女性——何瓊。

何瓊會在此時此刻來到流浪者基地所在的大樓前，並不是什麼偶然。

就在川芎和藍采和離開家中不久，這名少女也回來了，並且立刻從莓花和阿蘿口中得知流浪者基地的辦公室有不尋常的事情發生，似乎還有人遭到攻擊。

於是，她不敢有所遲疑，馬上奔至巷外的便利商店，尋求正在值班的曹景休能夠一同前往。

這也是現在站在何瓊身邊的高大男人，爲什麼會是穿著便利商店制服的原因。

「哎呀哎呀，眞是傷腦筋呢。」將通訊用的花朵塞回口袋，何瓊微甩了下長長的雙馬尾，任憑髮絲在夜風中飄動，「這下子的確有點棘手了，畢竟茉薇的實力在小藍的植物當中可是數一數二的。」

「茉薇眞的不太對勁。」曹景休淡淡地說，那張嚴峻面孔上看不出太多情緒，他的雙眼正直直地注視大樓，「若是平常的她，斷然不會攻擊人，更不用說是對自己的主人出手。」

「沒錯，照理說茉薇不可能攻擊小藍的。因爲茉薇啊，可是個熱愛小藍的好女人呢。」

何瓊忽然瞧見有道奇異的蒼白裂縫就在他們面前迸開，彷彿被平空撕出一條猙獰傷疤。

「啊啊，小藍到底是發生了什麼事？他和他的植物又是……他什麼都不說，眞的很過分呢，阿景。」

「那麼，等事情結束之後，我再打他一頓屁股吧。」

曹景休看著裂縫越裂越大，直到能容納一個人進出，他沒有遲疑，邁出步伐。

「現在，該去幫幫那個還是不太懂得依靠他人的笨蛋同伴了。」

「啊啦，沒錯呢。」將高禮帽輕巧戴上，一身墨綠西裝的少女敏捷地躍入裂縫中，長長的雙馬尾在身後一甩一甩。

夜空下，看不出絲毫異樣的商業大樓依舊靜靜矗立在原處，像是閉目沉眠的巨大生物。

當裂縫在曹景休與何瓊身後完全密合的瞬間，兩人眼前所展開的，是一樓大廳的景象。

光可鑑人的大理石地板朝前伸展，挑高的拱形天花板上掛著球形吊燈，左側的櫃台後還坐著一名管理員。可管理員好似不曾發覺到男人與少女的存在，視線完全沒有瞥過來，甚至是制止他們的前行。

這是因爲在鬼針的力量之下，管理員周遭的空間已遭受扭曲，他不會發現曹景休他們的存在，也不會注意到樓上是否有什麼騷動。在他眼中，一切就和往常無異。

曹景休與何瓊對視一眼，兩人同時邁出步伐，目標是這棟大樓的七樓！

他們快步在樓梯間奔跑，將數級階梯當成一階跨過，他們計算著自己跑過的樓層，急促的腳步聲在樓梯間震得凌亂作響。

先是二樓，再來是三樓，接著是四樓、五樓、六樓。

薄薄的乙太之卡滑出何瓊袖口，細白的五指將之一把握住，七彩流光在那張外觀是身分證的卡片上流轉。

擁有長長雙馬尾和一對貓兒般大眼的少女，在下一秒解除了自身乙殼的限制。

「吾之名爲何瓊。」

當嬌俏清脆的少女嗓音逸出嘴唇，同一時間，另一道低沉的男人聲音亦震動著空氣。

「吾之名爲曹景休。」

少女和男人的聲音疊合在一起，雙雙震盪出了波紋。

「現在要求解除乙殼封印！應許・承認！」

可容納兩人通行的樓梯間，瞬間激發出兩種不同色澤的光芒。柔軟的粉紅色及剛硬的銀灰色，轉眼又化成光點，光點如同流水，飛快地攀爬上它們主人的軀體。

灰髮灰瞳的男人和粉紅髮色的少女繼續朝前奔跑。

通往七樓的樓梯口就在眼前。

但是，卻有大片荊棘狀黑影盤踞在安全門上方。它們貼著天花板，極力伸展漆黑的枝條，長有小刺的枝條彎曲蔓延，迅雷不及掩耳地從安全門擴散開來。一個眨眼，竟延伸至何瓊與曹景休的頭頂。

「萬花歸六！」

眉心間踞有五瓣粉色菱紋的少女，一甩手中細長的柳葉刀，頓時就見名爲「紅蝶」的刀身散成六道光團，光團隨即又幻化成六柄細薄的長刀快速脫出，長長的粉紅髮絲正隨同她的奔跑不住飄揚。

脫出主人掌控的六柄長刀就像是被加諸意志在上，它們朝著六個方向散開，目標全是攀附在天花板上的荊棘狀黑影。

接連六次的「篤、篤」聲撞擊入耳裡，六柄長刀深深地刺入天花板。有三柄落了空，但仍有三柄在黑影抽離之前，搶先一步釘住其末端。滾有粉色紋路的刀鋒折閃出冷澈的鋒芒。

彷彿可以聽見樓梯間響起了尖叫。

不過這並不代表受創的黑影失去行動力，登時，又見數條荊棘狀的枝條自旁竄出，扯下了長刀，隨即便迅速向七樓走廊逃竄而去。

黑影滑行的速度很快，一下子就來到流浪者基地的大門前，緊接著出現一陣旋風般的花瓣，屬於女性的形體刹那間便取代花瓣，佇立在大門前。

黑影馬上融入她的腳下，與她融為一體，使得原先充滿美感的影子頓時擴張成一片張牙舞爪。

「別逃，茉薇！」少女的嗓音自後追上。

眼神冰冷又空洞的美艷女子回頭望了一眼，隨即提起裙襬，奔入門戶大敞的辦公室裡。

但沒料到她這一奔入，撞入眼內的赫然是兩張浮露驚愕的臉孔。

那是……

藍采和與川芎！

流浪者基地的辦公室內，擁有少年姿態的仙人呆望著出現在門口的茉薇，他根本沒想到，本體是薔薇花的女性，竟會如此快就找到他們。他們也才剛回到七樓不到五分鐘，只來得及將薔蜜等人先搬入會客室，開始找遺落的乙太之卡而已。

「靠杯啦，我的乙太之卡都還沒找到，茉薇妳怎麼這麼快就出現了？」

藍采和維持著蹲跪在地的姿勢，膝蓋和手掌都還貼著地面，竹籃子掛在手肘，蒼白秀淨的面孔上全是不敢置信，他忍不住哀叫出聲。

「最起碼再多等個十分鐘嘛！」

「你吵死了！那女人要是會聽你的話，我們剛剛還用得著逃得那麼辛苦嗎？」負責找第二排座位的川芎罵道：「重點是現在該怎麼辦！」

「怎麼辦？哥哥，就算你問我……」說到一半的藍采和驀地睜大眼，但不是因爲他聽見何瓊叫喊的聲音。

「茉薇！川芎大哥……還有小藍？」

也不是因爲那抹像是染著春天氣息的粉紅色身影，終於現身在流浪者基地的門外。

藍采和的視線筆直地落至某一點，有一張薄薄的身分證就在桌腳下，露出的一角剛好是貼有照片的部分。

照片上，膚色偏蒼白的少年，正露出一抹純良無害的微笑。

那是藍采和在尋找的乙太之卡！

「在那裡！」他不由得大喊一聲，手腳並用地爬起來，朝著那方向奮力衝去。

但是但是，同時有所動作的人還有茉薇。

金髮藍眸的美艷女性瞇細了眼，鮮紅嘴唇微抿，卻透出一股冰冷。她的眼神就像是一把銳利的冰之矢，手臂揚起，張開的手指在下一秒握住荊棘做成的墨綠長鞭。

藍采和極力地伸長手臂，乙太之卡就在可觸及之處。

茉薇追了過去，長鞭破空揮下。

「藍采和！」川芎駭叫。

「小藍！萬花歸——！」

何瓊的話語倏然中斷，手中的柳葉刀忘記分化成光團，她的眼角邊驀然有什麼掠了過去。因爲速度實在太快，等到她定睛一看，發現那原來是一抹人影時，那人已越過茉薇，阻擋在她與藍采和之間。

揮下的荊棘之鞭瞬間被一柄巨大彎刀生生架住，彼此碰撞出驚人的氣勢，空氣中像是有銀白靜電遊走。

而兩把武器不僅僅是擦撞的氣勢驚人，就連反震回去的力道也同樣激烈。這點，從茉薇不由自主後退一大步的模樣就能看出。

相較於茉薇的後退，曹景休則是眼神冷峻，高大的身形如山一般動也不動，散發出懾人的威壓。

川芎在這時候才有時間詳細打量曹景休。他忍不住吃驚地張著嘴，這是他見到的第三位解除乙殼限制的仙人。

與藍采和、何瓊偏向柔和的色系完全不一樣，這名男人一身銀灰戰甲，腳踩同色戰靴。光是看著，便覺得有一股強大威勢直逼而來，壓得人有些喘不過氣。而在男人的左頰上，烙著三道同樣銀灰色的爪印，乍看下給人猙獰的感覺，頓時更增添了難以言喻的悍然魄力。

曹景休眼瞳嚴厲冷峻，透出如同金屬般的銀灰色。

假使是一般人站在這名男人面前，想必會被震懾得無法動彈，甚至喪失反抗心。

可是，現在站在曹景休面前的不是一般人，她是茉薇，是藍采和的植物當中，實力數一數二的薔薇花。並且不知因何緣故，還將自己以外的存在皆視爲敵人。

既然是敵人，就該消滅！

被震退一步的茉薇依然面無表情，那雙湛藍的眸子卻是越發冷酷，彷彿結了一層無法融解的冰霜。她不言不語，手臂飛快地又是一個揚動，荊棘之鞭再次襲出。這次，是朝著彎刀捲去，似乎想將之纏捆住，限制它的行動。

墨綠色長鞭眼看就要逼至刀前，就在曹景休欲將其斬斷的剎那間，竟又有一條綠影橫空逼近。

第二條荊棘之鞭完全不給人機會，它飛快鑽繞過空隙，轉眼便縛緊在曹景休的右腕上。尖利小刺雖刺不進腕上的銀灰護甲，可終究箝制住曹景休的動作。

只是，維持不到數秒，一股無形氣勁就將右腕上的荊棘震得支離破碎。

曹景休的眼神給人能吞噬一切的魄力感。

他同樣不打算給茉薇丁點空隙，在右腕獲得自由的同時，那柄巨大彎刀已迅雷不及掩耳地斬斷了另一條荊棘之鞭。

當墨綠色的荊棘緩緩飄落於地，茉薇已再度有了動作，在她的腦海中彷彿沒有「止戰」這個念頭，有的只是「消滅敵人」這一指令。

茉薇腳下一踩，一開始，待在她後方、由何瓊負責保護的川芎，並未發現什麼異樣，在他看來，茉薇僅是握住由荊棘製成的長鞭，一動也不動地佇立原地，雙足之下的影子則是越擴越大……

等等！越擴越大？川芎一驚，他看見茉薇腳下的黑影已脫離原來的人形，逐漸扭曲變形。

「小瓊，當心茉薇的影子！」川芎急促地拉高聲音。

一直將注意力放在茉微手中長鞭的何瓊，一聽川芎叫喊，連忙反射性低頭向下看。這一看，她的俏臉頓時繃緊，粉紅的眼瞳內更是掠過一抹緊張。

茉薇腳下的影子用著讓人難以想像的速度擴張膨脹，當何瓊低頭向下望的時候，茉薇的影子突出了地面，從薄薄的一片變成具體的隆起物，然後分裂成眾多彎彎曲曲的枝條，上頭還分布著尖利的小刺。

宛若漆黑荊棘的龐大黑影，就這麼張牙舞爪地立在茉薇背後，而金髮藍眸的她，就像是受到荊棘守護的公主。

而下一瞬間，這些擁有實體的黑色荊棘向四面八方疾射而出！

曹景休立刻提刀阻擋，他聽見有人低喊「景休，幫我拖時間」，那是藍釆和的聲音。

灰瞳躍上嚴凜，曹景休知道自己會幫藍釆和做到。

另一邊的何瓊亦不敢有所遲疑，她的身後還有著川芎，那是和他們仙人截然不同的人類。她明白曹景休現在抽不了身幫她，所以她更不能讓川芎有絲毫損傷。

她的手指隨著心念一動，柳葉刀也一個振動，不到眨眼間，就化成十道光團。光團幾乎在成形的同時又化成了十把薄利的長刀。

粉紅色澤的眼眸一瞇，就像是感應到主人的意志，十把長刀飛快向著十個不同方位脫出，它們的目標分別是十條漆黑荊棘。

然而對方數量太多，即使長刀成功刺穿荊棘，將之釘在天花板或地板上，但馬上就會竄來其他荊棘扯開長刀。

與此同時，未受到束縛的荊棘亦沒有放過攻擊的機會，它們在少女射出長刀的那瞬間，以著雷霆般的速度，俯衝向來不及做出防備的少女。

這一幕讓川芎腦子猛然一熱，他什麼都沒想，又好像是什麼都無法想，身體反射性地採取行動，打算將何瓊拉至身後。

「不行啊！哥哥！」

有誰在慌張大叫。

「茉薇對女孩子最多是讓她們沉睡而已！要是你擋在前面，茉薇會把你的衣服剝光！就像林輩先生那樣啊！而且說不定會弄上龜甲縛呀！」

這短短的一瞬間，川芎幾乎是把能想到的髒話，都在心裡對藍采和罵上了。

他×的！這種事情你是不會早點說嗎？

雖然腦海裡同時掠過林輩光著上半身、還被繩子纏成龜甲縛的丟臉模樣，但是伸出的手終究還是沒有縮回。川芎整個人豁出去了。開什麼玩笑，喜歡的女孩子的安全最重要，這時候誰管他媽的丟不丟臉了！

川芎護在何瓊身前，他閉上眼睛，準備迎接可能打擊他男人自尊心的攻擊。

可是，那些黑影卻遲遲沒有落下來。

感覺到不對勁，甚至是過分的安靜，川芎慢慢地扭過頭，他看見黑影還在半空中，就像是無法動彈地僵住。

無數銀白光絲縱橫交錯在辦公室裡，將所有黑影全都束纏住。

在日光燈的照耀下，假使不仔細看，根本很難察覺這些光絲的存在。

金髮藍眸的美艷女子也因爲這突來的變異而一怔，那雙冰冷無情的湛藍眼眸第一次浮現出怔然般的情緒。

不過很快地，川芎注意到茉薇的怔然，並不是因爲她操控的黑影被剝奪了行動力，而是因爲那名自曹景休身後走出的藍髮少年。

那是解除乙殼限制，回復眞身姿態的藍采和。

「太好了，總算趕上了啊……萬一眞的讓哥哥被剝光的話，我可沒臉面對小莓花了。」

藍髮藍眸的少年吐出一口氣，十指間纏著數也數不清的銀白光絲。這些絲線的一端繫在手指上，另一端則是繫在那些無法動彈的荊棘狀黑影。

「雖然花了點時間準備，但幸好沒讓茉薇發現。」

湛藍眼眸中的怔然轉成了劇烈的波動，茉薇身體一震，腦海中像是有什麼掠過。

那是什麼……那是……是敵人！

藍眸中的劇烈波動瞬間又凍成冰冷，誰也沒有想到茉薇竟會無預警一動，她張開手指，掌心間迅速又是一條荊棘之鞭浮現。

「小藍！」

「藍采和！」

墨綠色的荊棘抽向藍采和，可就在揮出的那一瞬間，茉薇的手指像是被一股連她自己也不知道的力量拉扯住，荊棘長鞭硬生生地頓了一會兒。

抓緊茉薇遲疑的剎那，曹景休手臂又動，原本遊走刀身周圍的銀白靜電猛然加劇，彷彿能聽到彼此摩擦的劈啪聲。森冷刀鋒瞬間斬斷荊棘之鞭，緊接著高高提起，又是一刀再斬！

「破魔・式！」

只見刀身刺入的卻不是茉薇的身體，而是迅烈地沒進她腳下的影子裡。同一時間，一陣銀光呈同心圓般放射而出，立時向著四周掃蕩出去。

突來的銀光令川芎反射性閉上眼，待他再睜開眼睛時，見到的是茉薇彷彿被剝奪力氣般跪坐在地。

曹景休俯視茉薇的眼神，依舊是無比的嚴峻剛硬。

「爲什麼要傷害妳的主人？」曹景休沉聲質問，「藍采和不是妳發誓效忠的主人嗎？」

「藍采和……主人……」茉薇機械般吐出句子，她的雙眼仍被空洞佔領。然而下一瞬，那對湛藍瞳孔猛然收縮，越過了曹景休，死死盯住自他身後走出的藍髮少年。

藍采和在茉薇身前蹲下，他輕輕地握住她的一隻手，將之貼覆在頰邊。他微笑起來，淺淺的酒窩浮現，一雙水藍眼眸彎彎細細，如同夜空中的柔和弦月。

「茉薇，我是采和啊，妳不記得我了嗎？」他柔聲說，右眼下的水藍焰紋彷彿妖麗地流轉起來。

藍眸內的空洞瞬間被痛苦取代。

「采和……藍采和……」茉薇突然抽回手，她抱著頭，美艷的面龐上全是痛苦，有更多更多的東西湧進她的腦中，「誰……不對，他是……他是……」

「茉薇！」藍采和焦灼地喊。

那道聲音就像是催化劑一樣。

茉薇看起來更加痛苦，她緊緊地抱著頭，唇間逸出呻吟，整張臉都刷上了蒼白。

「我是茉薇，我是茉薇……住口住口，你別吵……」

金髮藍眸的女子像是在跟什麼對抗，她手指縮緊，額角沁出冷汗。

「不准命令我……我說過了不准命令我！藍采和是我發誓要獻上忠誠與愛情的唯一主人——」

茉薇使勁地尖叫出聲。

與此同時，她體內突然迸出一圈白光，那燦白的光芒太過刺眼，即便是藍采和等人，也不禁下意識地別過臉。

於是誰都沒有看到，一隻像是刺青、附在茉薇頸後的青色蝴蝶，宛若遭到震飛般脫離那片雪白肌膚的畫面，蝴蝶眨眼間就被白光消融得一乾二淨。

白光消失，偌大的辦公室回復了原先的亮度，窗外也不見荊棘蹤影，一切都恢復正常。跪坐在地的茉薇大口大口地喘氣，豐滿的胸部跟著劇烈起伏。可是，那雙藍眼睛裡，已不再有任何空洞，反而是被茫然和困惑取代。

「奇怪，這裡是？我怎麼了？爲什麼我會……」茉薇的喃喃自語倏地中斷，她仰著臉，怔怔地望著站在她面前的藍髮少年，「采和？」

茉薇眨眨眼，像是要確認般地再眨眨眼，緊接著，她的眼中綻放出巨大無比的驚喜。

「采和！」

茉薇迅速地站起來，她看起來就像是要朝藍采和飛撲過去。可她彷彿又想起什麼，硬是煞住腳步，她低下頭，拍拍自己的衣裙，不知道從哪裡變出一面小鏡子。她對著鏡子攏攏頭髮、撥撥劉海，確定臉上沒有髒污後，才欣喜萬分地一把朝藍采和撲抱過去。

「采和！」

茉薇身材高挑，個子比藍采和還要再高上一個頭，於是她這一抱，頓時使得後者的臉陷入她柔軟高聳的雙峰之中。

川芎看著不住揮動手臂掙扎的藍采和，忍不住思索，倘若純粹以男性的觀點來看，這到底是幸福……還是一種酷刑？

「啊，曹景休大人！何瓊大人！」

茉薇一邊死命抱著藍采和，一邊吃驚地望著曹景休與何瓊。她注意到這裡的環境並不是熟悉的天界，也不是她生長的籃中界。

「為什麼連你們也……這裡是人界，對吧？我記得我離開籃中界來到人間，然後……」

「然後妳再不放手的話，藍采和就要被妳那大而無用的胸部弄到窒息而死了。」

隨著一道陰冷男聲的出現，被茉薇緊緊抱住的藍采和也讓這道聲音的主人一把扯過。

終於獲得解放的藍采和連忙吸取新鮮空氣，他剛剛差點就要窒息了。

「啊啊？你羨慕我有這麼好的身材就直說啊！」茉薇立刻挑高美麗的眉毛，睨著站在她身前的蒼白男人，「像你這種看起來白得像鬼，脾氣還差勁無比的男人，鬼針，怪不得采和最疼愛的植物不是你！」

「妳閉嘴！」蒼白到幾乎看不見血色的鬼針瞇細眼，眼中有著恐怖的戾氣，「鬼才會羨慕妳那兩顆無用的裝飾物！」

「你說什麼？你有膽就再給我說一次！」

「怎麼？聽力不好嗎？要我再說十次也可以！」

一旁的川芎沉默，這種爭風吃醋的戲碼是怎麼回事？藍采和的植物未免太有個性了吧？

眼見明明都是成年人的鬼針和茉薇就要陷入極度幼稚的低次元爭吵，制止這一切的，是藍采和忍無可忍的大吼。

「你們兩個通通給我閉嘴！哥哥、小瓊、景休都還在這裡，你們這樣像什麼話！」

這聲大吼，不論是茉薇還是鬼針，眞的都乖乖閉上嘴巴了。

「呼……靠杯啦，鬼針，不要以爲我看不出來你累到快趴掉了。回復完空間後就滾回籃中界待著，有意見等休息完後再講。不聽話，小心我ＳＭ你。」藍采和又露出人畜無害的微笑，眼眸笑得彎彎的，只是眼中可沒半點笑意。

站在一側的曹景休則是因爲聽見兒童不宜的字詞，登時決定晚點要以監護人的身分，好好地訓斥藍采和一頓。

鬼針彷彿鬧彆扭般別過臉，冷哼一聲。不過他還是將大樓的所有空間都回復原狀，旋即化成一道黑色箭矢，竄入藍采和的竹籃子裡。

解決完一邊後，藍采和又望向茉薇，他的笑容還是一樣純良。

「那些昏迷的人們就拜託妳了，茉薇。等妳將他們的『夢』還回去之後，再麻煩妳抹掉他們當時的記憶，然後妳就先回到籃中界好好睡一覺。我知道妳其實很累了，等妳休養完畢，我們再來好好談一談，好嗎？」

茉薇一手置於胸前，一手提起裙襬，彎下腰，欠身行一個禮。

她說：

「遵命，我的主人。」

林川芎快忍無可忍了。

他深深地吸氣吐氣，發現這樣對安撫情緒一點用處也沒有之後，他終於徹底爆發了。

「藍、采、和！」

石破天驚的怒吼幾乎快變成慣例，再一次於林家大宅內響起，聲音從一樓到二樓都聽得一清二楚。

「這他媽的又是怎麼回事！」

「哇哇哇！哥哥，是又發生了什麼事？」

隨著慌慌張張的喊叫，少年的身影自廚房中鑽了出來。正在努力練習煎蛋，腰上繫著圍裙，手裡還握著鍋鏟的黑髮少年，就連似水柔軟的眼內也是一片驚慌。

跟著少年鑽出的，還有同樣圍裙打扮的阿蘿，差別在於它沒有拿鍋鏟，而且它的圍裙下是全裸的。

「是啊，川芎同學，我想你是太大驚小怪了一點。」

吼聲落下後，來林家作客兼催稿的薔蜜也隨之放開捂著莓花耳朵的手。她交疊起雙腿，姿態優雅地坐在沙發上，面前還擺了一杯冒著熱氣的現泡紅茶。

「嘿，你再大叫一次的話，我會把你小時候的丟臉事都公開出來。」

有個自小就認識的青梅竹馬，就是這點令人討厭。川芎瞪了交情將近二十年的好友一眼，他克制著音量，但他還是咬牙切齒地指向方才令他爆發的光景。

「你還問我發生什麼事？你是沒看到嗎？為什麼這兩個傢伙會跑出來？而且還是這德、性！」

就在川芎所比的方向，正平空飄浮著……總之以人類眼光來看，實在很難定論的生物。他們的外貌和人類沒什麼兩樣，甚至容姿遠勝一般人類的標準。問題是他們的體型，卻僅僅比一名成年男性的手掌再高出那麼一丁點而已；而他們的長相——一男一女——都和鬼針及茉薇一模一樣。

更大的問題是，迷你版的鬼針和茉薇，這兩人正在客廳的角落，大、打、出、手。即使黑針和黑色荊棘都變成迷你版的，卻不代表它們失去了作為武器的殺傷力，牆上和地板多了不少小小的坑洞或裂痕。

這一看，藍采和的臉色也變黑了。他看著那些損壞的地方，想起自己帳單上的地下室牆壁、廁所門、房間門……玉帝在上，他不想再增加賠償清單了！

「住手住手！」

藍采和連忙丟下鍋鏟，一個箭步衝上前，介入這兩株打得如火如荼的植物中間，迅速地一手各捉住一個。

「茉薇還有鬼針，你們兩個統統都給我住手！」

迷你型的戰爭終於中止。

「你們兩個……」

藍采和對兩人變成迷你版沒有感到驚訝，他只是挑高了眉，向來愛笑的臉孔有些板起。

「都因爲力量使用過度變成這樣了，爲什麼還不好好地在籃中界休養，非要跑到外面來你打我、我打你的？」

「是這白痴女人的錯。」鬼針說。

「是這愚蠢男人的錯。」茉薇說。

「反正全部都是他的錯！」

「反正全部都是她的錯！」

鬼針和茉薇異口同聲地相互指責。

靠，超幼稚的。川芎開始在心裡同情起做主人的藍采和了。

而一發現對方竟然指著自己，從來就沒有對盤過的鬼針和茉薇，瞬間又掀起了新一輪的針鋒相對。

「明明就是你的錯，是男人就乾脆一點承認！就算你死不認錯，采和對你的寵愛程度也只會越來越低而已。噢，我忘了，是本來就很低了。」

「我聽妳放屁！妳以爲自己有高到哪裡去嗎？像妳這種隨時會害藍采和窒息的無腦女人，才是最應該滾到天涯海角的！」

爭吵進入白熱化的兩人都沒有發現，抓著他們的藍采和笑得越發柔和，額角的青筋同時也越迸越多，眼眸裡更是笑意全無。

嗅到風雨欲來的危險氣味，阿蘿趕忙牽起莓花的小手，將她帶到二樓。它有預感，小藍夥伴就要發飆了。

果然就在莓花被帶離一樓後，十、九、八、七、六、五、四、三、二——一。

「統統給我閉嘴，再多囉嗦一句，他×的小心老子把你們都扔到籃子裡埋了！」

藍采和陰惻惻的嗓音就像是來自極地冰原，搭配上他毫無笑意的雙眼，頓時讓兩名植物噤下聲音，閉上嘴巴。

客廳裡重新恢復寧靜。

「不好意思，哥哥，我現在就押著他們回籃中界。」藍采和又露出平日的純真笑臉。

待藍采和上樓，坐在沙發上的薔蜜這才站起。她伸手拍上川芎的肩膀，她說，「多保重，川芎同學，看樣子你們家以後會很熱鬧了。」

「得了吧，張薔蜜，妳乾脆說雞飛狗跳算了……」川芎無力地垮下肩。老天，他現在開始後悔收留藍采和了。

八仙、植物……川芎已經可以預想得到，這個家在未來會有多、熱、鬧！

《裏八仙　卷一》完

番外壹·一名好幫傭的首要工作

這是藍采和和何仙姑入住林家不久時發生的事。

身爲一名幫傭，藍采和要做的事包含準備三餐，以及打掃家中各處。但在做上述這些事之前，他還有一件更重要的事要做，那就是——

負責叫這個家中的所有人起床。

噢，已經回到地下室乖乖待著的幽靈約翰，並不在藍采和的工作範圍內。而且因爲對方的存在感實在太過薄弱，藍采和這時候根本就不記得還有這號人物的存在。

扣除掉地下室的幽靈，以及藍采和房中的兩株植物，這個家中的所有成員，包括藍采和在內，目前是四人。

其中的兩人自然是這個家的眞正主人，川芎和莓花兩兄妹。而剩下的最後一人，則是因爲擔心藍采和而下凡，同屬八仙之一的何瓊。

只不過，不論是藍采和或何瓊，現在都是以等同於人類軀體的乙殼姿態在這裡生活著。所有仙人的能力皆遭到封印，若不解除乙殼，便無法使用。

「唔嗯，要先叫哥哥起床，還是先叫小莓花呢？」梳洗完畢的藍采和離開房間，來到走廊上。

從一樓和二樓都安安靜靜的情況來看，不難猜測其餘成員都還在睡夢中。

而從藍采和的選項中，就可以發現何瓊是直接被屏除在選項之外。因爲某種原因，藍采和其實不想去把身爲自己同伴的少女叫起。

只要一想到叫醒對方後會發生的事，饒是這名總是面帶微笑的秀淨少年，也不禁感到頭皮一陣發麻。

藍采和很快就決定好先叫莓花起床，他來到莓花的房間前，伸手在門上敲了敲，過了半晌都等不到回應後，才將門把旋開，推門而入。

「莓花？」藍采和輕聲地喊，怕太大的音量會驚嚇到林家的么女。

沒有拉上窗簾的房間相當明亮，雖說才早上八點，但時序已進入夏季，所以耀眼的金色陽光從窗外入侵到了這個粉色調的空間中。

渾然不知自己最喜歡的小藍葛格已經來到房內，莓花正在床鋪中央甜甜地睡著。

那抹嬌小的身影是側睡，身體蜷縮成蝦米狀，握成拳的左手置在臉頰旁邊，右手則是緊緊地抱住名爲「漢妮拔」的咖啡色小熊。

薄薄的涼被讓莓花踢到床角去，大半都滑至地面，只剩一截還可憐兮兮地掛在床緣。而穿在莓花身上的小熊睡衣，上衣部分有一大截翻捲起來，剛好露出她白嫩的小肚子。

「唔啊，這樣睡覺容易著涼的呀……」

瞧見莓花的睡相，藍采和那彎彎細細的眉毛忍不住微蹙起來，心裡盤算著，最好還是請川芎買那種連身的睡衣，這樣就不怕睡覺時會露出肚子了。

「畢竟莓花是女孩子，總不能學景休用的那招，將人連被子一塊緊緊地綁住哪……不過那招眞的讓人很難睡耶混帳。」

仍舊未察覺到藍采和已來到床前，今年準備升上幼稚園大班的莓花繼續幸福地沉睡著，粉嫩的臉蛋上還漾著一抹甜甜的笑，顯然正作著什麼美夢。

「小藍葛格……」

小女孩突然夢囈了一聲。

「莓花喜歡你……」

莓花現在正夢到她的小藍葛格像莉莉安一樣華麗變身，然後英勇無比地打跑眼睛會射出雷射光的白色大狗。再然後，她終於鼓起勇氣，向小藍葛格大聲告白。

沒想到，卻眞的有一道含帶笑意的嗓音落下。

「哎，莓花要是乖乖起床的話，我會更喜歡妳唷。」

聲音就在莓花的耳邊，眞眞切切地落了下來。

莓花頓時睜開一雙圓圓的眸子，同時間映入眼中的，赫然是在夢中出現的秀淨面龐。

黑髮黑眼的少年正睇著他彎彎如夜空弦月的眼睛，露出一抹微笑。

咦？咦咦咦？莓花的腦袋一開始是空白的，她眨巴了幾下眼睛，前方彎身看著自己的少年身影還是沒有消失。於是她又再眨了幾下眼，耳邊還聽見對方喊了一聲「莓花」。

下一刹那，莓花總算醒悟到面前的並不是什麼夢中幻象，而是貨眞價實的「小藍葛格」。下一瞬間，那雙圓滾滾的眼眸瞪得更大，鮮艷的紅色迅雷不及掩耳地在那張稚嫩臉蛋上轟地炸開，只差頭頂沒跟著冒煙。

莓花登時滿臉通紅，像是鮮紅欲滴的紅蘋果。

「小小小……小藍葛格？」莓花整個人都清醒過來了，她結結巴巴地嚷，「爲、爲什麼小藍葛格會……嗚！」

結巴的叫嚷驀然又拔高成一聲驚叫，莓花想起自己剛睡醒，還沒刷牙洗臉，也還沒梳頭髮把自己弄得漂漂亮亮。可是這種一點也不像小淑女的模樣，卻讓她最喜歡的小藍葛格全部看到了。

藍采和正被莓花突來的驚叫嚇一跳，緊接著，只見那抹嬌小身影飛快地爬起，拉過掉落床下的棉被，將自己連那隻咖啡色的小熊一同密密實實地裹起來。

於是床鋪上出現了一團像是小山的隆起物。

「莓花？」雖然覺得那團隆起物看起來還是很可愛，但藍采和卻不由得擔心起來，這乖巧害羞的小女孩是不是發生什麼事了，「莓花？」

好一會兒過後，那團隆起物底下傳來窸窸窣窣的蠕動聲，隨即棉被邊緣被掀起，莓花探出一顆小腦袋，面龐仍留著尚未褪去的緋紅。

「那個啊，那個啊……」莓花聲音細若蚊蚋地說，大大的眼睛向上瞅著藍采和，「小藍葛格可不可以先出去？莓花想要換衣服，小妮也要梳頭髮和綁蝴蝶結。」

既然小女生都這麼說了，完全沒發現對方真正心思的藍采和當然是微笑地點頭，離開房間時不忘將房門關上。

接下來的第二個目的地，是林家目前的一家之主，也就是川芎的房間。

「希望哥哥不要有起床氣才好哪。」似乎是間接地聯想到什麼，外貌是少年姿態的仙人忍不住打個哆嗦。

抱持著謹慎的心情，藍采和來到川芎房門前。才打算伸手敲門，卻發現房門竟未關上。

「哥哥？」藍采和心中有些詫異，一邊猜想著對方究竟是忘了關門，抑或是已經自行起床，一邊推開房門走進去。

只不過才剛踏入，藍采和就在門口愣住了。他發出小小聲的驚呼，裡頭混雜的不知道是驚嚇還是感嘆，也可能兩者都有。

「唔啊……」

會讓藍采和發出驚呼的，自然是房間主人林川芎。畢竟藍采和壓根沒想到自己一進房，就會瞧見如此景象。

川芎並沒有在床上睡著，而是坐在電腦桌前，雙眼緊緊地注視螢幕，看也沒有看進來的藍采和一眼，搭放在鍵盤上的雙手不時會飛快地舞動一陣子，然後停下，然後又有動作。

以房間裡大燈及桌旁的檯燈都是亮著的情況判斷，很顯然，川芎似乎徹夜未眠，都坐在桌前和他的電腦進行搏鬥。

更正確一點的說法，應該是和他自己的小說搏鬥著。

藍釆和知道川芎是一名小說家，也知道他最近在趕小說進度——薔蜜也曾為此打了好幾通電話來催，保守估計是早中晚、下午茶加宵夜時間各一通——可藍釆和沒有想到，川芎會弄到一個晚上都沒睡的地步。

「呃，哥哥……」藍釆和才剛剛開口，他的聲音立刻被川芎的咒罵蓋過了。

「幹！又打錯了！」川芎惡聲惡氣地咒罵一聲，順道大力地敲上無辜的鍵盤。他本來就是性子暴躁的人，整夜沒睡似乎讓暴躁程度加劇。

川芎不耐煩地關掉螢幕，撈過一旁的咖啡打算休息一下，這時才注意到門邊的少年。

「幹什麼？」趕稿趕到想翻桌的川芎眉一挑、眼一瞪，充滿血絲的雙眼加上那有些猙獰的表情，使他整個人看起來簡直鬼氣逼人，身邊彷彿還有漆黑的漩渦在打轉。

就連藍釆和也忍不住向後退一步，這時候的川芎，似乎比其他時候都還要有魄力。

「原來人界的小說家，是一種這麼壯烈的職業嗎？」藍釆和喃喃地說，語氣中有著佩服的意味，「以往我眞的都太小看這份工作了呀。」

「啊？你說什麼？」

沒聽清楚的川芎再次挑起眉，他將剩餘的咖啡一口飲盡，因為隔夜而有些變質的味道，令他的眉頭不禁皺了起來。隨即，川芎像是恍然大悟地朝藍采和揮揮手。

「你是來叫我吃早餐的吧？我等等就下去了，你先到樓下去吧。」

藍采和又回到走廊上，如今只剩第三名成員的房間還未過去。

視線落在那間提供給何瓊居住的房間上，藍采和小小地咂了下舌。

「要是洞賓這時候在就好了，最起碼他可以負責打前鋒……唔啊，我實在很不想去叫小瓊起床……」

藍采和口中的「洞賓」，指的是同爲八仙的呂洞賓。後者正熱烈地暗戀著何瓊，甚至還縫了不少肖似她的布娃娃，據說娃娃的編號已經到達三百零一號了。

不過這些都暫且不提。

現在對藍采和而言最重要的事，是打開何瓊房間的門，然後叫她起床吃早餐。

盯著掛有一個荷花形小木牌的房門，這名膚色偏向蒼白、眉目格外墨黑的少年仙人深深地吸了一口氣，在敲了幾下門卻得不到回應之後，終於伸手旋開門把。

與川芎及莓花的房間不同，何瓊房內一片昏暗。窗簾被拉得緊密，沒有露出一絲細縫，將窗外的陽光全部阻擋在外，和走廊上的明亮成了強烈對比。

藉著走廊上的光線，可以看見床上有著突起物，顯然是房間的主人將自己包裹在棉被下，只露出長長的髮絲在外，滑落至床邊。

藍采和屏著氣，躡手躡腳地走進去，先是將窗簾輕輕拉開，陽光頓時爭先恐後地湧進。

床上的人突然翻動了下身子，發出細細的呢喃聲。

等到聲音不再響起，僵立在窗前的人影才鬆了一口氣，稍微地放鬆肩膀。

藍采和慢慢地轉過頭，然後，他又再次僵住身子。

這名眉眼秀淨的少年仙人不只是僵住了身子，就連總是掛在唇邊的笑意也一併凍結。

警鈴在藍采和的心頭、耳中、腦內不住響起。

原本縮在棉被下的嬌美身影不知何時已撐坐起來，棉被滑至腰下。她的雙手還撐按在床鋪上，而那一雙令人聯想到貓兒的微勾大眼，此刻是半瞇起來，瞬也不瞬地盯著藍采和。

那模樣，倒有些像貓鎖定住獵物，準備一躍撲起。

藍采和可以百分之兩百確定，自己就是那個被鎖定的獵物。

「嗨，小瓊，我正想叫妳起床呢……」饒是向來笑意吟吟的他，現在也不禁冷汗涔涔，「總之，請有話好說……等等，小瓊！拜託妳有話好說呀！」

藍采和驚叫出聲，同時千鈞一髮地蹲下身子，生生避過了一柄疾射而來的細長柳葉刀。

但事情並沒有因爲藍采和閃躲成功就宣告結束，相反地，只是拉開序幕而已。

幾乎不到眨眼時間，又是一柄柳葉刀飛快襲來，目標依舊是躲在窗邊的藍采和。

「唔啊！小瓊妳快住手啊！」藍采和朝門口方向逃竄而去，這就是他不願意來叫何瓊起床的最大理由。

何瓊，性別女，年齡不可考，和藍采和同爲八仙之一，亦是八仙當中唯一的女性。然而這名擁有少女姿態的美麗女仙人，卻擁有一項連她的同伴亦大感吃不消的毛病，那就是——

何瓊的起床氣非常非常嚴重，嚴重到膽敢把她吵醒的人，都會深刻地體會到何謂生命受到威脅的程度。

於是藍采和又再一次地品嘗到了這個威脅。

明明離房門口不遠，只要再跨個幾步就能成功逃脫出去，但藍采和卻覺得這個過程異常漫長。從眼角處，他可以瞧見長髮少女已跳下床，嬌美可人的臉蛋如今卻因睡眠被打斷而猙獰得比惡鬼還要驚人。

藍采和的冷汗流得更急更凶，特別是當他發現身後居然在瞬間爆出光華，粉紅色的光輝迅速充斥整個房間，轉眼間又收歸於無。

「玉帝在上啊……」藍采和的聲音都有些發抖了，「妳不至於要解除乙殼吧小瓊——」

當慘叫迸出喉嚨的同時，六柄細長的柳葉刀已經快速來到。

藍采和要彎身已是來不及，更不用說他根本就沒把乙太之卡帶在身上。情急之下，也可以說是逼不得已的情況下，他一個轉身，身子下滑，並且眼明手快地抓過了一個東西，用來保護自己現在和人類無異的軀體。

篤、篤、篤！篤、篤、篤！

連續六聲柳葉刀刺入硬物的聲響，在稱得上寬敞的二樓走廊間響起。

「藍采和！你一大早的到底在搞什麼——！」

被騷動引出房間的川芎，反射性不滿地破口大罵，只是當他瞧清走廊上的景象時，最後一個「鬼」字硬生生地被他咬在舌尖前。

川芎的表情只能用瞠目結舌來形容。

走廊上，藍采和跌靠在欄杆前，他的雙手抓著一片巨大的木板，幾乎將他自己的身形完全遮擋住。而木板上，則是驚人地插著六柄細長的柳葉刀，刀身透出一抹銀亮。

至於追至門口的粉紅長髮少女，在聽聞川芎的那聲大吼後，似乎整個人清醒過來。她吐吐舌頭，用最快的速度回復至乙殼姿態，在髮色轉黑的剎那間，釘在木板上的六柄柳葉刀亦化成了粉紅色的荷花花瓣，緩緩飄落在地。

「我先去刷牙洗臉了！」扔下這句話，何瓊相當不顧同伴道義地匆忙溜進廁所裡。

走廊上登時只剩下藍采和與川芎。

身爲林家的長男，身爲林家目前的一家之主，川芎難得地沒有讓目光繼續追隨著少女嬌俏可人的背影，而是默默地盯著藍采和拿著的木板，再默默地移向那個門板也不見了的房門口，最後他的目光又重新回到藍采和身上。

徒手將房門拆下，用來當作防身遮蔽物的藍采和嚥嚥口水，試圖對額角開始迸現青筋的川芎綻放出討好的笑。

「哎，我可以解釋的，哥哥，眞的可以……」

可惜還來不及申訴成功，川芎氣急敗壞的怒吼就已拔高響起，嚇得停在屋外的一排麻雀拍翅飛起。

「藍、采、和——」

就這樣，繼上一回的廁所門和地下室牆壁，藍采和的賠償清單上，再增加了——一扇房間門。

〈一名好幫傭的首要工作〉完

番外貳 · 火鍋日

藍采和剛收回茉薇不久，就迎來了林家的火鍋日。

從下午開始，廚房裡充滿了忙碌的氣息。

繫著小熊圍裙的川芎在流理台前洗著剛買回來的青菜，不時還要注意旁邊的動靜。除了他之外，明淨的廚房內還待著好幾個人。

「葛格、葛格，這些金針菇要先切還是先洗？」莓花從購物袋裡翻出一包未拆封的金針菇，仰著頭，圓亮的大眼睛很認真地望著兄長。

「哥哥，那這根蘿蔔呢？這也是晚上火鍋要用的嗎？」藍采和跟著舉手發問。

「莓花乖，這個先放旁邊，等等我再來洗喔。」手上動作未停，川芎回過頭，先對著自己的妹妹溫柔說道，接著才將視線投向他們家新上任不久的幫傭，「那個我已經削好皮了，你待會兒把它切一切。」

「沒問題！啊，小瓊有說她今天會晚點回來，晚餐我們就先吃。」接收到指令，藍采和擺了一個敬禮的姿勢。

將砧板擺上已經墊好報紙的桌面，藍采和握緊蘿蔔的一端，另一手高舉菜刀。就在他即將一刀揮下的時候，掌心下方卻傳來一陣驚慌失措的尖叫。

「慢著!夥伴、夥伴!俺不是眞的蘿蔔啊!你抓錯對象了!」

阿蘿連忙揮舞著它的小短手，就怕藍采和一不小心，將它白胖的身體斬成兩截。雖然它號稱比超合金還要堅硬，但碰上藍采和的怪力，誰也說不準那一刀揮下後的結果。

藍采和怔了怔，低頭一看，躺在砧板上的蘿蔔有手有腳還有臉，確實是自家植物，而不是川芎今天買回來的特價蘿蔔。

「哎，抱歉，不小心抓得太順手了。」藍采和刮刮臉頰，重新將正確的物品抓過來放在砧板上。這次他很確定，那根白蘿蔔上面沒有眼睛、嘴巴，也沒有長著濃密的腳毛。

再次握緊刀柄，藍采和將菜刀舉高，接著一揮而下。

喀!廚房裡響起了物體斷裂的聲音。

川芎動作停住，他慢慢地轉過身，視線先是落至被分成兩截的白蘿蔔，接著再往下移。很好，就連砧板也被一分為二了。

「啊，這個……」發現自己不小心又闖禍了，藍采和將菜刀藏往背後，端起無辜的笑臉，「這個砧板好像有點脆弱耶，哥哥。」

「有點脆弱……」川芎深吸一口氣，下一秒他拔高音量，「跟你的怪力比起來，根本沒有東西是堅固的吧!藍、采、和!」

「是!」被點到名的秀淨少年立刻挺直背脊。

「你給我滾出廚房，不要在這邊礙手礙腳!」川芎毫不客氣地比向門口，那眼神說有多凶惡就有多凶惡。

「欸欸欸欸？怎麼這樣啊，哥哥，我也想幫你的忙……」藍采和忽然打住話語，他望向廚房門口，像是在側耳傾聽著什麼，「咦？好像有門鈴聲耶。」

聽聞這話，林家兄妹和阿蘿也全都往門口望去。

眞的是門鈴在響。

「哥哥，我去開門。」想要在川芎面前好好表現，藍采和放下菜刀，三步併作兩步地跑至玄關，伸手握住大門門把。

緊接著，一道慘叫傳進了廚房。

「為、為什麼是景休你啊啊啊！」

景休？曹景休？川芎暫時將準備工作放至一邊，他擦擦手，也跟著探出廚房。在他的下方，則是跟著探出了莓花和阿蘿的腦袋。

三雙眼睛眨也不眨地望著玄關方向。

高大的嚴謹男人一手抓住藍采和衣領，一手提著一袋禮盒，他有禮地朝廚房門口的兩人加一蘿蔔點下頭。

「不好意思，沒有事先通知就來打擾了。這是拜訪的禮物，希望你們會喜歡。」

「啊。」面對如此多禮的訪客，川芎反射性應了個單音，隨即才想到該問的問題，「曹先生，你今天來是……？」

「我有事想找采和談一談。」曹景休淡淡說道，右手的勁道卻沒有絲毫放鬆，依舊牢牢抓著想要脫逃的藍采和，「關於沒有通知他人就擅自失蹤。可以再跟你借采和的房間嗎？」

川芎倒是相當乾脆地應允。反正留著藍采和，也只是讓廚房的損害增加，還不如讓能夠剋得住他的人去負責管教。

「慢走啊，夥伴。」阿蘿不知從哪掏出一條小白巾，對著藍采和揮了揮，「俺會想念你的。」

「靠……靠南邊走。阿蘿你這混帳，我又還沒死。」意識到還有莓花在場，藍采和將髒話硬轉了個方向，但抓著他衣領的男人已經皺起了眉。

「我不是說過了，不要隨便將髒話當語助詞。看樣子，我們果然要好好談一談才行。」曹景休拎著他往樓上走。

「不要啊，景休！我真的不是故意沒跟你說一聲就下凡……拜託不要打我屁股也不要嘮叨太久啊！」

哀鳴聲越飄越遠，最後被隔絕在關起的房門後。

當藍采和的房門再次被打開時，已經是七點多左右了。

曹景休單手拎著藍采和走出來，一踏出房門他就注意到了，二樓的走廊上飄著食物的香味。彷彿在呼應著這股味道，被人拎住衣領的藍采和，肚子也發出咕嚕咕嚕的聲響。

被人叨唸了將近兩個小時，這名少年的精神力和體力，都已經降到快逼近負值。

不用特意尋找，曹景休一眼就發現這陣食物的香氣究竟是從哪裡傳來的——因爲這棟屋子的二樓是「ㄇ」字形設計，客廳剛好被包圍在中央缺口，只要往前幾步，站在走廊欄杆前向下望，一樓景象便一覽無遺。

客廳的長桌上，一個裝滿各式食材的鍋子正飄出熱氣，咕嚕咕嚕地冒著泡，食物香味就源自於此。

當曹景休他們的身影出現在走廊上時，樓下的川芎等人也立刻發現他們的存在。

「曹先生，不介意便一起留下來吃火鍋吧。」川芎舉起手，朝樓上男人招呼道：「反正火鍋也是要多人吃才熱鬧。」

「叔叔也一起下來吃嘛。」握著湯勺、負責掌控食材下鍋時間的莓花也仰起小臉蛋，露出一個害羞的笑容。

「沒錯啊，曹景休大人，你就留下來一起吃嘛！」阿蘿跳至桌上，「相信小藍夥伴一定也很希望你再多待一會兒的呢……唔喔！川芎大人你摸錯了，俺不是食材啦！人界蘿蔔在這唷！」

川芎咂了下舌，趕忙縮回誤伸的手，他可沒興趣在火鍋裡添加一根人面蘿蔔當火鍋料。

「啊啊，我是希望景休你能多待一會兒啦……」被人單手拎住衣領的藍采和發出有氣無力的呻吟，這副萎靡模樣鮮少在他身上出現，「不過拜託你別再訓話了……」

事實上，藍采和到現在仍覺得腦袋裡滿滿都是方才的叨唸，耳邊似乎還餘音纏繞。

認識曹景休那麼多年，每一次被他拎去訓話時——美其名是「道德與生活規範的養成」——藍采和都忍不住想問，爲什麼一個大男人可以嘮叨、多話到這種地步。

舉凡睡前要刷牙、蓋被子不要露出肚子，到下凡前爲什麼完全沒有通知一聲……這些，曹景休全部都可以一個也不漏地拿出來說教。

「既然不喜歡聽人訓話，那就別做些會讓我訓你一頓的事。」曹景休瞥了像讓人狠狠打擊過的少年一眼，他語氣嚴厲，但眼中又有著淡淡的笑意。

藍采和乾脆裝死，裝作什麼也沒聽到。

「那麼，」對同伴的裝死視若無睹，曹景休回望樓下的川芎，「就恭敬不如從命了。」

長長的桌子，總共圍坐了四人加一根人面蘿蔔。當然，更正確的說法應該是兩名人類、兩名仙人，再加一根人面蘿蔔才是。

不過因爲藍采和、曹景休目前都是乙殼姿態，確實和人類沒什麼兩樣，所以直接算成四個人。

川芎就坐在電磁爐開關的正前方，由他負責控制火力大小。他的左手邊是他最寶貝的妹妹，至於對面坐的正是藍采和等人。

鍋裡的湯已沸騰好一會兒，再繼續滾下去湯汁可能會溢出來，川芎把火力調到最小，這同時也是一個開始享用的訊號。

「藍采和，你有沒有辦法聯絡上小瓊？叫她一起回來吃吧。」川芎一邊替莓花舀湯挾菜，直到碗裡堆得像座小山，一邊問著與其說是坐著，倒不如說是癱在沙發上的藍采和。

雖然同樣寄住在這個家，不過何瓊與總是待在林家的藍采和不同，反而時常不見人影。她喜歡在豐陽市到處蹓躂，並且尋找願意對她敞開心房的小動物——只是這有點難，目前的收穫就只有日前的一隻虎斑小貓。可惜聊不到多久，那隻虎斑小貓就因爲發現牠的人生眞愛，追著一隻哈士奇而去了。

「聯絡小瓊嗎？等等喔……」藍采和有氣無力地回應，他的臉色看起來比平時蒼白，似乎隨時會眼一閉，軟綿綿地昏死過去。

他微微挪動一下身子，讓自己坐正一點，再把手摸向胸前口袋，只摸到自己的身分證，於是他又改摸向褲子口袋，這次從裡面摸出一朵被小袋子套住的粉紅色小花。

藍采和將花湊到唇邊。

「喂喂，小瓊在嗎？聽到請回答，這裡是妳的好夥伴小藍。」

下一剎那，一道嬌俏女聲自花中傳了出來。

「這裡是小瓊，有什麼事嗎？」那是何瓊的聲音。

「哥哥問妳要不要回來一起吃火鍋，景休也在。」

「唔，我現在人還在外面，沒辦法趕回去耶，小藍你幫我跟川芎大哥說不好意思喔。啊，對了對了，你也要小心，別再被阿景打屁股，他說要不客氣地打你一頓呢！」

花朵中傳出少女咯咯的嬌笑聲，一會又收歸於寂靜。

藍釆和瞪了那朵花好半晌，才咕噥地說：「什麼嘛，這種事應該早點通知我的……而且之前也沒跟我說景休也下來了。」

「如果你多到外面晃晃，就會知道我下凡來了。」曹景休將盛滿食物的碗放至藍釆和面前，伸手不客氣地拍了一下他的背脊，「坐好，不要坐沒坐相。」

「多到外面晃晃……什麼意思？」藍釆和乖乖地坐直身體，以免又換來一頓訓話。他端起簡直像要滿溢出來的碗，發現上頭竟然有紅蘿蔔片，細細的眉毛立刻垮了下來，他不喜歡紅蘿蔔的怪味。

像是看穿他的心思，曹景休一記眼神瞪來，裡頭充滿濃濃的警告意味，使得藍釆和登時放棄了將紅蘿蔔塞給阿蘿的念頭。

「怎麼，藍釆和你不知道嗎？」川芎看著面前的這一幕，覺得還眞像大人在管教小孩，「曹先生就在我們巷子外的便利商店工作。」

剛挾起魚板的筷子突然停在半空中，藍釆和迅速看向身邊的男人。他當然知道巷子外的便利商店，可他眞的沒想到，曹景休竟然就在這麼近的地方。

「眞的假的？」藍釆和忍不住提高聲音，「景休你就在那邊工作？靠……嗚唔！」

一塊蘿蔔無預警地塞進他的嘴巴裡，截斷他即將脫口而出的髒話。

「我不是說過了，別將髒話當語助詞使用。」曹景休面無表情地收回筷子，慢條斯理地說道。

「可是曹大人，你怎麼也會下來？」既然藍采和一時沒辦法開口，必須和他嘴裡的蘿蔔奮鬥，自詡為他最強夥伴的阿蘿趕忙停下挾菜的動作，接續話題，「而且還在便利商店工作？」

「我擔心你家主人是不是捅了什麼婁子，所以才下來看看的。」曹景休淡淡說道，裝作沒發現在提及「婁子」兩字時，藍采和驀然微僵的身體，「至於在便利商店工作，是剛好在乙殼轉換室抽到了『便利商店的打工人員』這一項。」

「乙殼轉換室？」

「抽到？」

林家兄妹無比困惑，一前一後地提出疑問。

「我們仙人在下凡之前，仙體轉換成乙殼的地方。」曹景休相當有耐心地解釋：「那裡面種滿了曼陀羅草。」

「就是拉出來會『呀啊——有人要對俺心懷不軌』這樣尖叫的植物呢，川芎大人。」阿蘿熱心補充，「不過有時候也會換成『死相！別看人家啊』的叫聲呢。」

……這是哪門子的叫聲啊？川芎無言地咬下一口肉丸子，他現在覺得天界的植物好像都怪怪的。例如那位弄壞他家地下室牆壁的鬼針，以及坐在他對面、碗裡盛滿蘿蔔、準備大啖一番的阿蘿。

人面蘿蔔吃蘿蔔？川芎默了默，最後告訴自己不要太深入思考，套句薔蜜的話，認眞的人就輸了。

「在拔出曼陀羅草的時候，它的身上會綁著一個牌子。」曹景休大略比了下牌子大小，「牌子上寫什麼，你的乙殼身分就會被設定成什麼。」

換句話說，這名給人威勢凜凜感覺的男人，抽到的牌子就是「便利商店的打工人員」。

「小瓊的話，據說是『僞．魔術師』這樣。」想了想，曹景休又補充道。

於是川芎頓時明白，爲什麼那名如同春天明媚亮麗的少女，會是那樣的打扮。隨即，他忍不住將目光移向正前方的少年。

「我說藍采和，你該不會是抽到什麼『蹺家少年』之類的吧？」

「嘿，才不是呢，哥哥。」藍采和睜大眼，抗議道：「我才沒有抽到那種東西。」

「夥伴說的對，他才沒有抽到那種東西，你完全誤會了啊，川芎大人！」阿蘿挺起胸膛，雙手扠腰，兩隻長有自傲腿毛的腳還站得開開的，「夥伴他抽到的可是超猛的，絕對猛到讓人無話可說！」

「慢著，阿蘿，你不准說！」藍采和卻是臉色微變，急忙想摀住人面蘿蔔的嘴，但終究慢了一步。

「那就是——」阿蘿無比驕傲地大聲宣布，「『想設定太麻煩了，就直接T恤和牛仔褲上場，其他的你自己想辦法吧』！」

客廳裡一陣靜默，靜默的原因主要是兩名男人面面相覷，在彼此的臉上都瞧見了訝然。而莓花則是緊握雙手，大眼睛閃閃發亮。

「小藍葛格，這名字聽起來好長好厲害喔！」莓花的眼中有著崇拜，不過才六歲要升上幼稚園大班的她，其實並不是真的了解那句話是什麼意思。

川芎咳了幾聲，但聽起來比較像是在掩飾笑意，「咳嗯，這個……真的是讓人無話可說。」

「采和，沒想到你可以抽到傳說中無人抽過的籤王。」曹景休拍了拍藍采和的肩膀，「不過，確實是讓人挺無話可說的。」

藍采和蒼白的面龐罕見地爬上一抹血色，但那絕不是因爲害羞。

下一秒，原本還在得意洋洋的阿蘿，突然感到背後傳來一股寒意。還來不及轉頭，它登時讓人一把緊緊掐住。

「是誰？是誰偷襲俺？等等！這個力道、這個手勁！」阿蘿的驚慌失措馬上變成大吃一驚，它扭頭向後看，果然瞧見藍采和的笑臉，「小藍夥伴？」

藍采和的笑容是如此純淨，光是看著，就會令人心生好感，忍不住想靠近，眉眼與唇線更是彎成柔和的弧度。

莓花瞧著瞧著，不禁臉紅心跳起來，小臉蛋泛上熱度——尤其是當她最喜歡的小藍葛格望向自己的時候。

「謝謝妳的讚美，莓花。」藍采和溫和地笑著，旋即視線對上川芎，「不好意思，哥哥，可以麻煩你將莓花的眼睛捂起來一下嗎？」

雖然不知道藍采和要做什麼，但川芎還是依言照做。因爲他看得很清楚，藍采和正用那雙看似笑盈盈，可實際上根本沒帶半點笑意的眼睛，看著那根人面蘿蔔。

等到莓花的眼睛被捂上，耳朵也依兄長的吩咐自己掩上後，藍采和這才笑容可掬地揑著阿蘿站起。

下一刹那，阿蘿掉落在地，一隻穿著室內拖鞋的腳，毫不客氣地將它重重踩在底下。

「好樣的，阿蘿，我剛不是叫你不要說嗎？」藍采和一腳踩在人面蘿蔔上，雙手中不知何時出現一根粗麻繩，他將繩子兩端拉緊，唇畔帶笑，眼底則是笑意全無，「靠杯啦，你把我的話當成耳邊風了嗎？啊？」

「等等等等！小藍夥伴，俺，絕對不是故意的……嗚啊！拜託你原諒俺吧！俺願意奉獻自己當火鍋料替火鍋湯頭提供精華！」

「啊啊？你以爲我會對你的洗澡水有興趣嗎？」

「什麼？夥伴你怎麼能用輕視的眼光看俺？那才不是普通的洗澡水啊，那可是擁有俺全身精華的洗澡水——嗚喔喔喔喔！咿啊啊啊啊！呼哈哈哈哈！」

很快地，阿蘿義正辭嚴的辯解，刹那間成了三段式的悲鳴。

川芎再次深切感受到，擁有無害少年外表的藍采和，他的本質，眞的是徹頭徹尾的S！

「曹先生，你不阻止一下嗎？」川芎看著唯一剋得住藍采和的男人。

「偶爾讓孩子有適當的管道抒發壓力，也是必要的。」曹景休端起碗，輕描淡寫地說了句，「不過晚點我會再說說他的。」

川芎越來越不能理解，這名男人對藍采和到底是嚴厲還是縱容了。接著他聳聳肩膀，發覺糾結在這件事上，實在是沒什麼必要，反正那是藍采和與他家蘿蔔的愛恨情仇。

這麼一想，川芎也朝藍采和喊道：「藍采和，這種兒童不宜的畫面你直接到浴室或廚房演去，否則我家莓花根本沒辦法好好吃飯。」

「了解，這邊收到了，哥哥。」藍采和比出一個敬禮的手勢，然後將被捆成簑衣蟲般的阿蘿拎起，準備轉移陣地進行他的愛之教育。

過不久，三段式的悲鳴換從浴室響起。

客廳裡，火鍋大會則是平和無比地繼續著。

〈火鍋日〉完

番外參·我們一家不是人

首先是一滴、兩滴，緊接著一陣小雨淅瀝淅瀝地自天空落下來了，很快地落入地面，滲入原本乾爽的土壤裡，吸收水分的土壤漸漸轉爲濕潤的深黝色彩。

濡濕的感覺讓鬼針的意識一點一滴地匯聚，當他睜開眼睛的時候，他已經化成人形，佇立在這幾乎一望無際的土地上。

雖然正下著雨，但雨勢並不算大，所以天空只是透著淡淡的灰色。

毫不在意自己被雨水打得濕淋，這名全身上下似乎只有漆黑和蒼白兩色的男人，將目光落至他的斜前方。

那裡，有一叢嬌艷的薔薇花正靜靜地盛開，同樣接受雨水的洗禮。

在這片土地上，除了靜靜佇立的男人和靜靜盛綻的薔薇花，便再也瞧不見其餘生物。襯著雨聲，彷彿安靜得教人感到寂寞。

鬼針還記得發生「那件事」之前，這裡並不是這樣的。

那時候，包括自己在內的各種植物，全都在這片土地上生活，又吵又擠。有時候連他都覺得懷疑，爲什麼自己有辦法忍受跟這些吵死人的傢伙相處那麼長的時間？

答案根本不必想。

「誰教我們的主人是藍采和那個遲鈍得要死的小鬼。」鬼針站在薔薇花前冷冷一笑。嬌艷的薔薇花並沒有給予任何反應。假使是平常，那鮮紅的花瓣會一個抖動，隨即化成人身，雙手環胸、下巴微抬，一臉高傲地仰視與自己素來不對盤的男人。

「算了，妳就在這裡乖乖休養吧，不用醒來也沒關係，免得藍采和哪一天眞的被妳那大而無用的胸部弄到窒息了。」鬼針的唇畔有著刻薄和惡毒。

如果名爲「茉薇」的薔薇花現在有意識，只怕這片土地上會立刻掀起一場惡戰。

不再多看沉睡中的薔薇花一眼，鬼針抬起頭，望著落下雨滴的淺灰天空。那雙給人陰冷感的狹長眼眸一瞇，下一秒，身形幻化成黑色的霧氣，如箭矢般疾射向天空的最高處。

「莉莉安～莉莉安～天在呼喚，地在呼喚～只要你用心呼喚～魔法少女莉莉安就會立刻趕來你身邊～」

哼著「魔法少女☆莉莉安」的片頭曲，一根有手有腳還有臉的人面蘿蔔，一邊踩著靈活的小跳步，一邊替擱在桌上、可以曬得到陽光的竹籃子澆水。

明明竹籃子裡空無一物，但那些灑下的水滴卻沒有溢到竹籃外，就像是被某個肉眼無法看見的空間吸收得一乾二淨。

事實上，這籃子是藍采和的法寶，籃中自有一個專供植物生長的世界。在尋回鬼針和茉薇之後，曾停了一小段時間的澆水工作，又重新開始。

籃外的澆水，會替籃內的世界帶來雨量，提供植物們適當的水分。

這是一件重要的工作，每天，身為籃子主人的藍采和都會親力而為。

不過今天藍采和剛好有事，一時分不開身，便將這項工作委託給他的好夥伴阿蘿。

午後的陽光自外照進，將桌上的竹籃子也鍍上一層金色。獨自待在藍采和房間的阿蘿繼續哼著歌，不時從各個角度替竹籃澆水。

感覺手中的澆花器越來越輕，阿蘿決定擺個漂亮的姿勢，替這項工作畫下美好的句點。

「愛！正義！魔法少女莉莉安，要代替魔法少女之神來懲罰你！」

將已空的澆花器一扔，原本站在桌上的阿蘿突然來了個華麗的空中三連翻滾。它在半空中翻了三次圈，雙腳踩上磁磚地板的剎那間，左手向後一伸，右手比了個代表「七」的手勢放在嘴巴下方，雙腳則是一腳彎曲，一腳向後直直斜伸。

過了大約兩秒，被扔到最高空的澆花器落進阿蘿手中，阿蘿一把抓住把手。

倘若這時其他人在場，藍采和想必會豎起大拇指，莓花與何瓊會一起熱烈鼓掌，而川芎則大概會張著嘴，啞口無言。只可惜，這個被日光映照得一片金黃的房間除了阿蘿之外，就只剩那些家具擺設。

不，不對，不只是這些而已。

因為有一截暗沉的黑色，就佇立在阿蘿跟前。

頭頂著葉片的人面蘿蔔一僵，它維持著原來的姿勢，慢慢地抬起頭，再抬起頭，直到它的眼裡納入了一張蒼白的面龐。

一名黑髮白膚、個子瘦高的男人站在藍采和的房間裡。他長髮及地，漆黑如闇色流水，眉目間盤踞著像是永遠化不開的陰冷狠戾。一雙狹長、幾乎不見光的黑瞳，此刻就像是在看一個愚蠢之物般地俯望著阿蘿。

「鬼鬼鬼鬼鬼……」阿蘿的聲音在發抖，它的臉色更是一口氣刷成死白——當然，也沒人看得出來。

「鬼？有誰在叫我？」半透明的身影忽然自門板穿入，依舊穿著花襯衫的約翰好奇問道，他剛好從房外經過。但才剛探入一半身體，那張半透明的臉孔馬上瞬間驚恐地扭曲了。

約翰發出尖銳的哭叫，「不要啊啊啊啊！救命！爲什麼這可怕的傢伙會出現在這呀！」

寄居在林家的中年幽靈一邊尖叫，一邊以最快速度沒入地板下，衝回了地下室躲著。畢竟他對曾侵佔他住處的鬼針依舊懷有相當大的心理陰影。

壓根沒去注意逃竄無蹤的約翰，鬼針只瞥了全身發抖，卻還是擺出防禦姿勢的阿蘿，他冷哼一聲，打開房門走出去。

這是鬼針第一次，眞正地在這個家中走動。

他走出房間，來到走廊上。他聽見樓下有聲音傳出，他向欄杆走去，低頭向下望，瞧見客廳中的電視開著，那顯然就是聲音的來源。

有一名嬌小的小女孩抱著小熊娃娃坐在沙發上。

沒看見藍采和的身影。

鬼針俯視客廳好一會兒，決定放棄直接躍下的念頭。他一步一步地走下樓梯，長長的黑髮拖曳在地，像是會流動的漆黑流水。

才走到一半，一樓浴室便鑽出一抹瘦弱的少年身影。

少年似乎沒想到會看見他站在樓梯上，頓時呆了呆，嘴巴還微張著。

「你那是什麼模樣？」鬼針瞥著袖子和褲管都捲起來的藍采和，發現對方手腳都沾著水，衣服也有些半濕，「把嘴巴閉上，別一副傻樣。你該不會連自己的植物都忘了吧？」

「怎麼可能？你們都是我寶貝的植物，哪會忘。」藍采和早就習慣鬼針的刻薄，他又低頭看了看自己，「唔，我剛是在打掃浴室……鬼針，你怎麼會出來？你不是該待在籃中界休養？」

「太無聊了，不想待，反正也恢復得比之前好了。」鬼針的聲音還是一如往常陰冷，「你去打掃人類的浴室？所以你的意思是，替我們澆水比不上這件事重要嗎？」

「靠杯啦，鬼針。」藍采和露出了柔和的笑，眼眸笑得彎彎，他控制著音量讓話聲不會被莓花聽到，皮笑肉不笑地對面前的男人比出一記中指，「你再糾結人類和你們誰比較重要這種蠢問題的話，老子可就要翻臉了。」

說實話，藍采和可是受夠上一回在地下室，等級比幼兒還不如的那番質問了。他眞的深切地覺得——

唔哇！爲什麼我家的植物可以刻薄幼稚到這種程度？

不再搭理鬼針，藍采和轉頭看向從沙發椅背後露出一顆頭的莓花。後者正用那雙圓亮的眸子好奇地觀察鬼針，一察覺自己的視線和藍采和對上，小臉蛋頓時紅了起來。

藍采和忍不住又露出笑，眉眼柔軟，和剛剛面對鬼針的皮笑肉不笑截然不同。

「莓花，這是鬼針，妳還記得他嗎？」藍采和柔聲地向莓花介紹，並且在心裡決定，假使莓花望向鬼針的眼神有一絲畏怕，就要立刻把鬼針捆一捆，直接丟回籃中界，同時也要喝令他不准再隨便現身，以免嚇到小女孩。

畢竟再怎麼說，當日鬼針所做的一切，是有些超過了。

不過藍采和擔心的事並沒有發生。莓花雙手捉著沙發椅背，又稍稍地探出頭，大大的眼睛在看向鬼針的時候，盈滿的只有純粹的好奇。

「莓花記得。」她軟聲地說道：「就是地下室，會變成好大好大鬼針草的……唔……」

莓花突然皺起小臉，彎彎的眉毛像遭遇到什麼難題，困擾地糾結起來。半晌後，她將求助的目光投給能幫她的小藍葛格。

「那個、那個，要喊葛格還是叔叔比較好呀……」

「哎，莓花直接喊他鬼針就好了唷。」藍采和噗哧一笑，覺得會爲了這問題而煩惱的莓花眞的很可愛，「對了，莓花要跟我一起出門去買東西嗎？」

「咦？我要我要！」一聽見能與藍采和一塊出門，莓花頓時欣喜地探出半截身體，小手興奮地舉得高高的。可是下一刹那，從電視中傳出的熟悉音樂，又讓她「啊」地輕叫一聲。

那是「魔法少女☆莉莉安」的片頭曲，已經是動畫開演的時間了。

莓花眨巴著眼睛，她看看身後的電視，又看看身前的藍采和。雖然她第一喜歡的是小藍葛格，可是可是，今天要播出的莉莉安特別篇她也很喜歡……

稚嫩的小臉蛋浮上掙扎，莓花陷入了兩難。

最後是藍采和笑著摸摸莓花的頭髮，「沒關係，我們就等看完莉莉安再一起出門吧。」

莓花亮了雙眼，臉上綻出大大的笑靨。

「鬼針。」藍采和向自家植物招手，「你要不要也一起看？這部動畫真的很有趣呢。」

其實，藍采和並不是真的想叫鬼針一起看電視，他也不覺得對方會答應，但是口頭上不先招呼幾句，只怕待會兒又要被對方嫌棄偏心、大小眼之類的。

他沒想到，鬼針沉默地盯了他的臉一會兒後，竟移動腳步，直接佔了長沙發一個座位。

藍采和不禁目瞪口呆，他幾乎脫口要吐出一串的「咦咦咦咦咦」。

黑髮白膚的男人轉過頭，陰冷的眼睛瞥向他。

「幹嘛傻在那裡？你不是也要看？」鬼針說。

「還有俺俺俺！俺也是要看的啦！」

二樓走廊突然傳出門板被猛烈打開的聲音，一道矮小的白影如旋風般衝出來，在奔至樓梯口前，還可以聽見一聲激烈的緊急煞車聲響。

樓梯口前煞住腳步的阿蘿，身手矯捷地跳了起來，直接將樓梯扶手當成滑梯，「咻」的一聲飛快滑下。在即將落地的刹那，又來個騰空後翻，才雙手平舉地站在地板上。

「哎？大家怎麼都聚在客廳呢？」

與此同時，大門也被推開。即使室外氣溫高達三十度，也依然一身墨綠西裝的何瓊走了進來，貓兒眼似的大眼在望見客廳景象時，不禁好奇大睜。

「眞稀奇，連鬼針都在呀。你不是應該還在休養嗎？」

鬼針懶得回答。

「別理這傢伙，小瓊，一起看電視吧。」藍采和搧了鬼針的後腦一記，笑吟吟地對著同爲八仙的同伴說道。

「何瓊大人，今天可是莉莉安的特別篇呢！」阿蘿挺起胸膛，大力推薦，「錯過就不會再重播了，號稱是夢幻的一集喔！」

「喔喔，是『魔法少女☆莉莉安』嗎？這部我也很喜歡呢。」何瓊趕緊脫下鞋子，換上室內拖鞋，小跑步地跑至單人沙發坐下。

於是，當趕稿趕到一半，打算喘口氣，順便抱抱妹妹以補充元氣的川芎一踏出房門外，向下瞧見的就是一群人聚在客廳裡，收看「魔法少女☆莉莉安」的景象。

除了站在中央，跟著電視內的美少女一起擺出招牌姿勢的莓花和阿蘿外，沙發上還坐著藍采和、何瓊，以及跟現在播的動畫超級不搭的鬼針。

所以，是自己的妹妹加上兩名仙人，還有兩株植物……噢，不只。

有一名穿著花襯衫的半透明大叔，正偷偷地自通往地下室的門板後探出一顆頭，似乎也想要收看「魔法少女☆莉莉安」，但又不敢跟鬼針靠得太近。

川芎放下伸懶腰伸到一半的手臂，他沉默地盯著樓下好一會兒，抓了抓頭髮，開始思索要不要乾脆把這一幕拍下來，然後寄到「驚奇！你所不知道的超自然世界」算了。

就連相片標題都想好了，就叫作——

我們一家不是人。

〈我們一家不是人〉完

後記

日安，我是蒼葵。

不管是曾經看過或是第一次看「八仙」的你們，非常感謝你們能入手這一本對我來說意義非凡的小說。

這是我的第一部小說，也是我的第一部商業作，在修潤稿子的時候，不只重溫了過往的心路歷程，也重新認知到，我的癖好果然始終如一日，戰隊、變身、代表色，設定八仙可以解除乙殼封印的我眞是幹得太好了，這樣我就有兩種人設能看了。

咳，不小心離題了，我想說的是，在替每一集寫了新番外之後，我發現我的最愛原來是阿蘿。

只要有了阿蘿，什麼都很好發揮。它上得了廳堂，進得了廚房，可說是居家外出必備最佳夥伴，再緊繃的氣氛都可以靠它來潤滑——雖然這會建立在它可能捐軀的前提上，但不得不說，阿蘿眞的太棒了，不愧是本書的主ㄐ……

咦？剛剛好像有根蘿蔔在握著我的手打字。總之，說到本書的吉祥物，那當然也要來說說我們的主角之一了，林家長男林川芎。

身負收集八仙重任的川芎，雖然要不斷面臨三觀被打破又重塑的過程，甚至家裡的非人密度也會集集升高，但他心志之堅定就如同他總是無所不用其極想拖薔蜜的稿，他一定可以成功活下去，讓大家親眼看到八仙降臨！

另一個主角，自然就是最有男子氣概的藍采和了，如同川芎要收集八仙，他也得把籃中界小夥伴們收集回來。他們不只很有個性，種類也多元，從植物到水果到菌類，應有盡有。

目前號稱大凶組合的鬼針與茉薇已經順利歸家，接下來要被綁回家的會是誰呢？根據小道消息，只要被藍采和調教完成，他們就有機會成為首刷特典的故事主角！

至於本系列的三大謎題：

籃中界的快樂小夥伴為何會離家出走？

阿蘿與□□□的虐戀糾葛？

川芎的稿究竟有完成的一天嗎？

就讓我們繼續看下去。

希望這個故事能讓大家閱讀愉快（合掌

蒼葵

裏八仙

被詛咒的分手旅館？
被編輯追殺的拖稿作家？
堂堂現身的第四位仙人？

「川芎同學，距離收集完八仙只剩一半的路了喔～～」
「閉嘴，那種東西誰想收集啊！！！！」

卷二・敬請期待！

國家圖書館出版品預行編目資料

裏八仙／蒼葵 著.——初版.
——台北市：魔豆文化有限公司出版：蓋亞文化有限公司發行，2022.11
冊；公分.——（Fresh；FS199）
ISBN 978-626-95887-4-9（卷一：平裝）

863.57 111013534

fresh FS199

裏八仙 卷一

作　　者　蒼葵
插　　畫　夜風
封面設計　莊謹銘
助理編輯　林珮緹
總 編 輯　黃致雲
發 行 人　陳常智
出 版 社　魔豆文化有限公司
發　　行　蓋亞文化有限公司
地址：台北市103承德路二段75巷35號1樓
電話：02-2558-5438　傳眞：02-2558-5439
電子信箱：gaea@gaeabooks.com.tw
投稿信箱：editor@gaeabooks.com.tw
郵撥帳號 19769541　戶名：蓋亞文化有限公司
法律顧問　宇達經貿法律事務所
總 經 銷　聯合發行股份有限公司
地址：新北市新店區寶橋路二三五巷六弄六號二樓
電話：02-2917-8022　傳眞：02-2915-6275
港澳地區　一代匯集
地址：九龍旺角塘尾道64號龍駒企業大廈10樓B&D室
電話：+852-2783-8102　傳眞：+852-2396-0050
初版一刷　2022年 11月
定　　價　新台幣 340 元
Published and printed in Taiwan

ISBN 978-626-95887-4-9

FS199

裏八仙

卷一

魔豆文化　讀者迴響

感謝您在茫茫書海中選擇了魔豆，您的支持是我們最大的動力。
不要缺席喔，讓我們一起乘著夢想的羽翼，穿越時空遨遊天地！

姓名：　　性別：□男□女　　出生日期：　年　月　日

聯絡電話：　　手機：

學歷：□小學□國中□高中□大學□研究所　　職業：

E-mail：　　（請正確填寫）

通訊地址：□□□

本書購自：　　縣市　　書店

何處得知本書消息：□逛書店□親友推薦□DM廣告□網路□雜誌報導

是否購買過魔豆其他書籍：□是，書名：　　□否，首次購買

購買本書的動機是：□封面很吸引人□書名取得很讚□喜歡作者□價格便宜□其他

是否參加過魔豆所舉辦的活動：

□有，參加過　　場　　□無，因爲

喜歡出版社製作什麼樣的贈品：

□書卡□文具用品□衣服□作者簽名□海報□無所謂□其他：

您對本書的意見：

◎內容／□滿意□尚可□待改進　　◎編輯／□滿意□尚可□待改進

◎封面設計／□滿意□尚可□待改進　　◎定價／□滿意□尚可□待改進

推薦好友，讓他們一起分享出版訊息，享有購書優惠

1.姓名：　　e-mail：

2.姓名：　　e-mail：

其他建議：

廣告回信　郵資免付
台北郵局登記證
台北廣字第00675號

TO：魔豆文化有限公司　收

103 台北市承德路二段75巷35號1樓

魔豆

魔豆